STACEY MARIE BROWN

SOB A GUARDA DA Realeza

Traduzido por Samantha Silveira

1ª Edição

2022

Direção Editorial: Anastacia Cabo
Gerente Editorial: Solange Arten
Preparação de texto: Marta Fagundes
Revisão final: Equipe The Gift Box
Arte de Capa: Hang Le
Adaptação de Capa: Bianca Santana
Diagramação: Carol Dias
Ícones de diagramação: Starline/Freepik

Copyright © Stacey Marie Brown, 2020
Copyright © The Gift Box, 2022

Todos os direitos reservados.
Nenhuma parte do conteúdo desse livro poderá ser reproduzida em qualquer meio ou forma – impresso, digital, áudio ou visual – sem a expressa autorização da editora sob penas criminais e ações civis.

Esta é uma obra de ficção. Nomes, personagens, lugares e acontecimentos descritos são produtos da imaginação da autora. Qualquer semelhança com nomes, datas ou acontecimentos reais é mera coincidência.

Este livro segue as regras da Nova Ortografia da Língua Portuguesa.

CIP-BRASIL. CATALOGAÇÃO NA PUBLICAÇÃO
SINDICATO NACIONAL DOS EDITORES DE LIVROS, RJ
Meri Gleice Rodrigues de Souza - Bibliotecária - CRB-7/6439

B897s

Brown, Stacey Marie
   Sob a guarda da realeza / Stacey Marie Brown ; tradução Samantha Silveira. - 1. ed. - Rio de Janeiro : The Gift Box, 2022.
   248 p. (Controle real ; 1)

   Tradução de: Royal watch
   ISBN 978-65-5636-135-2

   1. Romance americano. I. Silveira, Samantha. II. Título. III. Série.

22-75471
CDD: 813
CDU: 81-31(73)

AVISO AO LEITOR

Minha vida tem sido cheia de aventuras incríveis, e uma delas foi morar e trabalhar em Londres por cinco anos. Tive a sorte de conhecer e sair com o príncipe Harry muitos anos atrás, enquanto trabalhava como gerente em um pub do padrinho de Harry.

Éramos um pub pequeno, mas muito protetores com ele, sempre mantendo suas visitas em sigilo. Eu vi o que ele passou, a imprensa o perseguindo, acampando do lado de fora à espera. Como sua namorada na época foi perseguida e alvo de fofocas sensacionalistas.

Mesmo antes de começar a escrever este livro, a história estava na minha cabeça. Tive uma visão diferente da vida na realeza do que aquela que os contos de fadas adoram contar para vocês. Embora essa história seja completamente fictícia, ela é, sim, inspirada em meu encontro com Harry, e sou muito grata a ele por essa inspiração.

No entanto, acho que é mais do que dedicado a Meghan, Kate e Diana... porque vocês podem se apaixonar pelo homem, mas é preciso uma pessoa forte para amar um príncipe.

Para o príncipe Harry e à noite em que você me serviu bebidas.

CAPÍTULO 1

Existem muitas histórias sobre garotas normais que conhecem um príncipe. Não sei por que isso se tornou um sonho para as mulheres no mundo todo. É na esperança de que a vida seja secretamente um conto de fadas, dado apenas a umas poucas escolhidas que acabaram felizes para sempre? A vida, sendo da realeza ou não, não é assim. E no fim parecia tão definitivo. Sem evolução, nem mudança.

Presa.

Ser da realeza ou fazer parte desse círculo era tudo menos mágico ou um sonho. Era uma cela. Dourada, sim, porém, ainda assim, uma cela. Assisti de longe durante toda a minha vida, agradecida por não estar realmente no meio disso. Pareciam arrogantes, mimados, seletos e esnobes. Mas também viviam sob um microscópio extremo, forçados por tradições e expectativas severas da família e do mundo. O que vestiam, quem namoravam, o que disseram. Cada centímetro de suas vidas, quando saíam pela porta, não era mais deles. Conseguia entender por que tantos ficavam meio doidos no colégio interno. O *Alton College* era uma instituição privada e exclusiva; a imprensa não tinha permissão para entrar.

Eu só estava aqui porque o nome do meu pai possuía um título de barão associado a ele, o posto mais baixo na hierarquia da nobreza. E nesta escola, era o equivalente a receber um laço de agradecimento pela participação. Pelos padrões normais, eu não era comum, mas no mundo da elite da nobreza e dos milionários, não aparecia sequer como 'sugestão de amigos' em suas redes sociais.

No entanto, apenas um deles comandava a escola, fazendo até com que professores e funcionários se empenhassem dobrado, fazendo tudo o que podiam para agradá-lo. Tornando sua vida ainda mais paparicada.

Theodore Alexander Philip Robert David Livingston, o príncipe da maldita Grã-Victoria.

O idiota arrogante, que por acaso estava passando por mim a caminho da aula, tinha o nome mais comprido e presunçoso de todos os tempos. Ele era muito sexy, lógico. Eu tinha certeza de que era ilegal para a realeza ter filhos feios. Com a beleza estonteante da rainha Catarina e a aparência do rei Alexander, ele não tinha escolha, nem sua irmã absurdamente deslumbrante, Eloise. Mas, ainda assim, deve ter existido uma masmorra em algum lugar para onde a prole horrível era enviada, trancafiada por ousar ser tudo menos atraente.

O príncipe Theo tinha mais de um metro e oitenta, ombros largos, com cabelo castanho-claro estilizado e olhos verdes radiantes. Tão bonito que doía olhar diretamente para ele. Elegante, em forma, mas com uma pitada de malícia. Provavelmente estava estampado nas paredes dos quartos da maioria das garotas ao redor do mundo, sem contar a população estudantil desta escola, junto com o corpo docente. O garoto fazia parte de fantasias femininas com mais frequência do que qualquer outra celebridade sexy do mundo.

E ele sabia disso.

Nem mesmo o "uniforme" que precisávamos usar conseguiu diminuir sua sensualidade prepotente, ou de sua turma de amigos próximos e seletivos, enquanto o resto de nós, subalternos, mais parecíamos integrantes de um elenco desleixado de Harry Potter.

— Spence? — Uma voz ressoou perto do meu ouvido. — Terra para Spencer.

Um ombro cutucou o meu, chamando minha atenção para a minha amiga, Wilhelmina. Apenas seus pais e professores ousavam chamá-la assim. Ela gostava de ser chamada por Mina. Era uma das poucas pessoas como eu que tinha pouca tolerância com o Príncipe ou sua turma. Seu pai era um conde. Alguns degraus acima do meu, mas ainda tão abaixo na posição hierárquica, que sempre era tratada da mesma forma que eu: *Obrigado pela presença de vocês aqui, mas não damos a mínima para a mansãozinha que suas famílias herdaram.*

— Continue olhando assim para Sua Majestade — ela revirou os olhos, o sarcasmo se apegando ao título nobre —, e seus guarda-costas colocarão seu nome na lista de observação.

Bufei, balançando a cabeça.

— Como se eu estivesse no nível de chamar a atenção deles para entrar em qualquer lista.

— Você diz isso, garota, mas todo cara aqui baba quando passa.

Lancei a ela um olhar determinado ao descer de uma mesa de piquenique. Poderia negar, mas desde que as aulas começaram, tivemos mais adesões à campanha para interrupção de testes em animais do que em todos os anos anteriores. Foi como se eu tivesse passado de um fantasma para um ser humano de verdade. Eles repararam em mim.

— Um cara me perguntou ontem se eu era aluna nova. — Coloquei a mochila no ombro. — Não, babaca, estudo com você desde o jardim de infância.

— Caras são idiotas e totalmente lerdos. Mas, sério, Spence, não é possível que você fique surpresa com isso. Você mudou completamente durante o verão.

Ela se levantou, ajeitando a saia pregueada, os olhos castanhos me avaliando.

Era verdade. Eu me desenvolvi muito tarde, uma daquelas crianças pré-adolescentes que ficariam trancadas na masmorra. Mas, como a maioria das coisas em minha vida, a força de vontade de minha mãe venceu e derrubou a Mãe Natureza, permitindo que ela tivesse o que queria.

Uma filha atraente para se gabar.

Quando Vivian Sutton decidia algo, não havia muitas coisas capazes de impedi-la. Só a vontade de meu tio foi forte suficiente para dobrá-la ao longo dos anos.

Apresentando-me a um modelador de cachos e luzes, minha mãe transformou meu cabelo castanho sem brilho, liso e sedoso em ondas castanho-avermelhadas e radiantes. Minha pele clareou, agora pontilhada de sardas em vez de espinhas. Meu corpo rechonchudo decidiu se livrar daquela gordura de bebê e me dar uma cintura e coxas que não ficariam assadas à medida que eu andasse. Mas em comparação com as garotas mais lindas daqui, eu era muito comum. A maioria parecia modelos ou atrizes de televisão.

Com cerca de um metro e setenta, eu me misturei em segundo plano. A única coisa que percebi de especial em mim foram meus grandes olhos acinzentados. Contra minha pele pálida e cabelo ruivo escuro, eles se destacaram.

Charlotte – um dos cinco nomes mais usados pela nobreza, mesmo que houvesse uma variedade de escolhas –, que liderava um dos grupos populares, havia me chamado outro dia, percebendo minha mudança drástica. Mas suas observações eram sempre seguidas por palavras como "peculiar",

SOB A GUARDA DA *Realeza*

"interessante" e "diferente" quando se tratava de mim, tudo junto e misturado. Para qualquer garota, nenhuma norma precisava ser quebrada; não foi um elogio.

Mina estava acostumada com a atenção das pessoas. Ela não se misturava ao cenário, sendo uma das raras negras da realeza do país. Seu pai era branco e sua mãe de ascendência afro-ocidental. Era outra coisa que ela e eu achamos revoltante na alta sociedade, além da óbvia consanguinidade. A diversidade, ou a falta dela, no círculo nobre era horrível.

Ela era ainda mais um símbolo para a escola do que eu, com o reitor praticamente acenando e dizendo: "Viu, não somente deixamos entrar a aristocracia inferior, como também praticamos a diversidade!"

Acho que foi por isso que nos aproximamos tanto no ginásio. Nós duas somos marginalizadas. Esquisitonas no mundo entediante dos aristocratas.

— Você sabe que é linda, Spence.

Ela afastou o cabelo preto e encaracolado do ombro. Era alta e magra com um sorriso que iluminava o mundo. Inteligente e extremamente tímida, parecia inacessível, mas depois que você a conhecia de verdade, era maluca e divertida. Engraçadíssima também. Eu a achava deslumbrante, porém os caras da escola tendiam a ficar longe de nós. Landen, meu primo, era o único homem em nosso minúsculo grupo. Outro desajustado.

— Pense nisso como um elogio quando a alta sociedade começar a notar e a insultar você. — Mina sorriu quando começamos a ir para a nossa aula. — A maior forma de elogio.

— Sei.

— Será que se deram ao trabalho de insultá-la antes?

— Nossa.

— Mas é verdade.

Ela segurou a porta, conduzindo-nos para Durham Hall, que recebeu esse nome em homenagem ao tataravô – nunca sei quantos "ta's" tem esse homem – de Charlotte. Achei estranho que séculos depois, os filhos de alguém relacionado por parentesco ainda viviam à custa de seu nome, como um bando de babacas. Eles pareciam nobres e arrogantes, sem fazer absolutamente nada para merecer isso, além de terem a sorte de alegar que tinham o sangue dele em algum lugar do mindinho.

— Charlotte não é diferente de um tubarão sentindo o cheiro de sangue novo em sua piscina. Ela não gosta de competição, mesmo de seus "vulgos" amigos. Você pode negar o quanto quiser, mas os caras estão te notando.

Quero dizer, notando do tipo "línguas rolando no chão, e quase gozando nas calças" quando você passa.

— Mina! — gemi, esfregando a cabeça. — Era uma cena que eu não precisava imaginar.

— Pelo amor de Deus...

Ela me seguiu até a sala de aula de história, encontrando nossos assentos mais perto da frente do grande auditório. Éramos do tipo que não só gostava de aprender, mas *precisava* aprender. Eu não tinha uma herança de um bilhão de libras à minha espera, nem a escola ignoraria minhas notas baixas como fazia com as "outras" pessoas.

— Como se você não fosse adorar a língua dele te lambendo.

Ela ergueu as sobrancelhas em direção à última fileira do outro lado da sala. Senti um frio na barriga ao ver Theo recostado de pernas abertas em sua cadeira, sua risada estrondosa ecoando pela sala, por conta de algo que seu amigo Ben havia dito. Não dava para negar que ele era lindo; sua confiança e seu poder de sedução dominavam qualquer pessoa como uma droga. Até mesmo meu corpo ignorou o que sinto por ele, querendo mover-se em sua direção como todos faziam. Mas assim que meu cérebro voltou a funcionar, senti ódio por deixar sua aparência me transformar em mais um de seus lacaios nesta escola.

— Que nojo — resmunguei, ríspida, entredentes, jogando a bolsa no chão enquanto me largava na cadeira. — Sério, todo mundo pensa que você é tão certinha e séria — murmurei.

— Cuidado com as mais quietinhas, sempre. — Ela piscou, acomodando-se ao meu lado. — Mas vamos manter isso entre nós.

Pegando meu caderno, olhei para Theo, observando-o com seus amigos. Assim como todo mundo, eu o vi crescer, ao lado da irmã, pela televisão, também de longe em eventos para os quais minha família foi convidada. Ele foi criado para ser perfeitamente refinado, dizer e fazer a coisa certa aos olhos do público; generoso e gentil. Mas ao vê-lo cem por cento em sua essência, sem imprensa ou câmeras, era um cara diferente – relaxado, cheio de malícia e um baita ego. Percebeu que poderia escapar impune de qualquer coisa aqui, sem consequências. Todos queriam um pedaço dele, mas manteve seu círculo restrito. Benjamin Astor, Charlie Fitzroy e Hazel Seymour compunham sua principal turma – todos filhos de duques e duquesas com quem cresceu. A próxima categoria eram os caras da equipe de lacrosse, da qual Theo era o capitão. Em seguida, vinha a turma de Charlotte.

SOB A GUARDA DA *Realeza*

Eu estava em algum lugar bem mais abaixo.

Charlotte e suas amigas foram se sentar nos lugares bem à sua frente, olhando para ele e ajeitando os cabelos, tentando chamar sua atenção. Charlotte queria estar no primeiro escalão. A namorada. Ouvi rumores de que namoraram por pouco tempo no ano passado, mas se isso era verdade, era óbvio que agora não estavam mais juntos.

Ela era o tipo de garota com quem todo mundo imaginaria que ele deveria ficar. Criada para se casar com um príncipe, era alta e magra, com cabelo loiro sedoso e as características clássicas de uma princesa da Disney. A ideia de ele escolhê-la para namorar ou se casar me fez bocejar. Ela era tipo uma caricatura. Seria tão previsível e maçante. Mas provavelmente eu estava colocando muita fé nos homens ou na ideia de que queriam mais do que suas respostas prontas e perfeitas. Que percebiam que era pura farsa. A recatada garota compassiva criada para ser a esposa de um nobre não era nada mais do que uma megera alpinista social. Eu me decepcionei por ela não ter conseguido ver o quão clichê era. Esta vida girava em torno das aparências. O que parecia para o mundo, não o que realmente era.

— Entendi. — Mina sorriu, seguindo meu olhar nos fundos da sala. — Por mais que eu o odeie, ele ainda é gostoso demais e um maldito príncipe. É difícil lutar contra isso.

— Não ligo para nada disso.

Balancei a cabeça, pegando uma caneta na bolsa.

— Ninguém é capaz de lutar contra isso. É como inserir uma programação no título para fazer com que nós, plebeus, caiamos de joelhos.

Ela arqueou as sobrancelhas.

— A maioria dos ouvintes pensaria que significava se ajoelhar em uma reverência, mas eu te conheço muito bem.

— Só alguns poucos me conhecem mesmo.

Ela pegou seus livros, a expressão se transformando na aluna estudiosa quando nosso professor entrou.

— Muito bem. Abram na página 230, retomando de onde paramos na segunda-feira. O reinado do rei Alberto, o primeiro.

— A quem eu gostava de chamar de vovô. — Theo suspirou, batendo no peito como se estivesse se lembrando dele com ternura. — Sinto tanta falta dele.

— Sim, Theodore. Tenho certeza de que seu bisavô do século XV era ótimo nas festas de fim de ano.

A escola tinha uma regra: nenhum aluno era chamado pelo título. Eles gostavam de pelo menos fingir que mantinham as coisas justas. O professor Martin tentou conter seu aborrecimento. Ele era o único professor que não cedia aos caprichos do príncipe. Era o tipo de cara que não dava a mínima para quem você era ou de qual árvore genealógica você caiu. Estava aqui para educar, e você só era especial se mostrasse mais brilhantismo do que gaiatice.

Ele era meu professor favorito. Provavelmente porque não se curvou para Sua Alteza e nem puxava o seu saco.

— Ah, vovô Al é hilário. Ele e eu estamos sempre bebendo pelos cantos. — Um sorriso curvou seus lábios à medida que a maioria da classe ria de sua piada. — Não fala muito, mas gosto da companhia dele. Um pouco exuberante, no entanto.

As risadas transformaram-se em gargalhadas agora.

— Já chega.

Martin sentou-se na beirada da mesa, cruzando os braços.

— Acha que estou brincando? A gente se diverte junto o tempo todo. Ele é a imagem da alegria.

Gemi, entendendo sua piada horrorosa. Eu não tinha dúvidas de que o castelo tinha muitas pinturas do Rei Albert nas paredes; Theo, provavelmente, curtia e bebia ao lado dele o tempo todo.

— Já que você e o rei Albert são tão próximos, talvez possa nos dizer quem foi escolhida para se casar com ele, de forma a criar uma aliança entre nossos países?

— Fácil — zombou Theo. — Gertrude, a princesa francesa.

— Errado.

Senti a palavra escapar da minha boca antes que o cérebro entrasse em cena.

A classe inteira se virou com tudo na minha direção. Senti os olhos do príncipe me fuzilando como se finalmente notasse que o assento estava ocupado, ao invés de vazio.

— O que disse?

Ele inclinou a cabeça, não acreditando que o corrigi. Totalmente compreensível; minha cabeça ainda estava rejeitando o fato de que fui eu quem disse isso.

Mina olhou para mim, boquiaberta, como a maioria da classe, mas o professor Martin se recostou, com um sorrisinho sob a barba espessa.

— Continue. — Martin acenou com a cabeça, encorajando-me a falar.

SOB A GUARDA DA *Realeza*

Meu rosto esquentou, a confiança desvanecendo. Theo estava acostumado a estar sob os holofotes. Eu não. Eu me sentia bem em ficar nos bastidores.

— V-você está errado.

Respirei fundo, sentando-me mais ereta. Ele pode ser um príncipe, mas estudei muito para obter boas notas. Queria me tornar veterinária e era preciso ter notas excelentes para isso. Para me tornar uma, eu precisava ser aceita como membro do *Royal College of Veterinary Surgeons*, o RCVS, e para que isso acontecesse, eu precisava concluir o curso de graduação de cinco anos em uma universidade de ponta. Por causa disso, eu me esforçava muito. Além do mais, gostava de história.

— Você acha que não conheço a história da minha própria família? Fui criado ouvindo tudo isso. A verdadeira história. Não me desafie com a sua versão de guia de estudos da minha família.

Ele se inclinou para trás com arrogância.

Ah. Não. Ele. Não. Fez. Isso.

Mina ficou de queixo caído, sabendo que ele tinha acabado de cutucar uma onça com vara curta.

— Então isso vai ser ainda mais constrangedor para você.

Engoli em seco, percebendo que o professor agora cobria a boca com a mão, para esconder um grande sorriso.

— Quem você pensa que é? Acho que eu saberia mais a respeito da minha família do que você.

Com os olhos entrecerrados, ele me fuzilava como se isso fosse me rasgar ao meio. Nunca tive toda a atenção do príncipe e foi como se eu estivesse me afogando nela. Intenso e forte, seu olhar se conectou ao meu, muito confiante para duvidar de si mesmo.

— Bem, claramente, sou um zé-ninguém para você, mas talvez alguém precisasse revisitar os diários de seu querido avô ou algo assim.

Tentei ignorar o calor que me deixou da cor de um tomate, a língua seca como o Deserto do Saara.

— Você está de sacanagem comigo, porra?

Seus olhos verdes faiscaram de raiva.

— Senhor Theodore, não há necessidade desse tipo de linguagem — repreendeu Martin, acenando para mim. — Deixe-a continuar.

— Claro. — Ele deu de ombros, desabando contra a cadeira com ar de que pouco liga para o que eu iria dizer. — Se ela quiser se humilhar, fique à vontade.

O professor arqueou uma sobrancelha, virando-se para mim com um sorriso perspicaz.

— Vá em frente, Spencer.

— A primeira aliança foi estabelecida na Espanha. Eles tinham um exército maior, e o pai de Albert o queria. Ele estava determinado a conseguir a princesa Isabelle para Albert, mas acho que seu avô Al era um idiota, porque ela não estava nem um pouco a fim. Ela o rejeitou logo de cara. Até mesmo seu pai, o rei da Espanha, achou melhor ela se casar com um primo. — Estalei a língua. — Aquilo deve ter doído. Esse nível de rejeição.

Theo retesou a postura.

— Foi por isso que ele se casou com Gertrude e declarou guerra à Espanha.

A classe ficou em silêncio, todos os olhos se alternando entre nós, preparados para que nossa própria guerra fosse declarada.

— Desculpe, Theodore, mas Spencer está certa.

Martin se levantou de sua mesa, foi até o projetor e colocou uma linha do tempo na tela, sua voz divagando. Não ouvi nada. Era impossível não vibrar com o orgulho explodindo no peito, ciente de que acabei de ensinar ao Príncipe da Grã-Victoria sua própria história. Mas os olhares malignos de meus colegas se remexendo em seus assentos sugeriam que cometi um erro. Como pude ousar corrigir o príncipe? Ele estava certo, mesmo se estivesse errado.

— Que merda, garota — murmurou Mina. — Se não estava no radar deles antes, com certeza, agora você está.

Engoli em seco, sentindo a verdade em suas palavras. Rapidamente, minha atenção se voltou para o príncipe, imaginando que ele também estava me encarando. Ele se recostou contra o assento, o olhar dardejante focado em mim, mas não estava cheio de rancor. Na verdade, era curioso e intrigado, como se gostasse de ser desafiado. Ele não afastou o olhar quando o flagrei no ato, observando-me descaradamente com os lábios estranhamente curvados.

Não só ganhei a atenção de pessoas que nunca olharam para mim, mas também ganhei a do príncipe.

E de alguma forma, sabia que nada mais seria o mesmo depois disso.

SOB A GUARDA DA *Realeza*

CAPÍTULO 2

Oito meses depois...

— Estamos livres!

Landen ergueu os braços, gritando a plenos pulmões.

— Nós. Estamos. Livres!

A última aula do ano havia acabado. A escola estava, oficialmente, encerrada.

— Até que seu pai o obrigue a se alistar no exército.

Tentando esconder o sorriso, afastei meu cabelo do ombro, o sol de maio roçando minha pele de leve, sugerindo que o verão estava chegando.

— Alguém é desmancha-prazeres.

Ele baixou os braços, me encarando com seus olhos castanho-claros. Tinha que puxar aos olhos da mãe, já que alguns de nós do lado do pai dele tínhamos a cor mais azul-acinzentado.

— E acho que talvez eu tenha tentado convencê-lo a ter um ano sabático.

— Seu pai? Sério? — Mina ergueu uma sobrancelha escura.

— É claro que ele disse não. Mas tenho quase certeza de que o significado subjacente era: "Acho que está certo, Landen, você deve explorar o mundo por pelo menos um ano. Pode muito bem estender para dois".

— Sim, soa exatamente o que meu tio diria — bufei, cobrindo a boca.

Landen e eu éramos extremamente próximos. Sua família era muito fria e conservadora, então eu era a única com quem ele se abria. A última vez que ele veio em casa, e nós ficamos trêbados no meu quarto, ele confessou que estava confuso a respeito da sua sexualidade, dizendo que ainda se sentia atraído por mulheres, mas pelo que pude perceber, estava sofrendo por sentir o mesmo por garotos também.

— Cale a boca. — Ele apontou para mim, sua gravata pendurada frouxa no pescoço. — Estou pensando em fazê-lo tomar um porre e depois obrigá-lo a assinar um contrato que fiz meu advogado redigir, onde diz que ele concorda com meu ano no exterior. Daí amarro aquele babaca a isso.

— Advogados? Contratos? Jesus.

Mina balançou a cabeça, rindo.

— Isto não é normal.

— Nada a nosso respeito é normal, querida. — Enlaçou seu corpo, piscando. — Falando em anormal, que tal você e eu enchermos a cara e fazermos sexo hoje à noite?

— Argh. Sem chance.

Ela afastou o braço dele, revirando os olhos. Todos nós sabíamos que ele estava só de brincadeira. Eles nunca tiveram uma gota de interesse um pelo outro. Landen não tinha falado comigo de seus sentimentos desde aquela noite de bebedeira, mantendo-os guardados. Ele flertava implacavelmente com as garotas, fazendo declarações exageradas, quase como se torcesse para que não o levassem a sério. Tive a impressão de que era tudo fingimento porque ele não estava preparado para enfrentar seus verdadeiros sentimentos ainda.

— Você feriu o ego de um homem.

Ele esfregou o cabelo ruivo escuro que ambos herdamos de nossos pais, nem um pouco chateado. Meu pai, Andrew, era alguns anos mais novo, mas Fredrick Sutton parecia e agia como meu falecido avô, de quem eu também não gostava, assumindo o papel de patriarca, sempre falando do legado. Acho que alguém estava tentando compensar seu minúsculo título de barão. Sempre me senti mal por Landen ter crescido com ele. Eu vi o tio Freddie muitas vezes quando voltamos para casa nas férias, e me acostumei a me esconder atrás das tapeçarias. Deve ter sido por isso que Landen ficou feliz em ir para o internato comigo, só para ter a oportunidade de ficar longe de seu pai autoritário.

— Pense que de alguma forma você vai superar isso. — Mina o cutucou de brincadeira. — Então, nós vamos sair hoje à noite? Comemorar que estamos livres deste lugar?

— Sim. Totalmente, sim. — Landen sacudiu a cabeça freneticamente.

— Acho que...

Olhei por cima do ombro procurando uma forma familiar na multidão.

— Não tem que achar nada. É obrigatório.

Landen agarrou minha mão, olhando-me de um jeito que eu conhecia muito bem.

— Não. Por favor. Não faça isso — implorei.

— Ah, sim. A ocasião requer isso.

— Não, nada disso.

SOB A GUARDA DA *Realeza*

— *"Morram em suas camas daqui há alguns anos..."*

Começou a recitar a famosa frase de um filme, algo que repetia em todos os Natais, como tradição, quando estávamos comendo. Sempre irritando seu pai e deixando o clima desconfortável no jantar. Bem, não para mim. Ele sempre conseguia me fazer rir. Isso nos dava a desculpa perfeita para sermos dispensados, daí escapávamos para o quarto dele.

— *"Não valeria a pena trocar todos os dias a partir de agora por uma chance..."*

— Santo Deus, começou.

Wilhelmina inclinou a cabeça para trás, beliscando o nariz.

— *"Só uma chance..."*

Ele ergueu o dedo, afastando-se de mim, sua voz soando cada vez mais alto no pátio.

— Que irritante — murmurei, deixando o cabelo cobrir meu rosto como uma cortina. — Por favor, pare.

— *"De vir aqui e dizer aos nossos inimigos que eles podem tirar nossas vidas, mas jamais irão tirar..."*

Ele fez uma pausa dramática, todos ao redor agora parados e olhando para ele. Pulou em uma mesa de piquenique com os braços estendidos.

— *"A NOSSA LIBERDADE!"* — gritou ele, dando tudo de si em sua performance afobada. Algumas pessoas aplaudiram ou assobiaram.

Escondi o rosto com as mãos, rindo. O cara era um ator nato. Se essa fosse uma opção para ele, já estaria em um avião rumo a Los Angeles.

Ele se curvou, saltando da mesa, um sorriso explodindo em seu rosto. Tinha feito algumas peças aqui na escola, mas assim que seu pai descobriu, foi proibido de fazer teatro novamente. De acordo com as palavras do meu tio: "ele estava constrangendo a família". Sei lá.

Fredrick estava matando tudo o que tornava Landen especial e incrível.

— Mandou bem, primo. — Continuei a rir, meu sorriso fazendo o rosto doer. — Parece tão novo quanto a centésima vez que você fez.

— Obrigado. — Ele fez uma reverência. — É tudo questão de viver o momento.

— Sutton!

Nosso sobrenome ecoou no pátio, fazendo nossas cabeças virarem de supetão.

— É para você.

Landen piscou, batendo no meu braço.

Sua voz parecia uma faca fatiando a multidão. Os alunos saíram do caminho do príncipe, deixando-o passar, curvando-se ao seu capricho sem dizer uma palavra. Seus olhos verdes se estreitaram em mim, os ombros aprumando.

— O que é isso?

Ele puxou um pedaço de papel de seu caderno, um panfleto verde cintilante refletindo a luz do sol.

Todos ao nosso redor pararam, observando a cena como falcões. Eu não era mais invisível nesta escola.

— Se você alguma vez aprendeu a ler — eu me virei para encará-lo, cruzando os braços —, "Vossa Alteza" — cheguei mais perto do Príncipe Theo, seu cabelo castanho despenteado, a gravata solta como a do Landen —, veria que é uma manifestação para animais em extinção.

— E você acha que eu me importo com isso?

Ele se aproximou, inclinando a cabeça.

— Não estou nem aí se você liga, só me importo com a contribuição do seu dinheiro.

Olhando para mim, ele respirou fundo.

— Se eu vir mais um desses papéis enfiados no meu livro, vou...

— Vai fazer o quê? — respondi em igual medida, meu tênis tocando o dele.

— Vou fazer isso. — Suas mãos deslizaram pelo meu rosto, a boca descendo com tudo na minha. Seus lábios se moveram contra os meus, mesmo que estivesse se segurando para não me beijar com vontade. Tive a sensação de que ele se afastou muito cedo, seu olhar percorrendo ao redor, com nervosismo. — Talvez não devesse ter feito isso aqui.

— Talvez.

Meus ombros cederam, meus olhos varrendo a multidão para ver se alguém havia tirado fotos ou gravado um vídeo nosso. Estávamos quase sempre protegidos e seguros aqui, mas não se podia impedir as pessoas de repassarem fotos para os *paparazzi* por um preço alto. Namorar o príncipe tinha limitações onerosas. Sempre tínhamos que ficar atentos e manter ao mínimo as demonstrações públicas de afeto.

— Espere até estarmos sozinhos. — Ele sorriu para mim, seus olhos insinuando uma promessa. — Acho que precisa ser punida por isso.

Ele ergueu o folheto.

— É mesmo? — Arqueei uma sobrancelha, com timidez fingida. — Então talvez precise me disciplinar por causa do seu dormitório também.

SOB A GUARDA DA *Realeza* 19

— Puta merda. O que você fez dessa vez?

Ele balançou a cabeça, aproximando-se.

— Não fiz nada. — Arregalei os olhos, fingindo inocência. — Não tenho permissão para ir lá, lembra?

— Tá bom, o que eu quis perguntar foi: o que Landen fez por você?

O olhar de Theo se voltou para o meu primo.

— Ela me obrigou. — Landen apontou para mim. — A culpa não é minha. Fui chantageado! Não tive escolha.

— Droga, você cede fácil demais. — Virei a cabeça para o meu primo. — Nem sequer dez segundos.

— Ele pode cortar minha cabeça! — Landen acenou para Theo. — Jogar meu corpo sexy em uma masmorra!

— E posso cortar outras coisas, além de mostrar ao seu pai aquelas fotos que tenho do seu aniversário de dezesseis anos. Você se lembra, não?

— Puta que pariu, mulher. — Landen balançou a cabeça. — Você é a maldade em pessoa.

— Não posso evitar. Nasci assim.

— Ei, atenção aqui em mim. — Theo acenou para si mesmo. — Ainda estou com medo do que fez no meu quarto.

— Digamos que você agora possui lembretes por todos os lados de uma instituição de caridade fantástica para a qual doar. Uma generosa contribuição de Sua Alteza Real seria muitíssimo apreciada. — Pisquei, aproximando-me tanto que nossos corpos ficaram colados um no outro. — É muito importante.

— Você cobriu as paredes do meu quarto com esses folhetos? — Ele soltou uma risada abafada. — E ninguém te impediu?

— Com *superbonder*. Talvez seja preciso tacar fogo no quarto para conseguir tirar.

Landen sorriu orgulhoso, aprumando a postura.

— E ninguém, nem mesmo seus guarda-costas, pode resistir aos meus encantos.

— Meus guardas ficam fora da escola.

— Então quem foi o bendito que subornei? — Landen ergueu os braços. — Uau... faz muito mais sentido agora. Não me admira que tenham concordado tão fácil assim.

— Vocês são tão estranhos. — Theo balançou a cabeça, puxando-me para ele, o nariz acariciando minha orelha, sussurrando só para mim. —

Você está tornando quase impossível manter as mãos longe de você.

— Ótimo.

Fiquei na ponta dos pés, beijando-o, seus dedos segurando meu rosto com mais firmeza, puxando-me para seu corpo.

— Tá bom, tá bom. Ninguém quer ver isso — gemeu Landen, apontando para nós.

— Na verdade, acho que bilhões de pessoas gostariam de ver. — Mina tocou o queixo. — Podemos ganhar milhões.

— Calma aí! — Landen se animou. — Eu poderia ter vendido a minha prima e ido morar em Fiji? Bebendo e tirando uma soneca em uma rede entre instrutores de ioga gostosas e camareiras que vinham fazer sexo?

— Sim. — Ela assentiu.

— Desculpa, Spence, nunca gostei tanto assim de você. — Landen deu de ombros e cerrou a boca. — Nem mesmo as fotos que você tem podem impedir minha ida a Fiji.

— É por isso que tenho muito mais material para te chantagear.

Eu me virei para encará-lo, a mão de Theo tocando de leve na minha cintura. Ainda parecia que eu acordaria a qualquer instante, e o fato de termos nos tornado um casal há sete meses não passasse de um sonho. Não conseguia esquecer que havia me apaixonado por um príncipe. Eu, que odiava todo aquele mundo aristocrático, estava agora bem no centro dele. Apesar de estarmos aqui na escola, fomos capazes de manter nosso namoro longe da imprensa. Ninguém fora dessas paredes sabia que estávamos namorando.

— Tenho um vídeo de você nu na banheira com um patinho de borracha.

— Ah, quando eu tinha três anos? Por favor, por Fiji vale a pena. — Ele bufou todo dramático.

— É do ano passado.

— O quê?

— Ano Novo, lindinho. — Pisquei para o meu primo. — Depois de uma caixa de champanhe e um bolo inteiro de maconha.

— Merda! Mais uma vez, meus sonhos são frustrados pela chantagem. Ele baixou a cabeça.

— Adeus, instrutores de ioga gostosas... rede... mar azul-cristalino. Dinheiro aos montes.

— Sério, achei que meus amigos eram esquisitos. Até eu conhecer os seus. — Theo balançou a cabeça, me soltando de seu abraço.

SOB A GUARDA DA *Realeza*

Depois daquele momento, há oito meses, na aula, Theo passou a me enxergar. A me perseguir. Um mês depois, estávamos namorando, o que significava namorar seus amigos, também. Fico por tanto tempo perto de Theo, Ben, Hazel e Charlie, percebi que amavam provocar e agir como fanfarrões, mas só do jeito que a verdadeira elite entendia. Eles haviam vivido suas vidas inteiras em uma bolha só deles, aquilo que achavam engraçado ou perverso era bem fora da realidade das pessoas normais. Eles não assistiam a filmes, TV ou não podiam falar da última febre da Netflix. Passavam férias pegando seus jatos particulares e indo para ilhas e festejando com estrelas do rock, modelos e atores dos programas que eu assistia do sofá de casa, usando um moletom.

Eu gostava muito deles. Eram mais "verdadeiros" do que a maioria das pessoas que tentavam fazer parte de seu mundo. Mas ainda havia certa desconexão, uma esfera em que viviam que eu jamais poderia tocar.

— Nós vamos ao pub do meu padrinho esta noite. Você vem, né?

Theo manteve uma distância entre nós. Todos aqui sabiam que estávamos juntos, mas o futuro rei, não importa o que acontecesse, não podia ser pego dando uns amassos na namorada. Quando nos beijamos na escola, era rápido e casto. Ele tentava compensar em particular, mas parecia nunca haver tempo para estarmos juntos de verdade. Deveres, lacrosse, trabalhos escolares. O príncipe era sempre necessário em algum lugar.

— Ele reservou uma mesa para nós. Estou doido para me divertir.

O padrinho de Theo, Thomas, era dono de uma rede de pubs e restaurantes sofisticados, mas o que mais frequentávamos era um pub local bem pequeno. Ele ficava no centro de um bairro, entre casas geminadas e apartamentos em uma área próspera. Certamente não era moderno ou elegante, e acho que era por esse motivo que Theo gostava. Tomar um copo de cerveja enquanto assistia a um jogo de futebol com os moradores locais, o fazia se sentir como um cara normal por uma noite. Os repórteres e *paparazzi* ainda não haviam descoberto o lugar, provavelmente porque não era para onde imaginavam que um príncipe iria. Os guarda-costas achavam ótimo, porque era mais fácil de proteger, mantendo Theo seguro e fora dos holofotes.

Thomas dava um jeito de garantir que todos deixassem Theo em paz quando aparecíamos. Fazia questão que não tirassem fotos ou publicassem nas redes sociais a respeito da presença do príncipe e de seus amigos. Ele era muito protetor com Theo.

— Eu tô dentro. — Landen ergueu a mão. — Seja honesto, isso é tudo com o que realmente se importa.

— É. Claro, cara — Theo respondeu, com a voz controlada. Dava para perceber que Landen o perturbava um pouco; não tinha muita certeza de como lidar com ele.

— Estamos todos preparados para tomar todas hoje à noite? — Ben veio por trás de Theo, dando um tapinha em seu ombro e sorrindo para nós.

— Com. Certeza. — Theo suspirou fundo, e o resto concordou com a cabeça.

— Tá legal, vamos começar então. — Ben deu um soquinho de brincadeira no amigo. — Você não tem muito tempo antes que a liberdade acabe. Melhor ir se acostumando...

Meus olhos se estreitaram com o comentário estranho de Ben, mas Theo não me deu chance de perguntar o que ele quis dizer.

— Sim. Vá atrás de Hazel e Charlie — disse ele a Ben, quando se aproximou de mim e segurou minhas mãos. — Encontro vocês lá, né?

— Claro. — Concordei com a cabeça.

— Sabe que odeio não podermos ir juntos, mas temos que ter cuidado. A imprensa...

— Fique tranquilo, eu compreendo.

E entendia sim, mas ainda doía que tivesse que agir como se não estivéssemos juntos, que eu era só uma garota qualquer aparecendo no mesmo bar até que pudéssemos relaxar um pouco.

— Até mais tarde.

Ele beijou meu rosto antes de ir para seu dormitório. Lugar que ele parecia ter esquecido que estava lotado de panfletos a favor dos direitos dos animais.

Era outra peculiaridade minha. Eu adorava pegadinhas, mas esperava que ele revidasse. Quero dizer, o garoto tinha meios e conexões, mas nunca tentou se vingar de mim.

O futuro rei estava acima dessas coisas, acho.

CAPÍTULO 3

— Outra rodada, minha linda!

Charlie agitou o braço, todo animado, do outro lado da mesa, mostrando à garçonete que estávamos assustadoramente perto de ficar com os copos vazios.

— É pra já.

Ela sorriu, o rosto adquirindo um tom profundo de ameixa, e seguiu para o bar. Ela era uma linda garota de vinte e poucos anos da Polônia. Thomas a colocava para nos atender sempre que estávamos aqui, mas por melhor que fosse, ela não parecia se acostumar com a noção de que o Príncipe de Victoria estava sentado em sua área. Não que eu a culpasse. Eu ainda sentia que este era um universo alternativo ao qual não pertencia, e olha que cresci mais neste mundo do que ela.

O bar estava cheio e agitado com a animação de uma noite de sexta-feira. Thomas reservou a mesa escondida na parte do restaurante do bar para nós, e longe da porta da frente, banheiros e da área principal. Ficava atrás de uma parede, em um canto escuro. Se qualquer um aparecesse ali para tomar uma bebida, jamais saberia que o príncipe estava lá.

Dalton, um dos principais guarda-costas de Theo, sentou-se a uma mesa próximo à saída de emergência perto de nós, tentando passar despercebido entre os clientes locais. Se não estivesse prestando atenção, pensaria que ele era um cara relaxando depois de uma longa semana. Mas eu conseguia perceber a tensão em seus ombros, seu olhar ágil avaliando cada pequeno movimento ou som, pronto para agir. Eu só o tinha visto em ação duas vezes, quando os *paparazzi* começaram a forçar a barra com Theo. Ele era rápido em reagir e extremamente assustador quando percebia alguém chegando perto demais do príncipe. Nunca conversei muito com ele; estava sempre por perto quando estávamos na escola, mas não parecia o tipo conversador.

Ele era intimidante, mas não podia negar que era muito lindo. Apenas em seus trinta e poucos anos, ele era alto, em forma inacreditável com a pele escura cor de chocolate, cabelo curto e uma barba perfeitamente aparada cobrindo de leve a mandíbula. Dalton se portava com a sutileza e a disciplina que só vieram depois de anos de treinamento com os militares.

— Um brinde! — Charlie se levantou, segurando seu copo, o cabelo castanho normalmente arrumado, agora despenteado, os olhos azuis turvos. — Por finalmente deixar o lugar horrível que me manteve longe da minha verdadeira aspiração: me tornar um completo e absoluto babaca. Deitado em uma boia na minha piscina, cercado por modelos em minha propriedade particular em Nice, enquanto apronto todas com vocês, seus idiotas! — Ergueu o copo para seus amigos. — Saúde!

— Saúde!

Hazel e Ben se juntaram, alegres, já a caminho de ficarem bebaços.

— Ele roubou meu sonho — disse Landen em meu ouvido, fazendo beicinho.

— Sinto muito. — Dei um tapinha na sua mão. — Mas o dele é realidade... o seu é realmente um sonho.

— Que merda. Isso é cruel demais.

Ele virou uma das muitas doses de nossa mesa, encorajando Mina do outro lado a fazer o mesmo. Landen era barulhento e exagerado na vida real, mas quando bebia, ficava reservado e de mau-humor, ao passo em que Mina, num piscar de olhos, foi da rainha da pista de dança para a bêbada sentimental e atrapalhada, vomitando no banheiro. Eu só falava mais alto, e cada música antiga dos anos 80 me dava vontade de dançar no bar.

— Mas é verdade.

Pisquei, aconchegando-me em Theo do meu outro lado, sentindo o álcool nublando a cabeça, aquecendo meu rosto. Minha pele pálida parecia um letreiro em neon quando eu bebia ou ficava com vergonha.

O braço de Theo me envolveu conforme se aninhava mais perto de mim, sua mão se instalando na minha coxa sob a mesa. Na mesma hora senti um frio na barriga de nervoso.

— Não fique chateado, nosso doce príncipe — balbuciou Charlie, atraindo minha atenção de volta a ele. Cambaleando, ergueu outro shot, com o foco em Theo. — Quando aparecermos na mídia por conta de inúmeras transas com pessoas deslumbrantes, enviaremos cartões postais dizendo "gostaríamos que estivesse aqui".

Hazel começou a rir, penteando para trás seu longo cabelo loiro ondulado.

SOB A GUARDA DA *Realeza*

— Você é tão babaca!

— E daí? — Charlie deu de ombros.

— Pois bem. — Hazel balançou a cabeça.

Senti uma sensação estranha, um aviso me percorrendo dos pés à cabeça.

— Eu não faria isso com você. — Ben estava sentado em frente a Theo, um sorriso malicioso no rosto. — Enviarei um vídeo para esfregar na sua cara.

— Oooh... — Hazel riu mais alto, cobrindo a boca com as pequenas e delicadas mãos. — Deixem o Theo em paz. Ele é o único a fazer algo respeitável.

— Não porque ele quer — bufou Ben, acenando para o amigo, que ficou rígido ao meu lado, afastando a mão da minha perna. — Mas o que papai diz...

— Sua Majestade consegue. Ele poderia mandar você ir também. — Hazel ergueu as sobrancelhas para Ben, desafiando-o a continuar dizendo bobagens. — Não seja idiota.

— Sinto que estou meio perdida por aqui... — Olhei para seus amigos e de volta para Theo. O queixo contraído. — O que está acontecendo?

— Seu garoto não te contou? — As sobrancelhas de Ben se ergueram com surpresa.

— Ben, cala a boca — resmungou Theo.

A ansiedade subiu pelas costas, apertando meus pulmões.

— Me contar o quê? — Eu me virei para encarar Theo de frente, o estômago embrulhando.

— Será que podemos ter, pelo menos, uma noite boa? Só de diversão? Aproveitando por termos terminado a escola. — Seus olhos imploravam aos meus, sua mão passando pelo cabelo castanho. — Podemos conversar sobre isso mais tarde.

— Não. — Neguei com a cabeça. — Me diz o que está acontecendo.

— Uma hora vai acabar tendo que falar, colega. Ou esperava que ela não notasse? — Ben tomou um gole de cerveja, recostando-se na cadeira com os braços cruzados. — Desaparecer num beco como se fosse dar uma rapidinha às escondidas.

— Vá se ferrar — esbravejou Theo — Não me venha com suas baboseiras revoltadas de pobre garoto rico esta noite. Vocês tomaram alguma coisa? Porque se transformam na porra de uns babacas quando tomam, os dois.

Ben se mexeu na cadeira, uma parede subindo para esconder suas emoções.

— Só quero me divertir esta noite. — Abriu os braços.

— Nós estávamos fazendo isso. — Theo empurrou sua cadeira para trás, segurando a minha mão e me apressando a acompanhá-lo. — Obrigado, babaca.

Theo puxou o capuz sobre a cabeça, mantendo-se cabisbaixo enquanto passávamos pelas pessoas no bar. Dalton estava logo atrás, bufando irritado, seguindo-nos porta afora. A noite estava fria, o verão só entraria em ação mais tarde, mas o sabor forte de calor pousou na minha língua como se eu pudesse sentir o gosto no horizonte. O céu noturno estava escuro sob os postes conforme ele me levava para uma área mais tranquila, longe do pub. Em seguida, se virou para mim, coçando a nuca.

Dalton fechou a cara, virou a cabeça para o outro lado e parou a alguns metros de nós. Outra coisa a respeito de namorar a realeza... nós nunca ficávamos sozinhos. O príncipe provavelmente não sabia o que era estar sozinho.

— Eu não estava escondendo nada de você.

Suas pálpebras tremularam e ele olhou para ver as pessoas entrando no pub, rindo e brincando, alheios à nossa presença.

— Por que sinto que algo está prestes a ser despejado em mim? — Toquei a barriga, ansiedade agitando-se ali dentro feito pássaros assustados.

— Estava planejando te contar há um tempo. Mas... parecia que nunca era o momento certo.

Ele estava nervoso, movimentando os pés.

— Diz logo de uma vez, Theo. — Cruzei os braços, precisando de uma barreira, uma parede para me proteger de ser dilacerada.

Ele respirou fundo, esfregando a nuca.

— Tá bom. — Ergueu a cabeça, olhando para mim. — Lembra quando eu disse que iria para a Força Aérea Real?

Baixei o olhar, confusa do porquê de isso ser importante.

— Você é o Príncipe de Victoria. Um futuro rei. Achei que teria que ir para o treinamento militar quando fizesse dezenove anos.

Era costume em nosso país que ninguém com menos de dezenove pudesse se alistar nas forças armadas. Theo teria dezoito anos até janeiro.

— Pessoas normais não são permitidas até os dezenove. Não o príncipe. — Ele suspirou, mas sua expressão permaneceu inalterada.

— Mas... mas é lei.

— Spencer. — Ele balançou a cabeça. — Minha família é a lei. E se meu pai dita que devo me alistar, é incontestável. Eu vou. É meu dever.

SOB A GUARDA DA *Realeza*

27

Meus pulmões começaram a inspirar grandes quantidades de ar, sentindo o verão que planejamos juntos escorregar pelos dedos.

— Sinto muito. Sabe que prefiro estar aqui com você. Passar o verão juntos.

Quando me dei conta de suas palavras, recuei em meus passos.

— Quando?

— Quando o quê?

— Theo — alertei, meu lábio se contraindo. — Quando você vai?

Ele estendeu a mão para mim, o cenho franzido com a preocupação.

— Não. — Eu me afastei ainda mais. — Me diga.

Com os lábios cerrados, exalou o ar bem devagar.

— Amanhã.

— Amanhã? — Fiquei boquiaberta. — Tipo amanhã, amanhã?

— Exato.

O canto de sua boca se curvou em seu famoso sorriso sedutor.

— Não se atreva. — Eu o encarei, furiosa. — Isso não funciona comigo.

— Eu sei — zombou, a cabeça sacudindo sob o capuz. — É por esse motivo que gosto de você. Nunca cai nas minhas baboseiras.

— Theo. — Brinquei com meu colar, a decepção pesando nos ombros. — Não acredito que você vai partir amanhã.

— Eu sei. Me desculpe.

— Quanto tempo vai ficar fora?

— Quase quatro meses.

Ele girou o relógio caro no pulso, um lembrete de que o tempo estava passando.

— Estarei de volta em meados de setembro. Ficarei fora só no verão, na verdade. Quando menos perceber, já estarei de volta.

— Uau... Se essa era sua maneira de terminar comigo, não precisava ir tão longe — bufei, esfregando os braços com um pouco de frio.

— Não. — Negou com um aceno de cabeça. — Não quero terminar com você. Nada disso.

— Então, por que não me contou?

— Porque... — Segurou meus braços, me levantando contra o seu corpo até que estivéssemos na mesma altura. — Não queria ver essa cara no seu rosto.

— Mas que grande mentira. — Revirei os olhos.

Ele soltou uma risada, me acolhendo em seu abraço quente e familiar.

Ainda não tínhamos cruzado totalmente a linha, mas tínhamos chegado perto. Esperava que mais tempo sozinhos neste verão mudasse isso.

— Sabe quantas pessoas além dos meus familiares diretos me desafiam? Me enfrentam? — Sua boca roçou minha testa. — Uma. Você. Mais ninguém.

Seu hálito quente fez cócegas em meu pescoço, deslizando pela regata, entre meus seios medianos, fazendo-os pesar como se fossem dois tamanhos a mais, aquecendo meu corpo.

— Eu já tinha reparado em você antes, mas naquele dia da aula pareceu que alguém me deu um soco. Em vez de ficar com raiva de você por me envergonhar e me dar uma lição, fiquei encantado. Completamente fascinado por você. Queria você.

Seus lábios e dentes deslizaram da têmpora até a orelha, mordiscando meu pescoço.

Minha respiração escapou dos pulmões, a cabeça tombando para trás.

— Você está tentando me distrair.

— Está funcionando? — Sua boca foi para o queixo, nós dois com a respiração ofegante. Exceto que jamais deixaria de notar a presença de Dalton bem ali.

— Não. — Pressionei as mãos contra seu peito tonificado. Lacrosse, remo, malhação e polo criaram e esculpiram seu corpo. Ainda era magro e não ostentava músculos protuberantes como Dalton, mas se mantinha em ótima forma, e eu não queria nada mais do que ficar a sós com ele para que pudesse descobrir mais de seu corpo.

— Sério? — Ele riu enquanto minhas mãos se moviam por seu abdômen, agarrando um punhado de sua camiseta e trazendo-o para mais perto da minha boca. — Tem certeza?

— Afirmativo.

Deslizei com a boca por seu lábio inferior, puxando-o com os dentes.

— Puta que pariu — murmurou. — Era para ser eu torturando você, não o contrário.

— Não jogue se não consegue lidar com o jogo, Príncipe — respondi com a voz rouca em seu ouvido, fazendo um pequeno gemido escapulir de sua garganta. — Não pense que alguém vai se importar se quebrarmos as regras esta noite, e você decida ir se aventurar no dormitório feminino. A maioria nem está mais lá.

Ele soltou um gemido mais alto, se afastando de mim.

SOB A GUARDA DA *Realeza*

— Você está me matando. — Ele agarrou meus braços como se estivesse tentando me manter longe dele. — Não tem ideia do quanto quero fazer isso.

Outra lasca afiada me apunhalou, acionando um sino de alerta.

— Estou indo hoje à noite. Na verdade, em algumas horas.

Ele olhou para Dalton, que fingiu não nos ouvir ou ver, mas olhou para o relógio, verificando a hora.

— O quê? — Eu me soltei de seu abraço, recuando. — Você viaja hoje à noite? Puta merda, Theo.

— Eu sei. Me desculpe.

— Então o que ia fazer? Me beijar no final da noite, dizendo "te vejo em setembro", entraria no carro e iria embora?

— Não.

Ele esfregou a testa.

— Sim. — Coloco as mãos nos quadris. — É exatamente assim que as coisas aconteceriam.

— Queria me divertir essa noite com você. E sabia que se te contasse, nós discutiríamos e ficaria um clima ruim entre nós.

— Não estou brigando com você porque está indo embora. Entendo que tem deveres reais. Estou chateada por não ter me contado antes. Por ter sido um covarde, com medo de me encarar, enfrentar as coisas como um homem.

Ele baixou a mão quando comecei a andar, a raiva me deixando furiosa. Dalton cobriu a boca como se estivesse tossindo, mas pude ver um sorriso aparecendo por trás da mão, tentando não rir. Ele parecia estar gostando de alguém baixar a bola de um príncipe.

— Você dá conta de ficar na frente de milhões fazendo discursos ou de lidar com chefes de estado, mas contar para a sua namorada que vai ficar fora por quatro meses, não?

— Eles não me assustam. — A lateral de sua boca se ergueu. — Você, sim.

Exalei fundo, ciente de que estava me sentindo mais magoada do que com raiva.

— Vamos voltar e aproveitar o restinho de tempo que temos.

Ele ergueu o ombro em direção à entrada. Grupos entravam e saíam do pub, cheios de animação, uma sensação que eu não sentia mais ou sequer era capaz de fingir.

— Vou embora. — Mordi meu lábio.

— Não. — Theo estendeu a mão para mim. — E é exatamente isso que não quero. Não vá.

— Me avise quando voltar. Podemos conversar depois.

— Você está terminando comigo?

— Provavelmente nunca aconteceu isso antes, né?

Ele parecia surpreso, assustado.

— Não.

— Não dá para chamar isso de término se usarmos esse tempo para descobrir o que queremos de verdade. — Abaixei os braços, sabendo que se o deixasse me tocar, provavelmente mudaria de ideia. — Não estamos mais na escola. Sua vida mudará. Muito. Deveres e obrigações dobrarão... e você pode descobrir que não tem espaço para mim. — Ergui a mão, vendo sua boca se abrir para me interromper. — Quero mais do que isso. Mais do que datas marcadas em seu calendário real. Há um motivo pelo qual não quis me contar. E você precisa descobrir o porquê.

Engoli em seco, sentindo a garganta apertada com a vontade louca de chorar. Nunca havíamos dito oficialmente como nos sentíamos, mas eu não podia negar o que havia se tornado nos últimos meses.

— Eu te amo, Theo. Mas não quero estar em segundo plano.

— Você não está — sussurrou.

— Sim. Estou.

Com a mão pressionando as costelas como se estivessem rachando, recuei ainda mais.

— Você não pode simplesmente dizer isso para mim e ir embora. — Espelhou meus passos, vindo na minha direção.

— Posso, e estou indo.

— Espere. — Seus tênis tocaram os meus, meu rosto agora entre as mãos. Lágrimas encheram meus olhos com o toque, a dor rasgando meu coração. — Não quero que você vá! Não quero que acabe assim.

— Iria acontecer em cerca de uma hora de qualquer maneira. — Tentei rir, mas a risada saiu rouca e sufocada.

Ele me encarou, sacudindo a cabeça, os olhos me percorrendo de cima a baixo.

— O que foi?

— Você é diferente de todas as garotas que já conheci.

— Porque terminei com um príncipe? — Abri um sorriso para ele.

— Sim. — Ele riu, acenando com a cabeça. — Não posso dizer que já aconteceu antes.

SOB A GUARDA DA *Realeza*

— Gosto de me destacar.

— E se destaca mesmo. Não se preocupe. — Ele me puxou para mais perto, seu perfume caro e intenso preenchendo meus sentidos. — Mas você não está me largando, de verdade. — Segurou meu rosto com mais força. — Entendo o que está dizendo. Enquanto estou no treinamento, ficamos em confinamento. Não serei mesmo capaz de entrar em contato contigo. Portanto, será um bom momento para você aproveitar esse tempo para descobrir o que quer, também.

— Outra coisa que esqueceu de mencionar.

— Sou um péssimo namorado. — Encostou a testa à minha, o nariz roçando o meu. — Mas vou te ligar assim que sair. Prometo.

Seus lábios cobriram os meus, suaves e doces, a língua pedindo entrada, gentilmente.

Abri a boca, aprofundando o beijo, com fome de mais.

O som de pessoas transitando pela calçada às minhas costas fez com que Theo se afastasse. Ele manteve a cabeça coberta pelo capuz, curvando o rosto para o chão enquanto passavam para entrar no pub.

— Dalton, pode levar Spencer para casa?

Theo me encarou fixamente à medida que falava.

— Sim, Vossa Alteza. Vou agora mesmo chamar o carro para ela.

Eu o vi por cima do ombro de Theo, falando no fone de ouvido.

— Vou avisar a Landen e Mina. — Theo deu um passo para trás, sua estrutura exalava o perfeito príncipe estoico, mas sob o capuz, seus olhos refletiam a tristeza. — Vejo você em alguns meses.

— Sim. A gente se vê.

Fechou a boca, mordiscando os lábios antes de se virar e entrar.

Senti vontade de correr atrás dele e passar cada segundo que pudesse ao seu lado, mas algo me impediu de me mover.

— Srta. Sutton? — Dalton chamou meu nome assim que um carro preto se aproximou. Eu sabia que era minha carona para casa. — Se não se importa, gostaria de dizer uma coisa.

— O quê, Dalton?

— Acho que fez a coisa certa, na minha opinião. Ele tem muita responsabilidade, pressão e obrigações futuras. A escola tem sido uma bolha, e acho que até ele ficará surpreso com o quanto sua vida mudará depois disso.

Não respondi nada, os pneus da limosine guincharam ao parar na nossa frente. Dalton abriu a porta de trás para que eu entrasse.

— O príncipe não pode namorar sem ter tudo esclarecido. Qualquer garota com quem ele decida ser visto deve realmente entender no que está se metendo. A maioria das pessoas pensa que é uma vida de conto de fadas até se virem nela de verdade. Ela será perseguida pela imprensa, criticada em revistas, dilacerada online. Cada movimento será julgado ainda mais do que o do príncipe. Ele será perdoado pelo público, enquanto ela será castigada. Mas acho que entende essa situação melhor do que ele.

— Sim. Entendo. — Afirmei com um aceno de cabeça, odiando essa verdade. As mulheres nesta vida sempre foram julgadas com mais severidade em relação a tudo. E, infelizmente, por outras mulheres, em sua maioria. — Obrigada, Dalton.

Pelo canto do olho, avistei Landen e Mina saindo pela porta da frente do pub, vindo na minha direção, os dois abraçados e cambaleantes.

A mão de Dalton tocou meu braço e me virei para seu olhar sério.

— Você parece ter uma boa cabeça sobre os ombros e força para lidar com isso. — Um leve sorriso curvou seus lábios. — Espero que vocês dois deem certo. Acho que é a melhor coisa para Sua Alteza. Ninguém dá lições de moral a ele como você faz. Já trabalhei para mais de uma família da realeza e posso dizer que jamais vi um membro ser dispensado.

— Sim. — Dei uma risada triste, me acomodando no banco de trás, enquanto Landen e Mina se atrapalhavam do outro lado, tropeçando e caindo um em cima do outro. — Não tenho dúvidas de que sou a primeira.

Havia uma razão para ninguém terminar com um príncipe. Não se fazia isso, simples assim. Eu só podia ser louca de verdade. Mas nunca liguei para o seu título. Eu cresci vendo como era ser da realeza. Foi pelo cara por quem acabei me apaixonando.

— Às vezes, é exatamente o que alguém precisa para acordar ou enxergar a verdade. — Dalton acenou para mim. — Boa noite, Baronesa.

Ele fechou a porta antes que eu pudesse responder, o carro se afastando do meio-fio e adentrando na noite reluzindo as luzes da cidade.

Meu futuro parecia o mesmo. Eu não tinha ideia do que estava à minha frente, mas havia faíscas de excitação e possibilidades.

CAPÍTULO 4

Quatro meses depois...

— Pai, por favor, me escute — implorei, um papel balançando entre os dedos. Era minha última chance. Minha tentativa anterior, no verão, havia sido rapidamente negada e o tempo para responder estava quase acabando. — Esta oportunidade é algo com que sempre sonhei.

— Spencer, já conversamos a respeito disso. Sinto muito, mas não será possível.

Seus ombros cederam, e ele passou a mão pelo cabelo castanho-avermelhado, que já estava ficando grisalho, ao se recostar à poltrona atrás de sua mesa.

— Por quê? — Abri os braços, frustrada. — Porque *Sua Senhoria* disse?

— Spencer... — advertiu, esfregando o queixo bem-barbeado.

Ele era um homem bonito em seus cinquenta e poucos anos, alto e magro, olhos azuis tão claros que eram quase opacos, e sempre tinha um sorriso gentil. Mas, ultimamente, parecia que havia envelhecido anos, como se o peso do mundo estivesse sobre seus ombros, enrugando sua testa e tornando-o carrancudo.

Andrew era quieto, gentil e um pacificador em contraste com seu irmão mais velho, Fredrick, que era arrogante, egoísta, dominador e pensava que o jeito dele era o único. Amava meu pai, mas não gostava que ele não tivesse coragem quando se tratava de Fredrick. Ele passou tanto tempo tentando agradar ao irmão, sem causar nenhum problema, o que deixou todos, menos ao babaca arrogante, tristes.

Isso criou um atrito entre meus pais, mas depois de anos sendo rechaçada, minha mãe desistiu e simplesmente aceitou que Fredrick comandasse tudo. Suas vidas. Ela parecia ter desistido de tudo, menos de sua Vodca Collins.

— Pai.

Respirei fundo, tentando recobrar a compostura. Meu pai se desligava quando as vozes se elevavam e a gritaria começava. Ele sempre dizia à minha mãe: "Conversaremos quando estiver calma", o que geralmente a deixava ainda mais brava.

— Isso é tudo para mim. Você sabe que desde garotinha sempre quis ser veterinária, ajudar os animais em extinção. Esta universidade é uma das melhores do país, e eles me admitiram. — Coloquei a carta de aceitação à sua frente, esperando que desta vez ele a lesse mesmo. Sentei-me em uma cadeira do lado oposto de sua imensa mesa antiga, implorando por uma chance com o olhar. — Por favor.

Sua poltrona rangeu quando se inclinou para frente, pegando a carta, seu olhar passando de relance sobre ela. Eu sabia exatamente o que dizia – tinha lido tantas vezes –, e meu peito martelava com a emoção.

— Este é o meu futuro. O que quero fazer da minha vida. — *Por favor, me ouça, por favor, lute por mim.* — A aula já começou, mas conversei com alguém na admissão e estão dispostos a aceitarem minha matrícula agora.

Fredrick era antiquado. Estou falando que ele agia como se estivesse vivendo em um episódio de *Downton Abbey*, onde barões, lordes e nobres ainda tinham poderio e governavam o país a partir de suas enormes propriedades. Onde as mulheres não trabalhavam e eram socialites muito admiradas que cuidavam da casa. Viver e respirar tradição, oferecer os melhores jantares, garantindo que tudo seja adequado e respeitável.

Arcaico.

Isso havia morrido há muito tempo, antes mesmo de Fredrick nascer, mas meu pai e o irmão foram criados assim. Naquela época já era algo ultrapassado, mas algumas pessoas simplesmente não conseguiam se soltar e evoluir com o tempo.

— Estou muito orgulhoso de você, Spencer. — As palavras de meu pai foram suaves e calmas quando largou a carta. — E gostaria que fôssemos apenas pessoas normais... então você poderia fazer o que quiser.

— Mas somos.

Minha voz se elevou, as mãos agitadas novamente.

— A maioria discordaria de você.

Ele gesticulou em direção ao lugar, à casa. Morávamos em uma mansão um pouco menor do que a do meu tio, mas ambos os terrenos eram conectados por um pequeno lago e colinas de propriedade da família Sutton. O gado costumava ser mantido aqui, mas as únicas coisas que sobraram agora foram meus três cavalos favoritos e dois dos cães do meu pai. Não podia negar que cresci com dinheiro, em uma grande propriedade que a maioria visitava nas férias, mas era tudo ilusão. Meu pai não discutia sobre o assunto comigo, mas, sob o véu, estava se desintegrando. Era muito dinheiro para fazer render e se manter neste mundo moderno. Sabia que não estávamos ganhando dinheiro, mas meu tio e meu pai nunca economizavam em nada.

— O título não significa mais nada. Não no mundo de hoje. E a maioria entende isso. Sara, a filha do conde de Chatfield, vai estudar *Design Gráfico* na faculdade! Não estou pedindo para ser *stripper* ou sequer garçonete, o que, deixe-me acrescentar, são empregos respeitáveis...

— Spencie. — A tensão era palpável quando usou meu apelido. Eu só deixava minha irmãzinha me chamar assim, sem me encolher. Ele inclinou a cabeça, irritação avermelhando seu rosto. Tínhamos a mesma pele pálida que exibia todas as emoções. — Você sabe a resposta. Fredrick te disse da última vez, que está tudo bem em ser voluntária de vez em quando em instituições ou organizando jantares beneficentes. A boa vontade entre nós é sempre vista com admiração, mas ser uma veterinária de verdade? Não. Não é possível. — Negou com um aceno, a expressão carregada de pesar e tristeza. — Desculpe.

— Não é possível? — Balancei a cabeça, rangendo os dentes. — É completamente possível, pai. Tenho a carta de aceitação para provar. Estudei muito na escola. Tenho o cérebro, a vontade e a paixão. É o que eu queria desde garotinha. E sei que você não tem nenhum problema comigo fazendo esse curso. A única pessoa, a única coisa que atrapalha meu sonho é uma ideia ilusória em que ninguém mais acredita, que me impede de fazer algo de bom com a minha vida. Algo que me deixa feliz.

Meu pai se mexeu na cadeira, rolando-a de lado como se já estivesse acabando com a discussão. Ele olhou para a lareira vazia, os últimos pedaços do verão se segurando enquanto o sol de setembro passava pelas cortinas da sala escura e decorada em excesso. Não havia sido reformada desde o início do século XX.

— Spencer.

Ele continuou a olhar fixamente para outro lugar, a mão cerrada em um punho sobre a mesa. Sabia que deveria ter parado, mas a frustração me estimulou a pressionar.

— Tenho dezenove anos. — Meu aniversário foi há uma semana. — Não preciso de permissão para cursar uma universidade de ponta. Quero dizer, esta é uma instituição de imenso prestígio!

— Precisa, sim, se vai custar dinheiro! — Ele esmurrou a mesa, fazendo-me pular na cadeira. Então se virou para me encarar. — Dinheiro que *eu* providencio! Então, sim, precisa da minha permissão. E a do seu tio! — bradou, o rosto em tom vermelho-vivo. Meu pai raramente deixava sua fúria transparecer. — Independente de qualquer coisa, você não seria capaz de frequentá-la de qualquer maneira.

— Por quê?

Ele balançou a cabeça, levantando-se e arrumando os papéis sobre a mesa.

— Esta conversa acabou.

— Só me diga o porquê. — Espelhei seu movimento, inclinando-me em direção a ele. — Pare de me tratar como uma criancinha. Ou como se não tivesse permissão para fazer parte disso porque sou garota. Sou a mais velha. Este lugar também será meu algum dia. — Pelo menos Fredrick era moderno a ponto de permitir que Wentworth House ficasse para mim e para minha irmã mais nova, Olivia. Landen herdaria o casarão Chatstone Manor. Todos nós planejamos vender assim que pudéssemos.

— Não vou falar nada.

Ele empurrou os papéis para o lado, explodindo de raiva.

— Pai. Por favor.

— Porque não podemos pagar — retrucou, o peito arfando com uma respiração profunda, seus olhos focados em mim.

— O quê?

— Nada. — Ele se recuperou, analisando suas pastas. — Vá ver sua mãe; ela teve uma enxaqueca esta manhã.

Ela sempre tinha dores de cabeça, principalmente causada pelo excesso de álcool e os dramas que criava.

— Pai — murmurei, baixinho.

— Spencer. Por favor. Já basta o que tenho com que me preocupar.

Ele olhou para mim, com ar exausto. Derrotado.

Mordendo o lábio, balancei a cabeça, peguei a carta e segui para a porta.

— Spencer — chamou, e virei a cabeça para olhar para ele. — Eu sinto muito mesmo.

— Eu sei. — Segurei a porta com força. — Eu também.

Saí, fechando-a atrás de mim. Com o coração pesado, corri para fora, tentando conter as lágrimas. A brisa envolveu meu cabelo conforme resmungava profundamente para o céu azul.

SOB A GUARDA DA *Realeza*

— Porra! — Abafei o grito para que ninguém me ouvisse, mas ele rasgou minha garganta. Aprisionada. Eu me sentia presa nesta vida. Sabia que tinha muito a agradecer, mas me ocorreu que qualquer família dita "comum" ficaria emocionada se sua filha fosse aceita nesta universidade. Incentivaria a seguir seus sonhos. Somente os nobres aceitariam tal conquista e a fariam parecer que valessem nada.

— Spencie!

Minha irmã mais nova acenou, saltando pela passarela do jardim, uma coroa de flores em seu longo cabelo loiro-acobreado. Ela tinha os olhos da cor do meu pai, mas o tom um pouco mais escuro.

Olivia podia se perder em sua imaginação por horas no jardim, brincando e cantando sozinha. Nossa diferença de idade era de mais de oito anos; mesmo tendo feito dez anos em junho, ela era uma mistura estranha entre madura demais e ainda infantil para sua idade. Ela não se dava muito bem com as meninas de sua classe, não estava interessada no que elas gostavam. Era como uma velha alma presa em um corpo que ainda gostava de brincar de faz-de-conta, conversando com flores e cantarolando feliz, perdida em seu mundo de sonhos.

A responsabilidade ainda não tinha sido atribuída a ela, que podia viver despreocupada e com o olhar sonhador. Às vezes, eu queria mantê-la protegida da vida o máximo possível, mas então outra parte minha sabia que não estaríamos ajudando em nada.

Sentando-me nos degraus da porta dos fundos, contive a dor que obstruía minha garganta, enquanto encarava o papel com as letras: *"Querida Srta. Spencer Helen Sutton, Parabéns! É um grande prazer aceitá-la em nossa universidade..."* Minha visão lacrimejante turvou o resto, e, sem ver, amassei a carta. A responsável pelo departamento me avisou que o prazo para fazer a matrícula encerrava amanhã. Esta era a minha última chance de mudar a opinião de meu pai.

Eu me sentia devastada. Tudo o que fiz, todos os estudos e trabalhos, foram inúteis.

— Spencie, o que foi?

Olivia gentilmente se sentou ao meu lado, tocando meu braço, os olhos arregalados e preocupados. Ela até falava como uma grande dama de um filme. Fredrick a adorava, à medida que eu era muito independente, impetuosa e obstinada.

— Nada.

Dei um sorriso forçado, ainda tentando mantê-la longe do grande mundo mau lá fora. Quem sabe, talvez, ela pudesse apenas flutuar por ele, feliz com seu dever de baronesa. Embora ela não tivesse mostrado nenhuma resistência a isso, até agora, isso poderia mudar conforme se tornasse mais velha. Por algum motivo, eu duvidava. Olivia parecia vagar intocada por nosso mundo confinado. Ela amava esta casa e estava feliz por estar aqui o tempo todo, enquanto eu não via a hora de me libertar.

— Você está triste. — Tocou o espaço entre as minhas sobrancelhas como se fosse sensitiva. — Como se seu coração estivesse se partindo.

Bufei, um sorriso triste em meus lábios.

— Parece que sim.

Ela colocou as mãos no colo, olhando para elas.

— Não será assim para sempre.

— Talvez não.

— Eu também estou triste. — Ela se inclinou para mim.

— Por quê?

— Porque a escola começa amanhã. Odeio ir para lá. Gosto de ficar no meu jardim.

— Engraçado. Você está triste porque vai para a escola, e eu estou triste porque não vou. — Recostei a bochecha contra o topo de sua cabeça quente de tanto ficar no sol.

Ela segurou minha mão.

— Não sei o porquê, mas estou com medo.

— E por que tem medo?

— Tudo vai mudar.

— E o empolgante na vida é isso. Mudar e crescer. Aprender coisas novas. Você vai se sair bem.

— Ah, não... não temo por mim. — Ergueu a cabeça, seu olhar profundo e penetrante no meu. — Por você.

Aconchegada no assento da janela da biblioteca, tentei abstrair a mente com um livro, mas me peguei olhando distraidamente para fora da grande janela. As folhas verdes nas árvores altas, ao longo do caminho até nossa entrada, balançavam e dançavam, me hipnotizando. Uma leve brisa soprava da janela aberta. Um toque de outono sussurrava no ar, arrepiando um pouco minhas pernas expostas. A sensação era boa. Como se eu ainda estivesse viva e, se fechasse a janela, morreria sufocada.

Suspirando, encostei-me à estante embutida e exatamente igual à do outro lado da janela que revestia as paredes. Além do meu quarto, este era o único lugar que parecia um lar para mim. Era verdadeiro. Confortável. Sem tentar aparecer e fingir que era algo que não era. Era menor e mais aconchegante do que a maior parte da casa, cheirando a livros com capa de couro, peônias do jardim de um lado e, no inverno, uma lareira acolhedora. Mesmo quando criança, quando eu ficava com medo, não era para o quarto dos meus pais que corria, era para cá. Eu me enrolava no cobertor macio de lã, me aninhava ao sofá macio, ou na poltrona, e adormecia.

Hoje não estava funcionando. Não era mais fácil diminuir minhas preocupações e medos. O monstro debaixo da minha cama havia se transformado no terror de uma vida estagnada, que eu achava ainda mais aterrorizante. Porque era real. Sorrir com falsidade em jantares beneficentes, com vestidos e roupas que seriam capazes de prover um ano de cuidados ou medicamentos para animais.

Sabia que provavelmente poderia convencer meu tio a me deixar ir para o exterior pelo menos uma vez por ano, durante uma semana, para a África ou América do Sul, mas seria para publicidade. E sem a formação na área, eu seria mantida em tarefas muito banais. Queria executar um trabalho de verdade. Ficar por meses ou anos. Pesquisar e sair a campo, lutar contra caçadores ilegais e ajudar aqueles animais que não tinham como se proteger.

Fechei o livro com força, desistindo de fingir que estava lendo. A casa parecia tranquila e solitária hoje. Olivia estava na escola, minha mãe havia saído para almoçar com tia Lauren e outras esposas da nobreza para conversar a respeito de um jantar de caridade. Landen foi arrastado com meu pai e Fredrick, para avaliar a parte dos fundos de nossa propriedade. Papai queria vendê-la porque não a usávamos mais, pois as ovelhas já haviam sido vendidas há muito tempo, mas Fredrick estava relutante. Era um lance mais territorial para ele, no sentido de que se abrisse mão, mesmo que um pouco, poderia passar a impressão de estávamos falindo ou precisando de dinheiro.

Meu pai e meu tio não possuíam empregos regulares. A maior parte do dinheiro provinha das ações nas bolsas de valores. Eles também investiam em alguns cavalos de corrida, mas pela forma como meu pai havia deixado transparecer à mesa, sobre as despesas, ficou nítido que as coisas estavam mais complicadas do que o normal.

Porque não podemos pagar! As palavras de meu pai ecoaram na cabeça, pesando demais em meu peito.

Estava presa em um círculo vicioso. Não tinha permissão para ir à faculdade para adquirir habilidades a fim de conseguir um emprego adequado, dinheiro. Mas, como não possuía renda nenhuma, eu não tinha como ir contra a vontade da família.

Avistei um movimento em nossa longa entrada, um carro preto atraindo meu foco, e com os olhos semicerrados, me concentrei para identificar quem poderia ser. Ainda era muito cedo para minha mãe voltar. Ela geralmente ficava fora até tarde, voltava bêbada para casa, alegava dor de cabeça e ia direto para a cama. Os homens haviam ido a cavalo para a área mais distante do terreno, então... Quem estaria passando por aqui? Nossa propriedade ficava a mais de duas horas da capital e bem longe da estrada principal. Não era um lugar conveniente do tipo: *"Vou dar uma passada lá e dizer oi"*.

Não estava nem a fim de bancar a anfitriã cortês, oferecendo chá e biscoitos, que é o que as pessoas esperariam de mim. Um cão educado e treinado.

Exalando com aborrecimento, joguei o livro no banco, me levantando e endireitando a regata, shorts jeans e o cardigã. Meu cabelo estava solto, e eu tinha certeza de que não o havia penteado hoje.

— Nara! — gritei.

Ela era nossa única empregada agora em tempo integral e estava conosco desde que eu tinha cinco anos. Era uma mulher mais velha enérgica com cabelo grisalho, cacheado e curto, e corpo esguio. Sempre em movimento, ela não tinha nenhum problema em dar sua opinião a respeito das coisas. Minha mãe reclamava dela o tempo todo, mas por algum motivo não queria se livrar dela, o que me deixava bem feliz. Acho que minha mãe, secretamente, gostava de sua personalidade direta. Era bom, pela primeira vez, saber o que alguém estava realmente pensando ou sentindo.

O trabalho de Nara era interminável neste lugar; começava de um lado e quando ia para o outro, tinha que começar tudo de novo. Na maior parte do tempo, ela mantinha a área principal limpa e recebia os hóspedes quando não havia ninguém por aqui. Seu marido, John, era nosso cozinheiro, e era a única coisa em que minha mãe e Fredrick concordavam em manter.

SOB A GUARDA DA *Realeza*

Ela não cozinhava ou sequer pisava na cozinha. As baronesas não faziam isso, acho. Nara e John moravam em um chalé na propriedade.

Fredrick e Lauren tinham pelo menos três criadas, duas cozinheiras, quatro jardineiros e um mordomo. Sério, acho que ele acreditava que ainda era início do século XX.

— Nara — chamei de novo, andando pelo vestíbulo, e olhando para a escada de mogno, querendo subir e me esconder.

— Por que está gritando? — ela perguntou do alto da escadaria, olhando para mim.

— Alguém está vindo. — Gesticulei em direção à porta da frente.

— Ah, é? E daí? O que quer que eu faça?

Ela colocou as mãos nos quadris.

— Você pode atendê-los, por favor? — Voltei a apontar para a porta.

— Ah, claro, por que não paro o que estou fazendo, limpando tudo e esfregando sua sujeira, para que a princesa não tenha que suar e atender à porta.

— Princesa, não — resmunguei.

— Com certeza está agindo como tal.

É, ela tinha razão. Eu estava agindo como uma garota mimada. Por mais impetuosa que Nara pudesse parecer, sabia que ela tinha um ponto fraco quando se tratava de mim. Ela me viu crescer e sabia que, sendo a mais velha, recairiam sobre mim coisas que nunca seriam requeridas à minha irmã. Ela era do tipo que resmungava e revirava os olhos ao mesmo tempo em que roubava um biscoito que minha mãe me negava por causa da minha "gordura de adolescente" que considerava um problema.

— Mas... você sabe que não gosto de pessoas. — Eu era a que preferia estar com animais do que com pessoas; era por isso que tinha apenas dois amigos, sendo que um deles era meu parente. Ele não tinha escolha. — Por favor?!

Podia ouvir o barulho dos pneus parando na frente da nossa casa. Pela janela lateral da porta, pude ver um SUV preto, as janelas completamente escuras, exceto o para-brisa dianteiro. O rosto do motorista estava ligeiramente oculto pelo reflexo do sol incidindo no vidro. Devia ser um dos conhecidos de meu pai, embora parecesse jovem.

Depois que minha mãe soube que Theo e eu não estávamos mais juntos, notei, durante o verão, uma série de homens solteiros vindo jantar. Minha mãe alegou que estavam aqui por causa de negócios com meu pai. Depois do segundo, sabia que era tudo fachada. Eu estava sendo exibida como se fosse uma égua. Sua recém-formada e 'bela' filha estava em idade de casar. Nobres ou ricos, davam boas-vindas a todos. Era nojento. Poderiam me manter longe dos meus sonhos, mas eu não seria forçada a um casamento sem amor. Não me tornaria minha mãe: infeliz, insensível e conformada com aquela vida.

Eu era jovem demais. Prefiro ficar solteira e envelhecer com um bando de animais. Transformar este lugar em um zoológico de animais de estimação indesejados ou com problemas de saúde. Ser o estereótipo da tia dos gatos.

— As pessoas também não são seus grandes fãs — disse Nara, em tom seco, mas o humor refletia em seus olhos. — Porém, como futura dona da casa, é melhor começar a praticar. Sua instrução começa agora.

A campainha da casa soou, badalando nas paredes.

— Eu te odeio. — Olhei para ela.

— Não tenho ideia do motivo de não se dar bem com as pessoas. Você é tão amável. — Piscou, voltando pelo corredor.

— Quando eu estiver no comando, você será despedida! — gritei com ela. Uma completa mentira.

— Que bom que provavelmente estarei morta antes disso — retrucou.

Resmunguei, mas meu coração murchou diante da ideia de perdê-la. Eu não era muito boa com as pessoas, e eram pouquíssimas as que eu amava de verdade. Mas ela era uma delas. Nunca quis ficar sem ela. Ela era como minha mãe e minha avó juntas. Ou o que eu achava que aquelas pessoas deveriam ser. Meu relacionamento com qualquer uma delas não era uma boa referência.

Respirando fundo, aprumei a postura, apertando a maçaneta antes de abrir a porta.

— Oi, Spencer.

Tudo congelou. De boca aberta, meu corpo paralisou em choque. Eu não estava preparada. Não para receber a pessoa que estava à porta, sorrindo para mim.

Mas, sério, alguém, alguma vez na vida, estava preparado para o Príncipe da Grã-Victoria estar parado em sua porta?

SOB A GUARDA DA *Realeza*

CAPÍTULO 5

— Theo? — Pisquei.

E pisquei de novo. Mas não era ilusão. Ele estava aqui. Seu infame sorriso sexy curvando os lábios, enquanto seu olhar me devorava.

— Você está bonita. — Seus olhos vagaram por mim mais uma vez. — Ainda melhor do que eu me lembrava.

Ele também. Bronzeado do sol, cabelo curto, raspado, o corpo parecendo mais forte sob a camiseta e jeans de grife.

— Meu Deus. V-você está a-aqui — gaguejei, surpresa, minha atenção se concentrando em seu braço esquerdo, que se encontrava em uma tipoia. Seu rosto e braços estavam marcados por hematomas e ferimentos em processo de cicatrização. Ele havia se machucado. — Merda. Você está bem? Quebrou o braço?

— Estou bem. — Ele mudou de posição, seu olhar se desviando, indiferente ao ferimento. — Desloquei o ombro, mas, sério, estou bem. Logo estou novinho em folha.

— O que está fazendo aqui?

Ainda não conseguia assimilar totalmente que ele estava na minha frente, e o choque fez meu coração acelerar no peito.

Ele ergueu uma sobrancelha.

— Achei que seria bastante óbvio.

Quando nos separamos, há quatro meses, ele foi fiel à sua palavra. Não tivemos qualquer contato. Até a TV e os jornais não veicularam nada a respeito dele, sem notícias do primogênito. As primeiras semanas foram difíceis, mas depois de um tempo, ele se tornou mais uma lembrança de alguma vida passada que tive.

Isso não significava que não havia pensado nele. Eu pensava, o tempo todo, mas depois de meses de silêncio, as memórias desbotaram um pouco, e meu mundo aqui continuou como se ele nunca tivesse feito parte dele. Aqueles sete meses juntos foram um sonho.

Mas era ele mesmo. E estava na porta da minha casa.

— Vim para te ver. — Ele se aproximou, como se quisesse me tocar, mas se conteve. — Assim que pude.

— Sério mesmo?

Minha mãe ficaria horrorizada ao ver o quão rápido minha educação foi jogada pela janela na frente do Príncipe de Grã-Victoria. Desde o nascimento, fui criada com a etiqueta social adequada, mas nunca me apeguei a isso de fato. Eu podia fingir como o melhor deles, mas não era algo natural para mim. Eu era meio estranha e direta. Ainda bem que Theo parecia gostar disso em mim. Ou chegou a gostar.

Theo balançou a cabeça, com um sorrisinho enviesado.

— Senti falta disso.

— Sentiu falta do quê?

— Tudo em você.

Ele se aproximou, a mão boa segurando a lateral do meu rosto, a boca gentilmente tomando a minha. Vibrei por dentro quando ele me beijou, seu cheiro e gosto familiar derretendo minha natureza defensiva quando me inclinei nele.

— Sentiu minha falta também? — Ele se afastou, os dedos correndo pelo meu cabelo emaranhado, seus olhos verdes me olhando profundamente.

— Sim. — Dei um sorriso, e, de repente, nenhum tempo havia passado. Tínhamos dado um passo de volta ao lugar de onde paramos, embora pudesse sentir uma ligeira mudança nele. Uma seriedade e foco que não existiam antes.

— Ótimo. — Ele abaixou a cabeça. — Porque não conseguia pensar em nada além de você. A ponto de todos quererem me matar.

Ele me puxou para um beijo lento, o braço com a tipoia imprensado entre nós.

— Você pediu esse tempo longe para eu realmente pensar no que eu quero?

— Sim — respondi, engolindo em seco.

— Sei exatamente o que quero. — Sua mão desceu pelo ombro, segurando meu bíceps. — Você.

A emoção comprimiu minha garganta. Descrença, tontura e... medo.

— Não quero nos manter em segredo ou sair às escondidas. — Sua palma acariciou minha pele. — Entende o que isso significa? Quero apresentá-la à minha família. Ao mundo.

SOB A GUARDA DA *Realeza*

Eu o encarei.

— Spence?

Ele inclinou meu rosto para cima, o cenho franzido em preocupação.

— Merda — sussurrei, o sentimento cobrindo cada um dos meus sentidos.

Theo começou a rir, seu velho sorriso fácil se expandindo no rosto.

— Caramba, senti sua falta. — Ele riu, puxando-me para ele. — Isso é um sim?

Theo não era um cara normal. Você não podia simplesmente namorar com ele. Para o príncipe confirmar que tinha namorada, era algo importante. Para o mundo.

Na verdade, acho que teria sido melhor se eu fosse uma garota comum, sem ver em primeira mão como era a vida de um membro da realeza. A ignorância era uma bênção. Você se perderia na emoção e no romance de estar com um príncipe, um conto de fadas ganhando vida.

Só que eu sabia muito bem como as coisas funcionavam.

— Eu sei que é muito. — Ele entrelaçou seus dedos aos meus. — A quantidade de atenção que você e sua família terão será enorme. Se precisar pensar, eu entendo. Mas quero que saiba que te amo, Spencer. Quero ficar com você. Estarei ao seu lado o tempo todo.

Levantei a cabeça, meus olhos buscando a verdade de sua declaração. Era como uma cena de filme. Um livro. Ele disse tudo de forma perfeita, como se tivesse sido encenado. A garota estaria pulando em seus braços, eles se beijariam e a cena começaria a escurecer, com o 'felizes para sempre' escrito na tela.

Isto aqui não era um filme. Era vida real, e o que ele estava pedindo não devia ser ignorado. Meu mundo inteiro explodiria. Eu seria perseguida. Criticada. Classificada pelo que pensavam, se eu era digna dele. Questionariam por que ousei pensar que era boa o suficiente para seu amado príncipe.

— Spencer? — ele disse meu nome, baixinho, como uma pergunta.

Inspirando fundo, encarei suas familiares íris verdes. Aquelas que passei a adorar. A amar. Não podia progredir na minha carreira ou escolaridade, mas com Theo, eu poderia seguir em frente. Ser algo mais do que sou agora nesta vida.

Soltando o ar, acenei com a cabeça.

— Sim. Claro. Vamos lá.

Theo deu mais uma gargalhada gostosa, com a cabeça inclinada para trás.

— Acho que é a primeira vez na história que o pedido de namoro feito por um príncipe foi respondido com: "Sim. Claro. Vamos lá".

Sacudiu a cabeça, divertido.

— Não sou como as outras garotas. Sei muito bem disso.

— E eu não sei? — Ele se aproximou de mim novamente, a mão direita segurando meu rosto, os lábios quentes separando os meus em um beijo cada vez mais intenso.

— A-ham.

Um cara fingiu tossir atrás de nós, me fazendo pular para longe de Theo, esperando encontrar Dalton parado perto do SUV.

Não era Dalton.

Longe disso. Provavelmente foi o choque de não ver o principal guarda-costas do príncipe, que sempre estava ao lado dele desde os quinze anos, que enviou uma onda de eletricidade pelo meu corpo.

Esse cara era incrivelmente bonito; ninguém poderia negar. Na verdade, era impossível chamá-lo de bonito. Ele era tão gostoso que nem parecia de verdade.

— Sua Alteza, Vossa Majestade ligou outra vez. Ele está ficando impaciente.

A voz grave do novo guarda deslizou até nós como uma dose de conhaque. Aparentando ter vinte e tantos anos, tinha por volta de 1,95m, ombros largos, cintura fina e o corpo forte como se malhar fosse seu único trabalho. O terno cinza escuro mal cabia. O cabelo castanho era mais curto nas laterais, mas um pouco mais longo na parte superior, e parecia um pouco despenteado. A barba bem-aparada cobria seu queixo forte, e óculos escuros de aviador cobriam seus olhos. Parecia que tinha acabado de sair de um elenco principal como o guarda-costas mais sexy dos últimos tempos.

— Que novidade. — Theo revirou os olhos. — Lennox, quero que conheça Spencer.

Theo desceu os degraus, puxando-me com ele.

Não pude ver seus olhos, mas senti seu olhar através das lentes escuras. Frio. Imparcial. Avaliador.

— Lennox Easton, Spencer Sutton. — Theo acenou com a cabeça para nós dois. — Lennox vai assumir a liderança da minha equipe de segurança agora.

— Prazer em conhecê-lo, Lennox — respondi, educadamente, lançando um olhar questionador para Theo, sem rodeios. — Onde está Dalton?

SOB A GUARDA DA *Realeza*

47

Era muito incomum que os nobres trocassem seu guarda pessoal, a menos que algo horrível acontecesse, especialmente em Grã-Victoria. Éramos muito fiéis à tradição. Eles construíram um relacionamento e conheciam muito bem um ao outro. A maioria permanecia na mesma família até a aposentadoria, passando de pai ou mãe para filho ou filha.

— Não se preocupe. Dalton ainda é um dos meus guardas — respondeu ele, depois sorriu para Lennox. — Você vai se acostumar com a franqueza dela.

— Eu protejo a você, Alteza. O que ela diz não é da minha conta.

Os ombros maciços de Lennox se aprumaram ligeiramente, o rosto inexpressivo.

Na mesma hora, entrecerrei os olhos. Ele não me insultou, na verdade, mas ainda assim me deixou com os cabelos da nuca arrepiados.

— E, Spencer, você vai se acostumar com esse idiota ríspido. — Theo riu, entrelaçando a mão livre à minha. — Ele melhora depois de algumas doses de uísque, uma luta de boxe e um pouco de pornografia.

Ouvir o príncipe dizer "pornografia" me fez estremecer, lançando um olhar para ele, mais uma vez vendo a diferença entre o garoto com quem estudei e o homem que estava ao meu lado agora.

— Pornô, né?

— Sou inocente. Era ele quem assistia. Eu só pensei em você. — Os olhos de Theo se arregalaram, a mão no peito. — O príncipe não faria algo tão vulgar.

— Que mentira — bufou Lennox, cobrindo a tosse zombeteira com a mão.

— Desculpe, não caio nessa, também. — Eu ri, apoiando-me a ele de brincadeira.

Ele poderia ser da realeza e ter sido criado para se comportar adequadamente, mas ainda era um homem de sangue quente que pensava muito em sexo. Caramba, eu pensei muito em sexo. Era a única linha que ainda não havíamos cruzado, mas achei que isso logo seria solucionado.

— Então, vocês se conheceram na academia? — Acenei entre eles.

— Sim. — Theo assentiu, pigarreando. — Éramos companheiros de beliche e ele foi meu copiloto durante o treinamento. Passamos muito tempo juntos.

O silêncio preencheu o lugar após a resposta de Theo. Lennox permaneceu calado e indiferente, com os braços cruzados e as pernas bem abertas.

Dalton não era amigável e cordial, mas, puta merda, esse cara estava me fazendo sentir sua falta. Dalton, pelo menos, era educado a ponto de responder e conversar comigo, agindo como um ser humano. Esse cara era um robô, e posso ter desligado acidentalmente seu interruptor.

Um zumbido veio do bolso de Theo.

— Adivinha quem é. — Suspirou, pegando o telefone com uma das mãos. — Tenho que atender.

Ele se afastou, caminhando alguns metros adiante, deixando-me sozinha com o novo guarda-costas enquanto conversava com o pai.

Lennox encarava algo à frente, e um silêncio desconfortável se instalou entre nós.

— Então, alguma história divertida e embaraçosa que possa me contar? E que posso usar para chantagear o príncipe?

A cabeça de Lennox balançou só o suficiente para indicar que me ouviu, seus lábios ligeiramente pressionados, no entanto, ele permaneceu mudo, como se eu não fosse digna de uma resposta.

Silêncio. Constrangedor.

Eu já era péssima em lidar com pessoas, mas esse cara mostrou meu lado áspero e sarcástico.

— Uau. Já posso ver o quanto vamos nos divertir juntos.

— Não estou aqui para me divertir, milady. Não sou a merda de um palhaço para o seu entretenimento. Estou aqui para proteger o príncipe. Mais nada.

Recuei um passo, arfando, a raiva queimando a garganta como se fosse ácido. Qual era a porra do problema desse cara? Como era possível ele me odiar logo de cara?

— Detesto palhaços. Não existe nada que eu odeie mais. — Eu me aproximei, a voz baixa. Ele não se moveu, nem mesmo um centímetro, mas consegui sentir seus olhos focados em mim. — Mas acho que ainda posso preferir um em vez de você.

— Ótimo. — Seus lábios se contraíram com um sorriso cruel. — Então sabemos exatamente qual é o papel de cada um, não é, milady?

Eu o observei por um momento, bufando pelo nariz, furiosa, antes de responder:

— Pode. Ter. Certeza.

CAPÍTULO 6

Colinas verdejantes e pacíficas deram lugar à vida agitada da cidade. Asfalto, edifícios e o ar mais denso que o do campo, pesados com a poluição e energia.

Meus olhos estavam focados fora da janela, mas não capturavam nada em particular. Meu nervosismo se concentrava na garrafa d'água de plástico na mão, meus dedos inquietos e precisando de um escape.

— Senhorita?

Uma voz ressoou da frente, e, assustada, virei a cabeça e me desviei de tudo o que acontecia ao longe. Meu olhar se conectou aos olhos escuros que me encaravam pelo espelho retrovisor com leve irritação antes de se concentrarem em minhas mãos.

Crash. Créc. Pop.

O som agudo do plástico amassado reverberou pelo SUV preto, feito gelo sendo triturado pelos pés.

— Ah. Desculpa. — Balancei a cabeça, jogando o recipiente vazio no porta-copos e estalando os dedos.

— Nervosa?

Seus olhos encontraram os meus de novo, rapidamente, aliviando um pouco da minha tensão. Ver Dalton sair do carro particular quando veio à minha casa me buscar me deixou estranhamente feliz. Ele parecia familiar. Acolhedor. Quase corri e o abracei.

— Porra. Sim — soltei sem rodeios. — Não era para estar? Já é bem difícil conhecer os pais do seu namorado em circunstâncias normais.

— Nunca os conheceu?

Dalton voltou a atenção para a estrada, entrando e saindo do tráfego horrível da cidade. Adorava visitar a cidade; não se podia negar a energia e alegria. Mas eu era uma garota do interior. Queria que a terra tivesse espaço para todos os meus futuros animais resgatados que não conseguiam encontrar um lar.

— Não. — Voltei a retorcer os dedos inquietos. — Ao crescer, eu os vi algumas vezes de longe, mas minha família não está no nível de se misturar com o rei e a rainha da Grã-Victoria. E eles nunca foram à escola quando Theo e eu estávamos namorando.

Theo preferia que nunca fossem visitá-lo. Ele os via nos feriados e, se aparecessem por lá, seria necessária uma preparação gigantesca, explodindo o caos e perturbação por apenas poucas horas.

— Você vai se sair bem, milady.

Dalton fez uma curva com o carro ao redor de uma estátua situada no início da Royal Mile, em direção ao palácio. A bisavó de Theo, Elenore, a velha rainha da Grã-Victoria, sentada em um trono com o cetro e a esfera da família, um em cada mão, me lembrando da história na qual eu estava entrando.

— Bem? — bufei. — Até hoje não me conhece?

Ele riu, me fazendo sorrir, feliz por ser ele quem estava aqui neste momento, já que Theo não poderia estar.

Quando Theo ligou, querendo que eu fosse naquele fim de semana para me encontrar com sua família, quase me convenci a me mudar para Cuba. Não era como se eu soubesse que isso não aconteceria se Theo e eu continuássemos a nos ver, mas pensei que aconteceria no futuro. Não hoje. Nem nos próximos vinte minutos.

— Lamento não poder ficar com você o tempo todo — disse Theo, ao telefone, na noite anterior. — Tenho muito o que fazer, e é preciso deslocar muito mais guardas se eu sair para voltar em seguida.

— Entendi. — E entendia. Ainda queria vomitar, no entanto. — É inútil para você vir aqui. Vou ficar bem.

— Estarei aí assim que você sair do carro. Prometo. Eu tenho...

— Theo — eu o interrompi. — Vou. Ficar. Bem.

— Eu sei. — Ele suspirou. — É por isso que te amo.

Um tremor pulsou em meus pulmões com sua declaração. Ainda me espantava. O tempo separados parecia solidificar o que ele queria; estava de cabeça no nosso namoro. Seguro nisso, enquanto eu ainda me sentia como se estivesse lutando para acompanhá-lo.

— Está pronta, senhorita?

Dalton diminuiu a velocidade do SUV, virando em uma rua particular e longe dos olhos do público. A segurança nos parou alguns metros depois.

— Não. — Engoli em seco, vendo o topo do palácio, as bandeiras flamejando no alto, declarando que a família real estava na residência. — Você quer ir para Cuba?

SOB A GUARDA DA *Realeza*

Ele sacudiu a cabeça, rindo.

— Tentador, milady.

Baixou a janela, cumprimentando os guardas. Eles rapidamente verificaram o carro, por baixo e atrás, apenas acenando para mim, antes de termos autorização para passar.

Os nós se contraíram na garganta e estômago quando o castelo ficou totalmente visível. Nunca tinha vindo aqui, minha família não estava na lista de convidados para um jantar com o rei e a rainha. Eu já havia passado por ele muitas vezes, ouvido Theo falar de como foi crescer na casa oficial, mas nunca pus os pés no lugar. Jamais imaginei que conheceria o palácio nessas circunstâncias. Como namorada do Príncipe Theodore.

— Você consegue. Não vai ficar desconfortável, balbuciar ou cair de cara no chão — murmurei.

Dalton parou o carro na frente dos degraus, onde ninguém menos que Lennox estava parado, em sua pose arrogante habitual.

— Ah, por favor, diga que ele não está esperando por mim. — Meu estômago revirou diante da decepção. — Siga em frente com o carro, D. Vamos para Cuba. Melhor ainda, qualquer lugar que você queira ir. Por minha conta.

Dalton sorriu, vendo o meu olhar apavorado pelo espelho de novo.

— Não gosta do novo guarda-costas?

— Nem um pouco. — Eu me inclinei entre os bancos da frente. — E você? Dalton ficou em silêncio, mas cerrou firmemente a boca.

— Não precisa dizer mais nada. — Concordei com a cabeça. — O que aconteceu? Fiquei tão chateada quando você não apareceu no início desta semana.

— Não me cabe opinar nas decisões de Sua Alteza, milady.

— Até parece que não! Você tem sido o guarda-chefe dele desde que era criança. Isso está muito errado. Será que sequer conhecemos mesmo esse cara?

— Ele tem um treinamento militar impecável. Verificação de antecedentes irrepreensível. Pode não ter muita experiência com serviços de guarda pessoal, mas não posso negar que possui um talento nato. O que quer que tenha acontecido no treinamento, ele parece ter uma verdadeira dedicação à segurança do príncipe e, no fim, é tudo que importa.

— Que se danem as sutilezas formais, Dalton. Essa sou eu. Você é importante. Seu trabalho é.

— Obrigado, senhora, mas não se preocupe comigo. Fui promovido a supervisionar todos os seguranças e guardas — disse ele, sem um pingo de emoção.

— Bem, parabéns. — Inclinei a cabeça. — Se isso era algo que você queria...?

Seu olhar encontrou o meu brevemente antes de soltar o cinto de segurança, alcançando a porta.

— Você é uma jovem muito perspicaz e sábia. Espero que isso não acabe te machucando aqui em vez de ajudar.

Ele saiu antes que eu pudesse responder, em seguida veio até minha porta.

Lennox desceu um degrau, acenando para Dalton, que abriu minha porta sem responder ao novo guarda.

— Milady — disse Lennox, com o tom desprovido de emoção, estendendo a mão para mim.

Desci do carro, desviando de sua oferta em me ajudar, e me virei para Dalton.

— Obrigada, Dalton.

Acenei com a cabeça para ele.

— Sei que vir até Wentworth House deve ter sido inconveniente com todas as suas novas funções.

— De nada, milady. — Ele se curvou para mim. — Gostei do intervalo. E, claro, de vê-la de novo.

Dei um sorriso e acelerei os passos, ignorando Lennox ao meu lado. Eu sabia que ele havia entendido minhas indiretas nem um pouco sutis. Fazia parte da minha natureza ser leal. Confiar nas pessoas, no mundo em que eu vivia, era difícil. Quando encontrava os poucos em quem confiar, você se agarrava a eles. Além disso, eu simplesmente não gostava de Lennox.

A uma distância considerável da grande entrada, percebi que Theo não estava aqui. Não tinha ideia do que fazer sem ele e odiava isso.

Lennox ficou em silêncio ao meu lado, mas deu para sentir sua petulância como se tivéssemos acabado de pisar em um tabuleiro de xadrez, e eu tivesse que me mover primeiro. Depois de não aceitar a sua mão, ele estava transformando a situação em um jogo de domínio.

Ele precisava saber que eu venceria no final.

Suspirei, cedendo desta vez.

— Onde está Theo?

Eu podia jurar que vi sua boca se contorcer.

— Sua Alteza pede desculpas por não ter vindo ao seu encontro. Seus deveres o chamaram para longe.

— Longe? Onde?

Meu tom aumentou quando o medo se assentou dentro do meu corpo. Ao me virar para o homem ao meu lado, foi a primeira vez que realmente notei seus olhos. Um tom castanho-esverdeado que me fez piscar em total admiração. Verde-claro, o meio ao redor da pupila era como um anel de fogo flamejante. Como um sol marrom-dourado contra o céu azul-claro. Eles me lembravam de um lobo. Feroz e mortal.

— Ele estará com você em breve.

Então avançou para o palácio, forçando-me a correr desajeitadamente atrás dele. Meus saltos estalaram no piso polido entre os luxuosos tapetes bordados sob os pés. Tentei não demonstrar meu assombro quando meu olhar passeou pelo saguão. Minha casa parecia um chalé de camponês comparado a isso.

Os tetos ornamentados alcançavam dois andares de altura com grandes lustres de cristal espalhados a cada três metros e meio. Espelhos antigos de quatro metros de altura, com detalhes dourados, cobriam a parede, refletindo estátuas de mármore, cadeiras em estilo rococó e bancos estofados em seda vermelha. Cortinas de um profundo tom de azul acentuavam as janelas maciças, e uma grande mesa redonda, ornamentada com flores brancas frescas, se situava logo abaixo de um lustre ainda mais elaborado.

Era tudo que eu imaginava que fosse o interior de um palácio. Requintado. Elegante. Belíssimo. Mas frio. Inacessível. Não era um lar. Eu não conseguia me imaginar crescendo aqui. Não poder tocar em nada.

Com medo de que meus braços, de repente, começassem a se agitar como um fantoche, entrelacei as mãos diante do corpo, caminhando rigidamente atrás de Lennox. Subimos um lance de escadas grandiosas, nos aventurando por um corredor repleto de cômodos. Os aposentos eram perfeitos, luxuosos. No entanto, depois de um tempo, não consegui perceber a diferença entre eles, todos com o mesmo design elegante e enfadonho.

Passamos por um par de portas duplas, com um guarda de pé na entrada. Sabia que o rei e a rainha abriam a parte principal do castelo para turistas durante o verão, enquanto permaneciam em um de seus palácios de verão. Mas o período de veraneio havia terminado, e eles estavam de volta em casa. E quando se encontravam aqui, não havia visitação. Embora os aposentos reais sempre tenham ficado fora dos limites para o público.

O que significava que eu estava me aventurando em uma área que poucos conseguiam acesso.

Lennox e o porteiro acenaram um para o outro, mas não falaram nada. Algumas portas adiante, o guarda se virou para mim.

— A sala de estar particular, senhora. — Lennox me indicou uma sala.

Entrei no espaço, notando que era menor do que as salas da área pública. Sofás e cadeiras de veludo ficavam diante de uma enorme lareira em um dos lados. Ricas tapeçarias penduradas em duas das paredes tornavam o ambiente um pouco mais aconchegante. Enormes pinturas, uma mistura da antiga realeza e mitologia grega, cobriam a maioria das paredes. As mesmas flores brancas perfeitas em uma mesa perto de janelas cobertas por cortinas transparentes.

Lennox ficou na porta, me observando entrar na sala.

— Sua Alteza virá ao seu encontro em breve.

Nem me dei ao trabalho de responder, pois ele já estava fechando as portas, e me deixando sozinha ali. Curiosa demais para me sentar, perambulei pelo local, contemplando as pinturas e objetos na sala. Toquei meu vestido, nervosa. Nunca usei vestidos ou salto, se pudesse evitar; eu era o tipo de garota que usava jeans e botas de montaria. Achei que esta ocasião mais do que exigia algo formal, mas me sentia desconfortável. O vestido escolhido era um que minha mãe havia insistido para eu usar. Era a coisa mais conservadora que possuía, de um lindo rosa-claro, e que eu odiava. Também era da época em que eu era mais gordinha. Mesmo que um alfaiate o tenha ajustado, ainda parecia desconfortável e severo demais. Meu salto em um tom rosa combinando era ainda pior.

Eu parecia uma bola de chiclete ambulante.

Parando nas janelas, observei o exterior, admirando metade dos jardins e uma vista da cidade. O sol do fim da tarde refletia nos prédios novos e antigos, e dava para ver daqui os edifícios, as torres dos campanários e monumentos famosos. Pessoas subiam e desciam a avenida com quatro faixas que conduzia para outros pontos e na direção do palácio, seguindo com suas vidas, ao mesmo tempo em que eu estava ali e os observava de dentro.

Era estranho. Eu era mais um deles do que alguém daqui. No palácio... prestes a ser apresentada à rainha e ao rei.

— Não vomite, Spencer — ordenei a mim mesma.

— Por favor, não. O tapete é antigo e seria muito difícil de limpar.

A voz eloquente de uma mulher ressoou às minhas costas, e acabei tropeçando e esbarrando o quadril em uma mesa. Horrorizada, observei em câmera lenta o vaso com flores tombar, espatifando-se na mesa; água e cacos se espalhando por toda parte.

— Puta merda! — gritei, indo recolher a bagunça que fiz. Pedaços do bonito vaso cortaram minhas mãos, a água escorrendo por entre os dedos. Meus esforços só pioraram as coisas, deixando meu vestido encharcado com a tentativa de ajudar.

— Por favor. — Ela se aproximou. — Pode deixar. Vou mandar alguém limpar.

Meu rosto queimou conforme desajeitadamente soltava os cacos quebrados, sentindo a bile subir pela garganta diante do embaraço. Não podia ser verdade. Fechei os olhos antes de respirar fundo e me virar.

— Você deve ser Spencer, a garota de quem meu filho falou excessivamente nos últimos dias.

— Sim. — Engoli em seco, curvando-me de leve em reverência. — Vossa Majestade.

Eu simplesmente quebrei o que, provavelmente, era uma herança de família, praguejei e devia estar com a aparência de quem tinha feito xixi na roupa em questão de segundos na frente da rainha da Grã-Victoria.

Muito bem, Spencer. Belo jeito de não ser esquisita...

A rainha Catarina, em todo o seu esplendor lindo e perfeito, ficou lá me olhando, sem dar a menor dica do que poderia estar pensando ou sentindo.

Usando um vestido de seda azul-escuro na altura dos joelhos, e saltos dourados, ela era alta e magra, com o pescoço fino e delicado e pulsos mais graciosos ainda. Seu longo cabelo castanho sedoso estava penteado em um coque baixo. Sua boca era larga, os olhos, verdes, e as maçãs do rosto eram proeminentes, exalando uma elegância natural e marcante. Não parecia nem perto de seus quarenta e três anos. Era como se o rei a tivesse encomendado diretamente de uma revista.

Como filha de um casal de duques, ela foi criada para ser uma rainha. Queria acreditar que ela e o rei Alexander tinham se apaixonado, mas eu sabia muito sobre os bastidores do mundo da realeza para ser uma romântica incurável. Existia histórias de que ele amava outra pessoa, muitos rumores dos casos que os dois tiveram, mas isso era tudo. Boatos. E, honestamente, eu não tinha certeza se queria saber a verdade.

Qualquer que fosse o relacionamento pessoal que tivessem, formavam uma grande dupla. Uma frente que se fortaleceu em seu reinado. E fizeram bebês perfeitos.

— Peço desculpas, Vossa Majestade.

Baixei a cabeça outra vez, xingando em silêncio a marca d'água na minha virilha. Perfeito, porra.

Sua cabeça permaneceu perfeitamente imóvel, os olhos deslizando pela bagunça na mesa, o som de água pingando inundando minhas bochechas com embaraço.

— Esse foi um presente da rainha da Noruega, há mais de cem anos.

Ah. Meu Deus. Claro que era.

— Sempre achei horrível. — Gesticulou com a cabeça na direção da bagunça, voltando para os sofás, a declaração desprovida de emoção. — Por favor, sente-se, Spencer. — Graciosamente se sentou no móvel. — Esperava ter alguns momentos a sós contigo antes que Theo terminasse seus trabalhos. — Ela deu um tapinha no lugar ao lado. — Para conhecer você.

Eu estava no inferno, né? Acho que acordei suando frio com esse pesadelo algumas noites atrás.

Com passos oscilantes, caminhei até o sofá, tentando me sentar elegantemente, o vestido apertando muito as minhas pernas e barriga. Com um pequeno sorriso forçado por conta do desconforto, cruzei as mãos no colo, sentindo-me uma criança sendo treinada por minha mãe no código adequado de etiqueta. Decidindo que a coisa mais segura a fazer era manter a boca fechada até que ela me perguntasse algo, contraí os lábios de leve.

Ela levou alguns segundos para me examinar; era boa em esconder o que pensava da minha aparência.

— Spencer, você se importa se eu for direta?

Oh. Merda.

— Não, claro que não, Vossa Majestade.

Engoli em seco, tentando manter os pulmões funcionando.

— Você é uma pequena surpresa. Até uma semana atrás, quando Theodore voltou, eu não havia ouvido falar nada a seu respeito. Embora ele tenha me contado que ambos namoraram em segredo por sete meses.

— Não era segredo, na verdade, mas não queríamos que os *paparazzi* descobrissem sobre nós. Não estávamos prontos para isso.

— Sim. Posso entender. Estou bastante surpresa por ele ter mantido você longe de nós, também.

Durante o nosso período de namoro, Theo mal falava com os pais. Não pareciam tão próximos, mas ainda magoava saber que ele nunca sequer mencionou meu nome, sendo que meus pais sabiam a respeito dele.

SOB A GUARDA DA *Realeza*

— Tenho certeza de que ele não quis mencionar sobre nós até que soubesse que era sério. — Entrelacei as mãos no colo.

Ela assentiu.

— Desde que ele voltou, não falou de nada além de você. Ele me diz como é inteligente e engraçada. Diferente do resto das garotas da escola.

Lá estava aquela palavra de novo. Como Charlotte, duvidava que a rainha quisesse dizer isso no bom sentido, mas ela era muito melhor em esconder o que queria dizer.

— Ele parece bastante apaixonado por você.

— E eu sinto o mesmo por ele.

Meu nervosismo estava começando a se acalmar um pouco, mas minha postura se mantinha ereta diante do sentimento de ameaça subindo pela coluna. *Você consegue superar isso, Spencer. Theo vale a pena.*

— Espero que sim. — Ela inclinou a cabeça, só um pouquinho. — Quero que esteja perfeitamente ciente do que acompanha ao namorar o Príncipe da Grã-Victoria. O que acontecerá quando anunciarmos que são um casal. Não apenas a pressão do mundo, mas o que se espera de você aqui também.

O pânico bombeou em meu coração, latejando dentro dos ouvidos, mas me forcei a acenar com a cabeça.

— Namorar um príncipe não é como namorar um garoto comum na escola. Acredite, entendo isso mais do que ninguém, porém sempre soube o que se esperava de mim. Passei anos observando e me preparando para isso. Você não.

Não sabia se ela estava tentando me assustar ou honestamente me alertando.

— Eu sei. Theo e eu conversamos disso. Não sou uma completa estranha neste mundo.

— Mais ou menos — respondeu ela com o tom equilibrado.

Engoli a irritação crescendo por dentro. Eu estava muito ciente de que minha família era a última camada, a franja no tapete nobre, mas se insultasse a minha família, eu estava pronta para brigar. Provavelmente não seria uma coisa muito 'real' a se fazer, só que eu podia criticar nossa posição hierárquica e minha família, mas mais alguém? Ah, claro que não.

Theo. Pense em Theo. Supere isso por ele.

— Quero ser honesta com você, Spencer. Meu filho parece, de repente, estar vivendo nas nuvens e não dará ouvidos à razão. Quero que um de vocês tenha os pés no chão.

— O que está dizendo, Vossa Majestade? Você quer que terminemos?

— Quero que meu filho seja feliz, o que agora parece significar estar com você. No entanto, se quer que eu seja bem sincera, eu diria que seria o melhor. O pai dele não concorda com esse namoro. Ele tem outras ideias de com quem Theo deveria estar. — Ela gentilmente tocou o meu braço com os dedos. — Acho que é uma menina linda e muito gentil, e posso ver por que meu filho se sente atraído por você. No entanto, não acredito que realmente compreenda o que está à sua frente. Não gosto que meu filho nunca vá namorar ou experimentar o mundo como os outros garotos de sua idade, mas ele é um príncipe. Esse é o nosso estilo de vida. Ele compreende. Também sabe que anunciar o namoro de vocês... — Ela engoliu em seco, mostrando o primeiro sinal de qualquer tipo de emoção. — A sociedade encarará isso como um noivado.

Congelei, o ar agora estagnado na garganta, e meu estômago revirou. Noivado? Tínhamos dezoito e dezenove anos.

— O quê? — murmurei.

— Não estou dizendo que vocês terão que se casar em um futuro próximo; nós realmente preferiríamos que não fizessem isso.

Pisquei. Pisquei de novo. Aquilo me deixou confusa. Ela estava falando inglês?

— Mãe... — uma voz familiar suspirou da porta, me colocando de pé. — Caramba, já está a assustando?

— Theodore. — A rainha se levantou, cada movimento que fazia gracioso, resoluto. — Olhe o linguajar. Desde que voltou do serviço militar, tem falado de forma tão vulgar. — O tom de reprimenda foi quase imperceptível quando ela caminhou até o filho. — Muito inapropriado para um príncipe.

— Claro, mãe.

Ele revirou os olhos. Ele parecia inacreditavelmente bonito, seu cabelo curto penteado para trás sem um fio fora do lugar, vestindo calça escura e uma camisa de botões listrada, embora eu sempre o preferisse nas raras ocasiões em que ele usava jeans e camiseta. A tipoia que mantinha seu braço imobilizado, uma semana atrás, agora havia desaparecido, porém ainda parecia estar poupando o braço.

Ela balançou a cabeça, um gesto de "garotos serão sempre garotos".

— Preciso me arrumar. Seu pai e eu jantaremos com o primeiro-ministro, Joseph, e seu marido, Paul — disse ela, sem qualquer emoção. Um fato... algo em que ela nem pensou. Ela só seguiu o curso.

SOB A GUARDA DA *Realeza*

— Tudo bem — concordou Theo. — Esqueci disso. Acho que papai se encontrará com Spencer amanhã.

A rainha alinhou a camisa perfeitamente passada de Theo como se houvesse uma ruga microscópica que só ela era capaz de ver, então me encarou.

— Bem, foi um prazer conhecê-la, Spencer. Espero que pense a respeito do que conversamos.

Fiz uma reverência, sem responder.

— Vou deixá-los a sós. — Beijando-o sutilmente na bochecha, ela se afastou, e o guarda que parecia estar fundido à parede o tempo todo abriu a porta com reverência. — Ah, e solicitei que Paulina arrumasse o quarto Rainha Anne para você, Spencer.

— Uau, será que não tinha um lugar mais afastado de mim? — zombou Theo.

— Decoro, Theodore. Deve aprender — respondeu, antes de sair da sala. De alguma forma, seus saltos quase não faziam barulho no chão, o guarda deslizando com ela como um fantasma.

A porta se fechou, deixando-nos sozinhos.

— Reconheço esse olhar. — Ele ergueu as mãos, dando um passo em minha direção. — Respire, Spence.

— Respirar? — exclamei, com a voz rouca, soltando os braços tensionados. — Você quer que eu respire?

Ele se encolheu, dando outro passo hesitante como se eu fosse um animal selvagem.

— Que merda foi essa, Theo? — sibilei, entredentes, sem querer erguer a voz, mas o pânico estava tomando conta do meu corpo. — Você não me encontra lá fora e manda Lennox me buscar? Quebro um vaso antigo, xingo e me humilho completamente ao conhecer sua mãe. E não apenas uma mãe qualquer. A bendita rainha da Grã-Victoria!

— O que há de errado com Lennox?

Meus olhos se estreitaram.

— Certo. Certo... não é relevante — murmurou.

— Ela estava falando de casamento, Theo. Casamento! — Continuei andando de um lado ao outro, ainda amargando a sensação de mal-estar. — Tenho dezenove anos! Nós nem oficializamos nosso namoro ainda.

Ele esfregou o rosto.

— Desculpa. Ela não deveria ter tocado nesse assunto ainda.

— Ainda?

— Não até que se acomodasse.

Aquilo não estava me acalmando nem um pouco.

Ele deu a volta no sofá, segurando meus braços para me conter.

— Eu sabia que meu pai estava me segurando por mais tempo por um motivo. — Esfregou minha pele com as mãos quentes. — Desculpa. Sinto muito por não ter ido ao seu encontro. Prometo que nunca mais acontecerá.

— Não sou indefesa, Theo. Posso ficar sozinha, provavelmente prefiro fazer isso na maior parte do tempo, mas isso era importante. Acho que se esqueceu de que seus pais não são como o resto das pessoas. Este lugar é um pouco intimidante, e eu já estava morrendo de medo.

— Sim, eles são os soberanos, mas também são meus pais.

Encostou a testa à minha.

— Pais que podem mandar cortar a minha cabeça.

— Não fazemos mais isso. — Ele me puxou para o calor de seus braços.

— Ah, é?

— Não, mas podemos trancá-la na masmorra. Também se fala em voltar com o apedrejamento.

— Cale a boca — bufei, recostando a cabeça em seu peito.

— Sério, lamento por não ter ficado contigo. — Beijou a minha cabeça. — Juro que quando conhecer meu pai, estarei ao seu lado.

Respirei fundo. Era por essa razão que eu estava fazendo isso. Por ele. Por nós. Um futuro que já estava sendo planejado para mim.

— Theo. Aí está você — uma voz elegante declarou da porta. Sua voz leve e cristalina demonstrou anos de tutela e riqueza impecáveis.

— E, com certeza, não a deixarei desacompanhada quando conhecer minha irmã. — Ele riu, virando a cabeça para a intrusa.

Olhei para a garota parada à porta, ficando de queixo caído, admirada. Ela era ainda mais deslumbrante pessoalmente. Usando um vestido verde, combinando com os olhos que eram marca registrada da realeza, a princesa Eloise era a cara de sua mãe, se não ainda mais bonita e perfeita. Seu cabelo longo, sedoso e preto caía sobre os ombros em ondas perfeitas. Parada com uma mão no quadril, seu olhar passou por mim.

— Desculpe... — Com as sobrancelhas franzidas, gesticulou para mim. — Mas... você fez xixi na roupa?

É sério... quero morrer.

SOB A GUARDA DA *Realeza*

CAPÍTULO 7

— El... — Theo balançou a cabeça com irritação, mas um sorriso bem-humorado surgiu em sua boca. — Você pode, pelo menos, tentar ser educada até que ela te conheça?

— Perdão? — A mão de Eloise tocou o peito, seus olhos se arregalando de horror. Mesmo que eu tenha sido criada com etiqueta nobre e linguagem adequada, poderia dizer a diferença entre nós como a chuva e o sol. Cada palavra era cuidadosamente refinada. — Estou estarrecida por pensar que eu não seria gentil.

— Porque sou o único que conhece a verdade. — Theo riu, enfiando as mãos nos bolsos.

Eloise deu um passo para dentro da sala, a porta se fechando sozinha, como um passe de mágica, ou talvez porque outro guarda estivesse do lado de fora.

Ela se dirigiu até nós com uma autoconfiança que só os superprivilegiados e belos poderiam alcançar. Theo possuía a mesma altivez. Nunca entendendo a dúvida ou a verdadeira dificuldade. Desde o berço, receberam tudo. Ninguém lhes diria não; eles tinham poder e influência que poucos podiam compreender. Não significava que não tenham passado por suas próprias dificuldades ou que não se esforçassem, mas viviam em uma bolha de privilégios extremos.

Ela era exatamente a princesa que eu tinha visto na TV e de longe. Sem defeitos, respeitável, gentil, elegante. Fazer e dizer tudo com precisão e aptidão impecáveis. A imprensa nunca conseguiu encontrar nada de errado com ela. E, infelizmente, não foi por falta de tentativa, já que a meta era rebaixá-la ao nível humano, no entanto, parecia que ela só subia na estima do público.

— Spencer. — Meu nome foi dito com suavidade. Estendeu a mão ao se aproximar, nós duas quase da mesma altura. — Já ouvi muito a seu respeito. É um prazer, finalmente, conhecê-la.

— Pare com a conversa fiada, El — interrompeu Theo, antes que eu pudesse dizer uma palavra. — É irritante.

Ela abaixou a mão estendida, dando uma olhada em seu irmão. Aos poucos, um sorriso travesso curvou sua boca.

— Você é tão sem-graça.

— E você é um pé no saco.

Com um sorriso amplo, seu comportamento formal diminuiu, e ela deu um soco forte no braço do irmão.

— Aprendi com você.

Ele grunhiu, agarrando o braço dolorido.

— Droga, El. Dói.

— Awww, coitadinho. — Ela o socou de novo. — Levando uma surra da irmã mais nova.

Ele esticou a mão, devolvendo um golpe de leve.

— Ai! — gritou ela, esfregando o braço.

— Acidentes acontecem. — Ele deu um sorrisinho, acertando-a mais uma vez, despenteando seu cabelo.

— Ah, não comece esse jogo comigo. Fui uma criança bobinha. Agora vou chutar sua bunda.

— Ah, é? Pode vir!

Theo abriu os braços, desafiando-a.

Fiquei ali, a cabeça chicoteando entre um e outro, que trocavam tapas enquanto zombavam entre si. Eles eram tão... normais. Isso entrou em conflito com a imagem que retratavam em público. Eles sempre falaram muito bem um do outro, muito meigos e amorosos, mas formais. Como se a realeza não brigasse como todos os irmãos comuns do mundo.

— Olhe. Nós a assustamos. — Eloise empurrou o irmão uma última vez antes de se virar para mim. — Você tem tanta sorte de não ter um irmão chato com quem tem que lidar.

Pisquei, observando sua postura relaxada, o cabelo ligeiramente bagunçado, um brilho travesso nos olhos.

— De verdade, é muito bom te conhecer. Theo costumava falar de você o tempo todo quando estudavam juntos. Estou feliz por finalmente conhecê-la.

— Ele falou de mim? — Lancei um olhar de relance para ele e de volta para ela.

— El... — advertiu.

— O tempo todo. — Ela sorriu, maliciosa.

Eloise e Theo tinham apenas um ano e três meses de diferença. Ela cursava uma série abaixo da dele, mas frequentava um internato no Norte. Por razões de segurança, os dois herdeiros da realeza não podiam frequentar a mesma escola, caso algo acontecesse. Nosso país não estava no topo da lista de alvos terroristas, mas ainda tínhamos inimigos internos e externos. Seria um golpe perfeito eliminar as duas crianças da linha de sucessão do trono. Separá-los tornava isso menos provável.

— Você não se parece em nada com as caçadoras de príncipe arrogantes de que ele gostava antes. — Seu sotaque elegante contrastava com as palavras que saíram de sua boca. — Eu soube imediatamente que gostaria de você. — Ela colocou o braço em volta do meu, me puxando para frente. — Sinto muito, mas você deve se trocar. Essa roupa jamais combinará com esta noite.

— Definitivamente, não. — Theo estendeu os braços, nos impedindo de sair. — Vamos deixá-la se acomodar antes que você realmente a assuste, Ellie.

— Espera. O quê?

Meus saltos cravaram no tapete, e consegui me soltar do agarre de Eloise. Virei-me para Theo, percebendo que algo que a rainha havia dito ainda estava me incomodando.

— O que você quer dizer com me acomodar?

— Aaahh. — Eloise riu. — Você não contou a ela?

— Eu ia...

— Theo! — criticou ela.

— Contou o quê?

No entanto, tive uma sensação ruim de que já sabia do que se tratava.

— Você me ama, né?

Ele ergueu uma sobrancelha.

— Não tenho certeza agora — resmunguei. — Ainda mais quando você começa dizendo coisas assim.

— Tenho deveres agora. Aqui. Muito do meu tempo será ocupado... e não quero ver você só uma vez por semana ou mês.

— Theo... — Cruzei os braços.

— Seria uma viagem de quatro horas de ida e volta para te ver ou para você vir aqui. — Segurou minhas mãos nas suas, saindo rapidamente em defesa de seu argumento. — Estamos oficializando nosso namoro. O público espera nos ver juntos. Haverá muitos eventos em que participaremos juntos, então é bobagem você ficar na Wentworth House. — Seus dedos se apertaram ao redor dos meus. — Kelly, chefe da minha equipe de relações públicas, acha que seria melhor se você ficasse aqui. E Chloe, a chefe de relações públicas do palácio, concorda.

— Estou tão feliz que todos os grupos de RP concordem com isso. — Solto as mãos de seu agarre, de supetão, e esfrego a cabeça latejante. Eu sabia que cada membro da família real possuía seu próprio departamento de assessoria, além do grupo principal do palácio, mas ainda era estranho me acostumar a isso. Principalmente em relação a algo que eu não fazia ideia. — Mas teria sido bom, Theo, se me perguntasse primeiro. É a minha vida que está sendo delegada.

— Eu sei. Eu sei. E mais uma vez, peço desculpas. Sabia que você já estava bastante sobrecarregada quando conversamos ao telefone.

— Melhor me emboscar aqui?

— Não era essa a minha intenção.

— Era, sim. — Umedeci os lábios, com uma postura derrotada. — É mais fácil pedir desculpas do que permissão.

— Spence. — Ele me puxou de volta para ele. — Sério, desculpa. Se não quiser ficar, não precisa. Não vou forçá-la a nada.

Exalando, pressionei o rosto em seu peito caloroso. Não que eu não concordasse com esse cuidado. Seria ridículo ir e voltar assim. Acabaríamos nunca nos vendo, passando mais tempo no carro... Tudo bem, sejamos honestos, eu seria a única no carro o tempo todo. Mas não gostei de ser pega de surpresa.

— Da próxima vez, basta me avisar com antecedência. Quero dizer, eu nem ao menos trouxe as minhas coisas — reclamei, encarando-o.

— Mamãe solicitou que alguém descobrisse o número que você veste, e encheu o armário do quarto de hóspedes com roupas.

Rangendo os dentes, eu me afastei dele. Eu detestava o fato de ele simplesmente ter jogado isso nos meus ombros, sem me dar escolha alguma. Meus pais pensaram que eu passaria a tarde com ele, não uma temporada. Porém, eu sabia que quando os avisasse, os dois ficariam extasiados, provavelmente trariam minha mudança para cá. Tio Fredrick quase me exibiu em um desfile, toda a família nas nuvens, porque Theo e eu estávamos juntos de novo. Mais precisamente, que eu estava namorando o príncipe da Grã-Victoria.

Prestígio, dinheiro, título. A jogada definitiva para nos ajudar a reconquistar o respeito.

SOB A GUARDA DA *Realeza*

— Desculpa. Não importa. — Suspirou ele. — De novo.

— Caramba, Theo, você está só piorando as coisas.

Eloise se encostou no sofá, tentando esconder o sorriso.

— Não. Está. Ajudando — esbravejou com ela.

— Se eu concordar com isso? Terá duas condições. — Passei a mão pelo meu cabelo arrumado, sem me importar com quanto tempo Nara levou para elaborar o penteado. — Primeira: terei meu próprio apartamento.

— O quê?

— Não posso morar aqui, Theo. — Gesticulei ao redor. — Como se isso não fosse pressão suficiente sobre mim. Mas morar aqui? Jamais conseguiria relaxar. Não posso...

— Tudo bem. — Ele acenou com a cabeça, cruzando os braços. — Vou perguntar a Chloe se podemos resolver isso. Qual a segunda condição?

— Jamais, nunca arme para mim de novo. — Apunhalei seu peito com a ponta do dedo. — Já estou toda atrapalhada. Não serei tratada ou vestida como uma boneca, sendo levada de um lado ao outro sem que possa opinar no assunto. Não aceitarei fazer papel de boba.

— Tudo bem. — Acenou com a cabeça, hesitante. — E mais uma vez, peço perdão.

Cheguei mais perto e enlacei sua cintura.

— Só não se esqueça... estamos nisso juntos. Um time. Você e eu. Não se esqueça de... mim.

Ele sorriu, as palmas cobrindo meu rosto, sua boca roçando a minha.

— Nunca.

— Tudo bem. — Eloise ergueu as mãos. — Não quero ver meu irmão beijando a namorada.

— Como se eu não tivesse sido submetido a te ver com seus paqueras, com suas línguas enfiadas pela sua garganta?

Paqueras? Puta merda, a empresa de relações públicas aqui era tão boa assim? Eloise parecia uma santa. A imprensa só a flagrou tomando café com um garoto fora do *campus*, e eles não fizeram nada mais do que beber café. A fábrica de fofocas circulou por semanas tentando descobrir a identidade do rapaz.

— Então, podemos nos divertir agora? — A boca de Eloise se curvou igual ao do gato de Cheshire. — A rainha e o rei ficarão fora a noite toda e, quando os gatos saem, os ratos fazem a festa. Está pronta para isso, Spencer?

— Acho que sim!? — respondi, com ceticismo, observando Theo balançar a cabeça em negativa.

— Por favor, Theo. Ela não é tão frágil. — Eloise revirou os olhos, agarrando meu braço de novo e nos conduzindo até a porta. — Nunca vi ninguém dar uma lição em meu irmão assim. Acho que você e eu seremos grandes amigas.

Seus saltos tilintaram no piso, e os guardas, de alguma forma, souberam que ela estava saindo. Abrindo as portas para nós, passamos por eles sem o menor problema e adentramos ainda mais o palácio.

— No entanto, este vestido rosa-xixi tem que sumir.
— Devo perguntar para onde estamos indo?

Sua expressão se encheu de pura maldade.

— E qual seria a graça nisso?

Os jeans rasgados propositalmente eram praticamente colados no meu corpo, acentuando ainda mais os meus quadris; as botas de salto alto clicavam nas escadas de metal enquanto descíamos para a boate escura.

Nenhuma das roupas com que a rainha ocupou meu armário conseguiu a aprovação de Eloise. Eram lindas, da melhor qualidade, mas eram vestidos muito elegantes, parecendo mais adequados para uma festa no jardim do que para uma boate. Eloise prometeu que ela e eu iríamos fazer compras mais tarde para encontrar roupas mais descoladas, "para sairmos". Até então, eu com meu corpo ligeiramente mais curvilíneo que o dela, tive que me encaixar em suas roupas. Usando um jeans tão justo e com rasgos estratégicos nas pernas, uma regata preta de seda com um amplo decote nas costas, joias, olhos perfeitamente esfumados, botas de salto, e com o cabelo solto em ondas, por fim, passei em sua avaliação.

Sabia que estava com boa aparência, provavelmente melhor do que nunca, mas ainda assim, era difícil ficar ao lado de Eloise. Ela era tão linda que era difícil não chorar um pouco por dentro. Estava vestida com calça de couro bem justa, um top vermelho transparente por cima de um sutiã cravejado de joias, saltos de metal com pontas de ferro, o cabelo liso e elegante. Sua maquiagem era a perfeição da balada, fazendo seus olhos verdes se destacarem.

— Uau. Gostosa. — Os olhos de Theo se arregalaram quando saímos, seu olhar percorrendo meu corpo. Mas era claro que ele só teve que colocar uma calça jeans e camiseta para ficar lindo. — Você está tão sexy!

— Obrigada.

Com um sorriso, segurei sua mão enquanto ele me levava para o carro já lotado com algumas pessoas. Uma mulher que não reconheci estava ao volante, mas enrijeci quando vi Lennox sentado no SUV. Ele não olhou em minha direção, mas desviou o olhar, a mandíbula se contraindo com desprezo.

Qual era a merda do problema dele? Ele tinha uma queda por Theo ou algo assim? Era por isso que me odiava? Normalmente, as pessoas levavam um pouco mais de tempo para descobrir que eu era um pouco estranha.

— Spencer, este é Peter. — Eloise deu um tapinha no ombro do guarda-costas sentado no banco do passageiro. — Ele é tão louco por mim que não consegue suportar me ver fora de sua vista.

O homem a ignorou, se comunicando com alguém através de seu fone de ouvido, claramente acostumado com os modos de Eloise – que eu ainda não conseguia entender. Como estava sentado, não dava para dizer exatamente, mas ele parecia ser alguns centímetros mais baixo do que Lennox, perto dos trinta e tantos anos com o cabelo curto e loiro escuro. Ele era um daqueles caras que podiam se confundir com o cenário, nem bonito nem feio. Agradável, mas você o esqueceria assim que desviasse o olhar. Ele se vestia todo de preto como Lennox, mas era aí que a semelhança acabava.

Eu meio que entendi por que Lennox era um guarda-costas perfeito. Ele parecia fazer parte do nosso grupo. Era jovem e lindo, vestindo jeans escuro e camiseta preta confortável e apertada contra o peito forte. Com a barba por fazer e a expressão entediada, qualquer um pensaria que ele era amigo de Theo, não seu guarda-costas. Não podia negar que o homem era gostoso. Tipo, desconfortavelmente sexy, a ponto de não conseguir parar de olhar para ele, mas a arrogância e dolorosa personalidade horrível o fizeram perder muitos pontos comigo. Não que as garotas se importassem com isso quando ele passasse, mas ele era alguém que me deixava feliz por Theo estar segurando minha mão. Odiava homens que pensavam que eram bons demais para todos, olhando para você com desprezo só por tentar falar com alguém como ele.

A princípio, pensei que Theo fosse assim, mas fiquei muito feliz que ele provou que eu estava errada. Em vez de namorar o clichê e escolher uma garota da classe alta, ele me escolheu, a esquisita.

— Fique perto de mim aqui, tudo bem? — Theo sussurrou em meu ouvido, me trazendo de volta ao presente, nossas mãos entrelaçadas à medida que seguíamos para a boate subterrânea.

Ergui uma sobrancelha para ele, mal sendo capaz de distinguir sua fisionomia por conta da pouca iluminação. Era um lugar perfeito para a realeza se soltar. Ninguém provavelmente saberia que estavam aqui.

— Esta não é uma boate comum... — Theo fez uma pausa, lambendo o lábio inferior. — Existe um pouco mais que não sabe sobre a minha irmã.

— O quê?

— Theo! — Seu nome ecoou e um cara se aproximou de nós, com os braços abertos ao cumprimentar, atraindo nossa atenção. O sorriso de Charlie iluminou seu rosto enquanto caminhava em direção ao amigo, como se tivesse acabado de sair de um avião de uma ilha tropical, a pele bastante bronzeada, destacando os olhos azuis cristalinos e dentes excessivamente brancos. Hazel e Ben o seguiram.

— Oi! — Theo correu para os amigos, borbulhando de animação, os caras dando aqueles abraços másculos, com tapas nas costas, mas ele agarrou Hazel, puxando-a para um grande abraço de urso. — Merda, senti saudades de vocês.

— Senti falta da sua bunda arrogante também!

A mão de Ben empurrou para trás seu cabelo comprido e desgrenhado, do tipo 'acabei de acordar'.

— Eloise!

Hazel deu um abraço na irmã de Theo. Como de costume, ela parecia ter acabado de sair de uma passarela em Milão, radiante em uma saia curta de couro, botas de salto de doze centímetros e uma regata quase imperceptível. Seu cabelo loiro dourado estava perfeitamente selvagem, acentuando os lábios vermelhos brilhantes.

— Ellie! — Charlie a ergueu, girando-a no ar. — Bom te ver.

— Engraçado, eu sinto exatamente o oposto.

Ela piscou quando ele a colocou no chão.

— Assim você parte meu coração. — Apertou o peito, em um gesto melodramático.

— Você não possui um.

— Isso mesmo! Deixa pra lá. — Ele baixou as mãos, estalando os dedos. — É por isso que sou tão babaca!

Ela balançou a cabeça, rindo, mas parou assim que olhou para Ben, franzindo os lábios. Ambos acenaram com a cabeça um para o outro, sem jeito, desviando o olhar rapidamente. Nessa breve troca, pude sentir a história íntima se formar no ar, me dizendo que era impossível que algo não tenha acontecido entre eles.

— Spencer — Hazel me cumprimentou, seu sotaque de classe alta ondulando em torno do meu nome, inclinando-se para beijar minhas bochechas no ar. — Que bom te ver.

Ela era alguém que eu realmente pensava que estava sendo sincera, ao contrário de tantos que conheci na escola quando estava namorando Theo. Era tão segura de si mesma; não precisava rebaixar ninguém para se tornar melhor. Eu adorava o fato de ela não ser a garota má estereotipada.

— Quem quer uma bebida, porra?

Charlie bateu palmas, acenando para o bar contra a parede oposta. Os rapazes saltaram para frente, em busca do barman, deixando que as garotas os seguissem.

A boate era grande, escura e bem simples. Alguns sofás alinhavam-se às paredes, mas a maior parte, no centro, parecia ter sido deixada aberta para o que imaginei ser uma pista de dança. Não eram os *lounges* descolados e os pubs aconchegantes que costumávamos frequentar. Era o oposto de elegante ou sexy. Havia até um cheiro de suor no ar, mas o lugar enchia a cada minuto que passava, os frequentadores variando em todos os tipos e faixa etária. A boate era aparentemente popular com esse público diversificado, mas parecia um lugar estranho para o príncipe e a princesa da Grã-Victoria se encontrarem.

— Puta merda! — Hazel piscou, boquiaberta, olhando por cima do meu ombro. — Quem é esse incrível espécime de homem?

Seguindo seu olhar, eu já sabia para quem ela estava olhando.

— É o Lennox — resmunguei, fechando a cara. — O novo guarda-costas do Theo.

— Ca-ra-lho — sussurrou, as bochechas pálidas pegando fogo. — Ele é lin-do.

— Sim, e o pior é que ele sabe disso.

Meu lábio superior se ergueu em desgosto conforme tentava não olhar para ele. Lennox e Peter ficaram para trás, numa distância suficiente para não parecerem suspeitos, mas pude sentir a forma iminente de Lennox na minha cola e resfolegando às minhas costas como o lobo mau.

— Ele é muito gostoso — confirmou Eloise, com um aceno sincero —, mas o Theo já me avisou que se eu tocá-lo, vai me renegar desta vez.

Hazel riu.

— Desta vez, hein?

— Sim.

Eu me virei para Eloise.

— Percebi uma vibração entre você e Ben?

— Uma vibração — bufou Hazel, ainda soando elegante. — Ah, Spence... você não quer tocar nesse assunto.

Olhei para Eloise, vendo-a com a mandíbula cerrada e o semblante irritado.

— Vamos beber alguma coisa, que tal?

Ela disparou adiante, indo até o irmão parado no bar.

— O que foi isso? — perguntei a Hazel.

— Vamos apenas dizer que seu passado é delicado e complexo, na melhor das hipóteses. Tudo o que sei é que foram os primeiros um do outro há muito tempo. Nenhum dos dois vai falar do que aconteceu entre eles, mas acho que ainda sentem algo um pelo outro.

Perder a virgindade com a irmã do seu melhor amigo. Uma princesa. Uma a quem verá o tempo todo. É, deve ser estranho.

— Você e Theo estão juntos pra valer agora? — Hazel olhou para mim.

— Acho que sim.

Soltei uma risada, observando-o conversar animado com seus amigos.

— Conheci a rainha esta noite. Foi um desastre total. — Balancei a cabeça. — E Theo me mudou para o palácio. Por enquanto.

Seria temporário.

— Uau. Então a coisa é séria mesmo? — Arqueou uma sobrancelha perfeitamente curva, a cabeça se voltando para Theo. — Sério do tipo: "vocês vão se casar".

— Se isso acontecer, ainda está bem longe. Eu mal me acostumei com o fato de termos voltado a namorar.

— Bem, é melhor se preparar e rápido. — Hazel se voltou para mim, o rosto sério. — De agora em diante, essa será a primeira pergunta que a mídia fará. Vão persegui-la implacavelmente, perguntando quando você e Theo se casarão. Não existe meio-termo com a realeza. É melhor estar preparada para tudo.

Senti o nó apertar a garganta, e lutei para engolir, o medo me açoitando com uma chicotada.

— Desculpe, te assustei demais. — Hazel riu, balançando a cabeça, a seriedade se dissolvendo em um sorriso feliz. — Hoje à noite, vamos nos divertir...

Ela olhou rapidamente por cima do ombro outra vez, um longo suspiro fazendo seus ombros cederem.

— Porém, não posso funcionar direito com aquele homem por perto. Eu, certamente, preciso dele na minha cama até o final desta noite.

— Você não está namorando um modelo espanhol? Se os tabloides estiverem corretos.

— Aventura de verão — ela bateu as mãos, virando a cabeça para olhar para trás —, mas aquele homem ali ainda é dez vezes mais sexy do que Sebastian. E olha que ele era modelo de roupa íntima!

— Bem, aquele... — Espelhei seu movimento. — É um idiota arrogante, desprezível e deprimente.

— Uau. — Os olhos de Hazel se arregalaram, a sobrancelha se curvando. — Já... com sentimentos tão fortes em relação a ele.

— Confie em mim.

— É, claramente, parece que gosto deles desse jeito. — Ela suspirou penosamente, mordendo o lábio antes de voltar para o bar. — Você conseguiu o melhor partido, de qualquer maneira.

Ela sorriu para Theo rindo com seus amigos.

— Consegui mesmo. — Concordei com a cabeça.

CAPÍTULO 8

— Um brinde ao novo rejeitado da Força Aérea Real, Tenente Otário! — Charlie ergueu sua bebida. — Enquanto você corria centenas de quilômetros às quatro da manhã, comendo mingau, eu desenhava na bunda de uma modelo da *Victoria's Secret* e bebia champanhe no café da manhã! Mas você é um sortudo do caramba. Não sabe quantas vezes acordei com quatro ou cinco mulheres ao meu redor, desejando poder ser você em vez disso. — Charlie apertou o peito com falsa inveja.

— Vá se foder. — Theo riu, o rosto rosado das poucas bebidas que já havia consumido. Charlie e Ben estavam em uma missão para caçoar dele. Uma versão masculina de "Bem-vindo ao lar. Também sentimos sua falta".

— Mas olhe para essa merda agora! — Ben agarrou a camisa de Theo, puxando-a para cima, mostrando a cintura fina e o abdômen tanquinho. Theo sempre esteve em forma, mas não assim. Ele não era tão definido antes, mas agora dava para ver linhas mais rígidas dos músculos em seu torso. — Estava cultivando um abdome trincado.

Ben deu um soco na barriga de Charlie, fazendo-o curvar com um gemido.

— Ei, babaca. Não derrame minha bebida! — Charlie deu um tapa nas costas de Ben, lambendo a mão melada de cerveja. — Violação de regras, cara.

— Gente, meu braço está ficando cansado. Calem a boca para podermos beber. — Hazel ainda estava com a taça erguida, à nossa espera para um brinde.

— Ao tenente Otário.

Todos nós gritamos antes de virar as bebidas em nossas mãos. Minha vodca com refrigerante desceu pela garganta com muita facilidade. A boate estava lotada, a música vibrando sob os meus pés ao longo do piso.

Estávamos todos em um estado de felicidade em que a vida era perfeita. Éramos jovens e embriagados, o mundo ao nosso alcance e rodeados de amigos.

O braço de Theo veio ao meu redor, seus olhos turvos passeando pelo meu corpo.

— Eu já te disse como você está gostosa?

— Sim.

Enlacei sua cintura, aconchegando-me nele. Era difícil acreditar; eu estava com Theodore. O futuro rei de Victoria. Como isso era louco. Costumava zombar de garotas como eu, rindo daquelas que pensavam que poderiam se tornar a futura rainha do nosso país.

— Eu já disse que te amo? — Ele se inclinou para me beijar.

Meu coração quase saiu pela garganta, uma mistura de pânico e felicidade zumbindo dentro de mim.

— Aí. Qual é... — Eloise gemeu, tomando um gole de seu gim com tônica. — Eu não preciso ver meu irmão nessa pegação.

— Então olhe para o outro lado — retrucou Theo, por cima da música. — E você não tem um trabalho a fazer, de qualquer maneira?

— Ah, droga! — Seu sotaque refinado soava hilário em contraste com as palavras. El engoliu o resto da bebida, entregando o copo vazio para Hazel. — Os malvados nunca descansam.

Então deu uma piscadinha antes de sair correndo.

— Trabalho? — Eu a observei desaparecer por entre a multidão.

— Aaaah, amor. Acha que a princesa Eloise é parecida com o que a mídia a retrata? — Charlie riu, colocando a mão na barriga. — O RP deles trabalha pra caramba para manter a imagem dela tão certinha.

Ben riu, esfregando a cabeça, o olhar ainda focado na direção por onde ela saiu. Não consegui decifrar o que ele estava sentindo, porém apenas cimentou a impressão que tive que eles tinham uma história inacabada.

— Estou confusa. — Eu sabia que Eloise não era tão formal quanto na frente das câmeras, mas para uma princesa ter um "emprego" em uma boate decadente parecia bizarro.

— Acho que será muito mais divertido ver por si mesma. — Hazel agarrou meu braço, puxando-me para a grande pista, e com um sorriso malicioso nos lábios.

Um holofote iluminou o meio do lugar, levando as pessoas para as áreas circundantes. A música acabou quando uma figura apareceu no espaço vazio e as pessoas aplaudiram e assobiaram.

— Oiii! — A voz de Eloise retumbou nos alto-falantes, atraindo meu olhar até sua figura caminhando para o meio, os quadris rebolando com confiança, e um enorme sorriso sedutor no rosto. — Estão todos bem?

A multidão gritou e vibrou em resposta.

— Que merda é essa? — Olhei entre Hazel e Theo. Eles se entreolharam, compartilhando um sorriso misterioso antes de piscar para mim.

— Só assista. Ela é mágica — sussurrou Hazel para mim.

— As apostas estão fechando, então, se não apostaram ainda, venham já até aqui. — Sua risada gutural era como mel, brincalhona e sexy. — E garanto que não vão querer perder. Três rodadas esta noite por dois dos melhores!

As pessoas aplaudiram.

—Vocês conhecem as regras. Sem interferência de qualquer tipo. Ou Teddy mostrará a porta de saída logo ali.

Ela protegeu os olhos da luz, apontando para o segurança enorme parado na parede dos fundos.

— E me deixe dizer a vocês, ele não é tão fofinho quando o irritam. Eu sei muito bem.

Apontou para si mesma com uma oscilação provocante na boca, como se conhecesse alguma história secreta. Todos riram, consumidos por ela. Não havia um olhar que não estivesse fixo nela. Eloise exalava sexo e malícia, piscando e sorrindo para todos, independentemente da idade, sexo ou aparência. Conduzia a multidão como se fosse uma feiticeira.

— Aquela... — Hazel me cutucou, acenando para Eloise. — É a verdadeira Eloise Catherine Victoria Elenore de Livingston. Uma princesa de dia... uma agenciadora de apostas à noite.

Agenciadora de apostas?

— E de dia — Charlie colocou o braço sobre meus ombros —, ela também agencia corridas de cavalos e jogos de polo.

Fiquei boquiaberta, em completo choque. Uma coisa era ver um lado mais relaxado da princesa, mas minha cabeça estava pelejando para ver esse outro. Um lado que o mundo desconhecia.

— Se o lutador cair em dez segundos, estão fora. Nenhum golpe depois de caírem no chão. O vencedor segue para a próxima luta. — Ela deu uma volta e percebi que havia um círculo marcado no chão. — O dinheiro será entregue no final. Todos prontos?

Os gritos ecoaram pelo lugar.

— Tudo bem, vamos começar!

Ela se virou, apontando para um homem sem camisa e oculto nas sombras de um lado.

— Aplausos para o infame Killbourne.

Os assobios e gritos perfuraram meus tímpanos.

— E aqui está Larry "Terremoto" Gibbs.

Seus aplausos foram um pouco menos entusiásticos, mas a multidão estava barulhenta e ansiosa para que a luta começasse.

Ela saiu do círculo e foi em direção à parede mais ao fundo, para perto de seu guarda-costas e do segurança; pouco depois, alguns homens correram para ela com dinheiro nas mãos.

— Minha irmã, senhoras e senhores. — Theo gesticulou para ela. — Estamos muito orgulhosos.

— Você ama isso — disparou Hazel. — Ela é durona e você sabe disso.

Ele deu de ombros, sem desmentir.

— Vamos, é muito mais emocionante de perto.

Hazel me arrastou para a frente, empurrando e manobrando sem se desculpar. Corpos se espremiam ao nosso redor, os pés tamborilando o chão, em sincronia, enquanto os dois lutadores rodeavam um ao outro. Nunca tinha ido a uma luta ou algo assim. A empolgação se alastrou pela minha pele, girando ao redor do ar, me obrigando a respirar a energia que parecia uma droga.

Agora entendia o cheiro rançoso de suor e sangue e a escolha incomum do local.

O cara sem camisa era mais jovem e estava muito mais em forma. Também era bem atraente, mesmo com o nariz achatado e torto, e que, de alguma forma, o tornava mais robusto. O outro cara era mais velho, mais baixo, com cabelos desgrenhados cobrindo os olhos. Estava em forma, mas não tinha a confiança do primeiro. Não parecia uma luta justa. E pelos gritos do grupo, a maioria pensava igual.

— Killbourbe! Killbourne! — Seu nome foi recitado repetidamente como um grito de guerra. A atmosfera estava fervilhando de violência.

Killbourne se esquivou e avançou para o 'Terremoto', atingindo sua barriga. O homem atarracado tropeçou para trás, permitindo que o punho do lutador mais jovem acertasse seu rosto repetidas vezes. Os sons de cartilagem quebrando, carne sendo esmagada e sangue esguichando no chão levaram a multidão ao frenesi.

Não pude negar que sentia um certo nível de excitação, mas também me assustou.

Outro golpe o derrubou no chão.

— Dez. Nove. Oito...

As pessoas começaram a contagem regressiva, quanto mais perto chegava do um, mais se aglomeravam.

— Dois...

Terremoto balançou a cabeça, levantando-se do chão, enxugando o sangue do rosto e voltando à luta.

— Killbourne! Killbourne! Killbourne!

— Killbourne, eu te amo — gritou uma garota, e ele virou a cabeça para sorrir para ela.

Um segundo.

E então tudo mudou.

O golpe de Terremoto ecoou pelo lugar, assustando Killbourne e a multidão. Aproveitando-se daquele momento, ele voltou a atacar. O corpo de Killbourne desabou no chão, e a multidão arfou quando o lutador mais velho atacou e esmurrou seu oponente até deixá-lo quase desacordado.

— Ele não deveria fazer isso. Continuar batendo nele depois que ele cair — murmurou Hazel brava, com os olhos arregalados.

— Dez, nove, oito, sete... — alguns fãs de Terremoto entoaram. Gritos para que Killbourne se levantasse ecoaram de todas as direções.

Nenhum movimento.

— Um.

Uma pequena parte aplaudiu, pulando, surpresa com a vitória.

O outro lado ficou chocado com a perda.

— Porra. Não! — Ouvi alguém gritando. — Ele roubou!

— Não sabem perder!

A mudança foi instantânea, o público se transformando em uma turba revoltada.

— Não foi uma vitória!

Alguém saiu da multidão, atingindo o rosto de outro cara, seus gritos se transformando em empurrões e gritaria, seus amigos se juntando a eles.

— Essa aposta não valeu. — Ele apontou o dedo para Eloise. — Não vou perder todo o meu dinheiro com uma fraude!

— Oh, merda — Hazel agarrou minha mão. — Temos de sair daqui.

Era como se sua percepção destruísse a última fagulha de paz, a boate explodindo em violência e caos. Corpos se atiraram uns contra os outros, como uma debandada, me jogando no chão com uma pancada.

SOB A GUARDA DA *Realeza*

— Spencer! — Ouvi Hazel gritar por mim, sua mão tentando alcançar a minha, mas a multidão a puxou para longe.

— Hazel!

Sapatos pisotearam meus braços e pernas, e um grito escapou da minha garganta enquanto tentava me levantar. Ninguém dava a mínima se me atingiam no processo. O medo latejou em meus ouvidos, meus pulmões se esforçando em busca de ar. Rastejando, deslizei o corpo por uma poça de sangue no chão pegajoso, tentando escapar da horda esmagadora gritando e brigando entre si.

Uma dor excruciante me dominou quando um enorme corpo caiu em cima de mim, batendo a minha cabeça contra um poste. Fiquei zonza na mesma hora. Mais e mais pés e pernas me chutavam e pisoteavam. Sangue escorria pelo meu nariz e têmpora enquanto eu me curvava em uma bola, tentando conter o vômito que subia pela garganta. Eu podia sentir a escuridão rastejando ao meu redor. Já havia ouvido falar de pessoas que morriam daquele jeito. Sempre soou tão trágico. Ser pisoteada até a morte, porque ninguém parou um minuto para prestar atenção ou ajudar.

Esta seria minha história? Como Spencer Sutton morreu, pisoteada por pessoas no que parecia ser uma manada de búfalos? Parecia adequado.

— Puta que pariu — uma voz profunda rosnou em meu ouvido, quando mãos me agarraram com força. Meus olhos se abriram um pouquinho e depararam com um rosto familiar pau da vida comigo, como se fosse inteiramente minha culpa. — A aspirante a princesa já precisa ser salva.

Os braços de Lennox se moveram embaixo de mim, me pegando no colo e arremessando as pessoas para trás e que se chocavam contra nós à medida que ele se levantava.

— Vá se foder — tentei dizer, mas saiu mais uma bagunça ininteligível. Eu me contorci para tentar sair de seus braços, mas seus músculos travaram à minha volta com força.

— Agora, isso seria altamente inapropriado. — Sua voz rouca estava cheia de aborrecimento e desprezo.

A fúria borbulhava em meu peito, meu orgulho querendo atacar, mas seu corpo era aconchegante, e meus olhos se fecharam conforme a adrenalina diminuía, permitindo que a dor consumisse meus ossos. Minha cabeça latejava, como se uma lâmina estivesse sendo espetada na têmpora.

Ele me segurou com força, usando o ombro para empurrar quem se atrevesse a entrar em seu caminho, movendo-se e deslizando pelas pessoas como um assassino treinado.

— Theo? Eloise... Hazel? — Lutei para dizer cada nome, meu corpo apagando.

— Estão todos bem. Só você que não conseguiu sair — respondeu em tom seco. Fechei os olhos em alívio, meu ouvido pressionando contra o seu peito, ouvindo o ritmo constante de seu coração.

— Puta merda! Spencer!

Ouvi meu nome ser chamado, mas a voz de Theo passou por mim como se eu estivesse em um sonho, o sono me levando para um lugar seguro.

CAPÍTULO 9

Despertei do sonho onde era pisoteada, e me levantei de supetão, dando-me conta de que estava amanhecendo. O céu estava quase escuro, projetando o quarto com sombras intensas. O medo apertou a minha garganta, a cabeça confusa sem entender onde eu estava. Lustres, tapeçarias, pinturas, papéis de parede com estampas de flores delicadas, com pesados móveis adornados de branco. Exagerado, caro, mas muito desatualizado nos tempos modernos.

Palácio Real. O quarto Rainha Anne.

Cada músculo doía e minha cabeça latejava, lembrando-me de que meu sonho havia sido real. A luta na boate, que havia começado como uma noite divertida, tornou-se arrepiante em alguns segundos. Olhando para mim mesma, percebi que ainda estava usando as mesmas roupas, agora pegajosas de sangue e outras substâncias daquele chão nojento.

Lennox me encontrou. Carregou-me para longe dali como se eu fosse uma donzela em apuros, o que me deixou lívida. Eu era tudo menos indefesa.

— *A aspirante a princesa já precisa ser salva.*

Seu comentário fez a fúria ferver pelo meu corpo. Eu ficaria de boa com Dalton ou qualquer um dos outros guarda-costas me tirando de lá. Agradecida. Mas não com ele. Ele me fez sentir como se eu fosse uma espécie de mulher fraca que foi jogada no chão e pisoteada. Como se eu fosse uma garotinha fraca que não conseguia lidar com o mundo "real".

Ele que se dane.

Lidar com ele era uma realidade por causa de Theo, mas para mim, ele não seria mais do que uma armadura ambulante ao fundo.

Ele era só mais uma pessoa que achava que aqui não era o meu lugar.

Eu queria ir para casa. Este lugar parecia frio e vazio, desprovido de aconchego e amor. Como a própria rainha, linda, mas inacessível e reservada. Nem mesmo o quarto parecia me querer aqui. Meus olhos deslizaram para o armário cheio de roupas, as botas emprestadas no chão, a jaqueta na cadeira.

Não havia nada aqui que me pertencia, fazendo-me sentir ainda mais perdida e sozinha.

Acordar aqui pela primeira vez já seria assustador, mas depois da noite que tivemos, depois de perder a consciência na boate após quase ser pisoteada até a morte – era totalmente aterrador.

Eu queria ir para casa.

Theo. *Tudo isso vai valer a pena.*

A cabeça latejante e ossos doloridos fizeram meu corpo pesar uma tonelada, então me resignei em afundar contra o colchão macio e travesseiros fofos da cama caríssima. Em questão de segundos, meus olhos se fecharam, levando-me de volta à terra dos sonhos.

Quando acordei de novo, o quarto estava todo iluminado por uma luz fraca. Gemendo, levantei-me da cama, minha bexiga me fazendo ir mais rápido do que meus ossos queriam. Entrei no banheiro, com os mesmos tons pastéis, de creme e dourado do quarto. Ele abrigava um lustre de ouro, um pequeno chuveiro, banheira com pés de ferro, vaso sanitário e bidê. Para o palácio, era bem simples, o que para mim estava bom. A decoração ornamentada deste castelo pode ser opressora. Além dos aposentos dos empregados, este era, provavelmente, um dos quartos menos decorados, sugerindo que eu estava no fim da lista de hóspedes a se impressionar.

Pulando no chuveiro, lavei a sujeira e o sangue da minha pele e cabelo, descobrindo que a maior parte do meu corpo estava coberto de hematomas, incluindo uma mancha na coxa que mostrava, claramente, o formato de uma bota masculina.

Cosméticos, produtos de higiene, roupas, sapatos... tudo foi providenciado para mim. Cobrindo alguns cortes no rosto, sequei o cabelo comprido antes de encontrar roupas que eram mais a minha cara. Vesti jeans *skinny* escuro, blusa branca, um blazer azul e calcei sapatilhas. Tudo de marca. Não era meu estilo normal, e senti que estava me vestindo para encenar um personagem. Uma entrevista de trabalho.

Meu estômago roncou quando saí para o corredor; o silêncio no final desta ala era assustador. Minha casa sempre rangia, e havia ruídos que indicavam que Nara estava limpando algum lugar, ou dos pés de Olivia correndo para cima e para baixo.

Comecei a andar pelo corredor e parei. Não fazia a mínima ideia de para onde estava indo ou onde era permitido. Theo não tinha me mostrado a residência particular ainda, então, além do quarto em que eu estava e o caminho até onde encontrei a rainha, eu sabia muito pouco sobre este lugar.

Indo em direção ao único cômodo que eu conhecia, alguém quase colidiu comigo.

— Oh, senhorita! — Uma moça baixinha de cabelos pretos, com mais de vinte anos, fez uma reverência. — Peço desculpas.

— Está tudo bem. — Sorri. — Na verdade, estou muito feliz por ter esbarrado contigo. Você sabe onde estão Theo ou Eloise?

— O príncipe e a princesa estão na sala de café da manhã. — Ela manteve os olhos focados no chão. — Disseram-me para deixá-la dormir, milady.

— Spencer, por favor.

Ela franziu os lábios. Nunca me chamaria pelo meu nome; não era assim que funcionava aqui. Formalidades. Tradição.

Nara me acordava jogando um travesseiro na minha cabeça ou aspirando minha cabeceira. Uma vez, ela derramou o copo d'água ao lado da minha mesinha de cabeceira, só para que eu pudesse me levantar. A crueldade da mulher não tinha limites.

— A sala de café da manhã ficaria na...?

— Descendo o corredor, passando pela sala verde e pelo mural. — Ela apontou, acenou a cabeça e saiu para o quarto que acabei de deixar, provavelmente para arrumá-lo até que parecesse que nunca estive lá.

Seguindo na direção indicada, matei um pouco da curiosidade a respeito da vasta história de nosso pequeno país. Reis, rainhas, lordes, guerras, assassinatos. Itens preciosos que poderiam ser encontrados em um museu. Coisas que se lia nos livros de história. E tudo isso no lugar onde Eloise e Theo cresceram.

— É inaceitável! — Uma voz ecoou no corredor. Aproximando-me sorrateiramente da sala, olhei para o interior e quase perdi o fôlego, congelada no lugar ao ver o homem que governava este reino.

O rei Alexander se encontrava atrás de uma mesa, a expressão normalmente severa marcada pela raiva, e com os olhos azuis ardendo de fúria. Ele usava calça escura, camisa social listrada, sapatos bem-engraxados e gravata amarela. Seu cabelo castanho curto perfeitamente arrumado estava penteado para trás, um toque de fios brancos na altura das têmporas e costeletas. Ele era bonito de uma forma intocável. Jamais poderia imaginá-lo demonstrando emoção, algo que provavelmente consideraria uma fraqueza.

Theo havia puxado mais à mãe, mas fora isso era uma duplicata de seu pai. Mesma altura e porte físico. No entanto, onde Theo possuía o sorriso fácil e brincalhão, o rei era severo, indiferente e seco. A imprensa o temia e respeitava, não ousando tentar manchar sua reputação. Embora o boato de que amava outra mulher, há muito tempo, nunca tenha se dissipado.

A fúria pulsava dele, os nódulos dos dedos brancos ao redor do papel em sua mão, com seu foco concentrado nos dois sentados nas cadeiras do outro lado da mesa.

Theo e Eloise se mantinham em silêncio, não parecendo nem um pouco perturbados pela ira do pai. Ambos se vestiam de forma impecável, parecendo bem-dispostos, como se tivessem ido a um Spa na noite passada, ao invés de uma bebedeira em uma boate.

— Os dois entendem que tudo o que fazem é observado? Julgado. São modelos de comportamento. São da Realeza! Não podem ser descuidados ou estúpidos como outras pessoas da sua idade. Seguimos padrões diferentes dos outros!

Ele bateu na mesa com o jornal em sua mão, empurrando-o para seus filhos. Meu foco disparou para a primeira página.

Merda.

A manchete estava corajosamente estampada na frente do jornal, a imagem logo abaixo, escura e borrada, de pessoas entrando em um SUV preto. Não dava para saber que éramos nós, mas o contorno de um homem que parecia estar carregando uma garota nos braços estava circulado, atraía a atenção.

Puta merda.

E era eu.

Theo empurrou o jornal para longe.

— Nem é a Eloise que está sendo carregada.

— Não importa se é Eloise ou não. Eles não precisam de verdades para escrever notícias.

— Ninguém consegue ver que somos nós.

— Ah, me desculpe... Não viu a foto interna da matéria toda? — A voz do rei estava tensa e cheia de condescendência. Os dedos ágeis folhearam as páginas, e, em seguida, apontaram para outra foto.

Theo e El se inclinaram para frente, ambos engolindo em seco enquanto avaliavam a foto. De onde eu estava, não conseguia ver direito, mas era nítido que a imprensa havia conseguido uma imagem que provava suas identidades.

— O que vocês estavam fazendo em uma boate dessas? — Alexander encarou os filhos.

— Nós estávamos lá porque... — começou Eloise.

— Ben e Charlie — concluiu Theo, interrompendo-a e colocando a culpa nos amigos para protegê-la. — Foi uma festa de boas-vindas para mim.

O rei respirou fundo, balançando a cabeça. Ele não pareceu surpreso com isso; acho que não era alheio às suas travessuras.

Ele levantou a cabeça e seus olhos azuis pousaram em mim, e a intensidade de seu olhar foi um soco nos pulmões.

— Srta. Sutton — ele disse meu nome, que soou como uma rajada de vento frio, fazendo a cabeça de Theo virar de uma vez para mim. — Venha se juntar a nós. Pode escutar melhor daqui.

Puta que pariu, que merda.

— Vossa Majestade. — Fiz uma reverência, sentindo o suor se formar na minha nuca. — Eu... p-peço desculpas.

— Não poderia haver um melhor momento para conhecer a namorada do meu filho, eu acho. Também fez parte deste desastre? — Gesticulou para que eu entrasse. Minhas axilas e pescoço já estavam pegajosos e cobertos de terror.

Entrei na sala, reparando em Lennox e Dalton recostados à parede atrás de mim, ambos em seus ternos escuros com gravata cinza. Silenciosos e imóveis, poderiam ser confundidos com estátuas. Dalton baixou a cabeça, em um aceno discreto, reconhecendo minha existência na sala enquanto Lennox olhava para frente. Mas que merda, aquele cara era tão gostoso que me deixava puta da vida. Sua personalidade, no entanto, estragava o fato de ser um colírio para os olhos.

— Vossa Alteza. É uma honra conhecê-lo. — Com a voz trêmula, senti as pernas bambas ao fazer novamente uma reverência. Meu pai me disse que eu já havia conhecido o rei antes, quando aos três anos corri direto para ele. É justo dizer que não me lembrava desse encontro.

— Filha do Barão Andrew Sutton — pronunciou como se estivesse lendo meu currículo. — Não tenho certeza se tive o prazer de conhecer seu pai. Mas ouvi a respeito de sua família.

Aquilo não soou como um elogio. Ele disse num tom neutro, sem nenhuma contração facial, mas não tinha dúvidas de que ele achava minha família... inferior.

— Majestade.

Baixei a cabeça em resposta.

— Pai... — Theo revirou os olhos, ficando de pé ao meu lado. — Podemos fazer pelo menos algo normal nesta família... como conhecer minha namorada? Ao invés de a pressionar como se fosse uma entrevista para um cargo aqui.

O olhar de Alexander se desviou para o filho.

— Não há e nunca haverá nada normal em nós — respondeu com firmeza. — E ser sua namorada, Theodore, se tornará um trabalho de tempo integral para ela. Depois de apresentá-la a mim, ao mundo, ela não será mais uma garota com quem você pode namorar de forma casual. Ela é da Grã-Victoria.

Ele apoiou as palmas das mãos sobre a mesa, inclinando-se diante do filho.

— Vocês dois entendem isso perfeitamente?

— Sim.

Theo ergueu o queixo, a mão tocando minhas costas, sem hesitar um momento. Eu, por outro lado, queria fugir dali. Não que eu não amasse Theo, ou não quisesse um futuro com ele. Mas a pressão que a rainha e o rei já estavam colocando sobre mim abalou toda a confiança que eu tinha.

Outras meninas sonhavam em se casar com um príncipe, enquanto eu sonhava que eu e Theo fôssemos normais. Que podíamos namorar e nos divertir, enquanto me tornava veterinária e ele poderia fazer o que quisesse.

— Se quiser manter isso em segredo, podemos pensar em algo. Posso convocar uma reunião com as equipes de RP.

— Não quero mais manter em segredo. — Os dedos de Theo cravaram em minhas costas. — Quero que o mundo saiba sobre Spencer. Eu a amo.

Os olhos azuis de Alexander se voltaram para os meus, seu questionamento se dirigindo a mim agora. Tudo o que pude fazer foi acenar com a cabeça em resposta, incapaz de obrigar a língua a funcionar.

O rei se recostou à cadeira, cruzando os braços.

— Muito bem. Espero que saiba no que está se metendo, Spencer.

Havia uma vibração definitiva de "uma vez que está dentro, não pode sair" envolvida em sua declaração.

— Sim, senhor.

— Fazer o anúncio sobre o relacionamento dos dois pode ajudar a distraí-los das notícias pavorosas de hoje. — Alexander pegou o jornal de novo, encarando a todos nós com uma expressão fechada. — Nossos escritórios de relações públicas farão declarações sobre o seu relacionamento. Os dois farão sua primeira aparição formal, juntos, no banquete estadual nesta sexta-feira, além da presença casual na partida de polo no dia seguinte. Spencer, marquei com Chloe para que ela atue como sua RP, cuidando de sua agenda mais à frente. Ela se encontrará contigo mais tarde para acertar todos os detalhes.

Ele jogou o jornal em sua mesa, sentando-se em sua cadeira.

— Quanto a isso, mudarei algumas coisas.

— Que coisas?

Alexander entrecerrou o olhar, encarando o filho.

— Autorizei levianamente que Dalton fosse retirado de sua equipe de segurança. — Recostou-se à cadeira de espaldar alto. — Vou reintegrá-lo de volta.

— O quê?! — exclamou Theo, indo até o pai. — Acha que algo diferente teria acontecido ontem à noite se Dalton estivesse lá? Sem ofensa, cara... — gesticulou para Dalton. — Mas Lennox me tirou em segurança, sem hesitação, e ainda voltou para aquele hospício para salvar Spencer.

— Não culpo Lennox de forma alguma. Aplaudo suas ações, e é por isso que ainda o quero aqui, mas não como o responsável de sua segurança.

— Mas ele ainda fará parte da minha equipe? — Theo olhou para o amigo. Lennox permaneceu estoico, como se ele ou seu trabalho não estivessem sendo questionados.

— Algo assim. — Alexander acenou com a cabeça. — Ele agora será o guarda-costas da Srta. Sutton.

— O quê?

Minha boca se abriu ao mesmo tempo que a de Lennox, o corpo projetando-se da parede. Nossas expressões demonstravam o total horror.

— Senhor? — O olhar de Lennox disparou de Theo e de volta para o rei, quase em pânico. — Não tenho certeza se essa é a posição certa para mim.

— Concordo. — Balancei a cabeça, em concordância, sem conseguir lutar contra a irritação por ele estar tão insultado com a ideia de se tornar meu guarda-costas.

O rei reagiu com surpresa, provavelmente não acostumado a ser questionado.

— Por que não? — Ergueu a sobrancelha, o olhar intercalando entre mim e Lennox.

— Uh, só acho que não preciso de um guarda-costas, senhor. — Umedeci os lábios, tentando demonstrar maturidade, mesmo que por dentro estivesse choramingando.

— Você precisa, sim. E se não percebe que terá um alvo nas costas, assim que você e Theo saírem juntos, então não está pronta para o que essa vida implica. Se vocês dois estiverem em um relacionamento tão sério quanto Theo alega, então terá um guarda-costas pelo resto da vida, Spencer.

Quase consegui ouvir um "se você se casar com meu filho e se tornar princesa e depois rainha".

— Atividades normais, como tomar um café com amigas ou ir ao cinema, não serão mais opções. Cada movimento que você fizer fora dessas paredes deverá ser organizado e planejado.

A cela dourada que eu observava de fora havia acabado de cair sobre mim, e agora eu estava trancada lá dentro, aprisionada em um círculo fechado.

Theo esfregou meu braço, com um sorriso gentil nos lábios. Meu medo foi subjugado pelo sorriso reconfortante, me dando força para não sair correndo deste lugar. Ele não conhecia mais nada além da prisão em que sempre viveu. Era muito mais difícil entrar nela voluntariamente. Theo ou Eloise não conheciam o sabor da verdadeira liberdade. Não que eu também soubesse, mas minha vida tinha sido muito mais irrestrita do que a deles.

SOB A GUARDA DA *Realeza*

Alexander cruzou as mãos, dirigindo sua atenção ao guarda-costas.

— E, Lennox, você provou ser competente, uma grande adição à equipe aqui.

— Obrigado, Majestade, mas...

— Por favor, não me diga que acha que ser o guarda-costas da namorada do príncipe, talvez a futura rainha, está abaixo de você...

Ele inclinou a cabeça, recostando-se à cadeira.

Xeque-mate.

Os braços de Lennox se contraíram às costas, o olhar distante.

— Não, senhor.

— Foi o que pensei. Você aceita ser o guarda pessoal da Srta. Sutton?

Com a mandíbula cerrada, uma veia latejou no pescoço musculoso.

— Sim, senhor. — Ele inclinou a cabeça em reverência, as palavras exalando ressentimento e raiva.

Alexander acenou com a cabeça, tocando o jornal em sua mesa.

— Não quero ver um incidente como este novamente.

— Sim, pai. — Eloise se levantou da cadeira, sentindo-se dispensada.

— Tenho trabalho a fazer. Theo, quero vê-lo na reunião da tarde.

— Sim, senhor. — Theo concordou com a cabeça, a mão envolvendo a minha, me puxando em direção à porta.

— Prazer em conhecê-lo, Sua Majestade. — Curvei os joelhos, as palavras saindo conforme Theo e Eloise me arrastavam para fora da sala.

— Caramba, El — resmungou Theo, ríspido, assim que saímos. — Foi por pouco. Ele sabe que é um clube de luta!

— Por favor. — Ela revirou os olhos, jogando o cabelo sedoso sobre o ombro. — Você está surtando por nada. Ele nunca vai descobrir. E daí se descobrir? — Deu de ombros. — O que vai fazer, nos colocar de castigo?

Ser a segunda filha deu a ela muito mais liberdade do que Theo.

Ouvindo os passos atrás de nós, Theo se virou para seu ex-guarda.

— Sinto muito, cara. — Ele foi até Lennox.

Os olhos cor de mel de Lennox me fuzilaram, acusatórios, como se estivesse me culpando. Eu o encarei de volta. Não queria isso mais do que ele.

— É como se nada tivesse mudado. — Theo deu um tapinha em seu braço. — Onde quer que ela esteja, eu estarei... então será exatamente como se fosse o meu guarda-costas.

— Exatamente assim.

O olhar de Lennox ainda estava fixo em mim, o queixo com a barba

88   STACEY MARIE BROWN

malfeita, irradiando irritação. A intensidade de seu olhar me fez virar o rosto para o lado.

— Se me der licença, Vossa Alteza, agora tenho uma reunião com a equipe de relações públicas. — *Por causa dela*. Não dito, mas era palpável. Lennox se curvou, despedindo-se, girou e se afastou pelo corredor.

— Porra, ele é gostoso — suspirou Eloise.

— Nem pense nisso.

— Não se preocupe, meu irmão. Hazel já o reivindicou.

— Argh. Não. — Theo coçou a cabeça. — Não quero saber de nada disso.

Os irmãos começaram a se afastar, mas eu continuei ali, encarando as costas do homem que agora era o encarregado de me manter viva.

Dalton apareceu na minha linha de visão com um sorriso malicioso nos lábios, alternando um olhar entre mim e Lennox já à distância.

— Cale a boca — resmunguei, brava, o que só serviu para fazê-lo rir ainda mais.

A cada momento, continuava indo de mal a pior.

Quais eram as chances de esse cara me proteger de uma bala? Parecia mais provável que ele me empurrasse na direção de uma.

CAPÍTULO 10

— Precisaremos fechar todas as suas contas das redes sociais e abrir novas para podermos controlar o conteúdo.

— O quê?

Esfreguei as mãos úmidas no jeans. Nos últimos vinte minutos, fiquei trancada no escritório com apenas alguns membros da equipe de relações públicas do palácio. Quatro pessoas se sentaram à mesa, digitando e conversando ao meu redor como se eu não estivesse lá.

— Todas as fotos pessoais precisarão ser avaliadas. — Chloe abriu uma pasta, folheando papéis com a cara levemente fechada. Sua assistente, Millie, estava próxima com um *tablet*, tocando e pesquisando algo. — É melhor começar do zero do que passar por todas as suas contas.

— A maioria dos meus posts se refere a animais, meus dois amigos e parte da minha família.

Sabia que isso ia acontecer, mas ainda senti um calafrio se alastrar. Todas as minhas redes sociais eram íntegras porque o tio Fredrick havia enchido meu saco e o de Landen para que projetássemos apenas um exterior perfeito para o público.

— E tudo isso será debatido, ridicularizado e censurado, não importa o quão apropriado ache que seja — respondeu Chloe, jogando uma pasta para outro membro da equipe. — Cada detalhe da sua vida será desenterrado e exposto para ser retalhado. Queremos o mínimo possível à disposição deles.

Ela olhou para Millie.

— Consiga uma declaração de Kelly, a relações públicas de Theo. Descubra qual é a mensagem que ele quer passar.

Millie assentiu, tocando com mais força na tela.

— No momento em que for revelado que você é a namorada do príncipe, tudo muda. Eles virão como abutres, prontos para acabar com você, e se quiser ficar inteira, precisamos controlar a mensagem desde o início. — Ela abriu outro folder, folheando as páginas. — A imagem que estamos a difundir será moldada e cultivada por nós. Não a imprensa. Você não fará mais nenhuma postagem, porque, a partir de agora, somos nós que faremos por você.

Minha vida não me pertencia mais.

— Theo chegou a mencionar que quero meu próprio apartamento? — Engoli o nó que obstruía a garganta. Precisava do mínimo de liberdade que pudesse conseguir.

— Ele mencionou — respondeu ela em tom seco, sem prosseguir ao se virar para o lado. — Thomas? — Ela se dirigiu a outro funcionário. — O novo celular dela está pronto?

Um cara de vinte e poucos anos, com pele pálida e óculos, desconectou um telefone de seu *laptop*.

— Sim. — Ele deslizou o dispositivo para ela. — Carregado e pronto para usar.

Chloe o pegou, mexendo no aparelho antes de entregá-lo para mim, aberto em um calendário.

— Este é o seu celular oficial. Está protegido e programado. Por favor, use-o para todas as suas ligações. As últimas alterações em sua agenda de eventos serão atualizadas lá.

Concordei com a cabeça, percebendo como as datas já estavam preenchidas, especialmente depois do baile de gala em que seríamos anunciados oficialmente. Quase todos os dias se encontravam destinados a alguma coisa. As paredes se moveram ao meu redor; a necessidade de correr para fora à procura de ar fresco me perturbava. O desejo de cavalgar, de galopar pelas verdes colinas, ardia na garganta.

— Em breve entrevistarei uma assistente para você, no entanto ela não será contratada, de forma oficial, até que você e o príncipe estejam noivos. — Ela folheou uma pasta, suas palavras indiferentes. Senti a tensão me apertar por dentro. — Até então, ela atuará como uma assessora informal, ajudando você com os compromissos e mensagens.

Mensagens?

Meu relacionamento com Theo não parecia real, era como se fôssemos dois bonecos sendo movidos e vestidos da maneira que o palácio real queria.

— Todas as coisas em vermelho são eventos em que deve comparecer. Laranja é para instituições de caridade da qual Theo faz parte, e seria benéfico se estivesse com ele. Amarelo são eventos e atividades em que o Príncipe Theo deve comparecer e, mais uma vez, é bom que se mostrem uma frente unida. As estrelas são reuniões, provas, jantares mais privados e aulas.

— Aulas?

Chloe tocou seu cabelo loiro perfeitamente alinhado. Nem sequer um fio ousaria sair do coque baixo e firme. Ela era alta e magra, trajava um vestido preto na altura dos joelhos e salto alto com blazer vermelho. Ela era a imagem perfeita da "mensagem" que o palácio real queria passar, atendendo ao mesmo padrão da rainha e de Eloise. Conservadora, elegante e reservada. Tantas coisas que eu não sentia que era. Talvez aqueles de fora discordassem, mas eu preferia animais a pessoas, jeans a vestidos, botas de montaria a saltos, pizza a lagosta e cabelo solto e emaranhado a um penteado perfeito.

— Sei que, sendo criada como uma baronesa, você recebeu algumas instruções de boas maneiras e etiqueta, mas o palácio real consta com outro nível de tradições e costumes. Coisas que existem desde a fundação deste reino. Protocolos que uma novata poderia quebrar mesmo sem saber. — Ela puxou as pontas do blazer, pressionando os lábios vermelhos. — A aula de etiqueta para o jantar começará no final da tarde, depois de suas provas. Os vestidos serão escolhidos para os eventos formais. Queremos que sua apresentação no baile seja perfeita.

Ela se virou para Millie, entregando-lhe alguns arquivos. Sem precisar de qualquer recomendação, a mulher os pegou com uma reverência e saiu da sala.

— Seu mundo agora é aqui. Sua mensagem será a mesma que a de Theo até que se torne duquesa, então pode começar a pensar nas próprias instituições de caridade para as quais deseja ser porta-voz. Claro, apenas se forem aprovadas pelo palácio.

As paredes se fecharam sobre mim, prendendo o ar nos pulmões. *Fique firme. Pense em Theo.*

Chloe continuou com minha programação enquanto o suor escorria pela nuca, inquieta na cadeira. Minha própria família, as pessoas aqui, todos estavam tentando controlar minha vida e cada escolha de palavras que saía da minha boca, destruindo a minha voz.

— Preciso ir. — Aquilo escapuliu antes mesmo que eu percebesse que estava me levantando da cadeira.

— Spencer? — Ouvi Chloe me chamar, mas minhas pernas me guiaram para fora da sala e pelo corredor. Sem rumo algum, apenas corri, com o único desejo de sair dessa jaula e sentir a brisa fresca no rosto.

Esquivando-me e desviando dos funcionários, percorri inúmeros corredores, desci as escadas e saí porta afora para um dia cinzento. Respirando profundamente, engoli o ar como se tivesse sido sufocada, desesperada para respirar. O ar ainda estava um pouco morno, as nuvens o abafando como se fosse outra gaiola se fechando ao meu redor.

Meus sapatos novos chutavam os pedregulhos pelo caminho, à medida que eu seguia em disparada pelo jardim, a parede de pedra amenizando as vozes, buzinas e estrondos de carros, a vida do outro lado da barreira. Todos queriam tanto ver além do muro, fazer parte deste mundo, quando tudo o que eu queria se encontrava do lado de fora. Engraçado como tantos viam isso como a vida ideal. Eles não enxergavam que você pode ter privilégios, mas sem liberdade – sem dias ruins, sem noites em que poderia simplesmente ficar em casa e assistir à televisão, beber em um pub com uma amiga ou usar moletom e o cabelo em um rabo de cavalo bagunçado.

Avançando mais para os jardins privados, eu ansiava por me perder na natureza selvagem. Mas mesmo aqui, nada estava fora do lugar. Tudo era perfeito e domado.

Chegando a um lago, parei em um banco, observando algumas carpas rompendo a superfície, seus lábios mordiscando o ar na esperança de encontrar comida. Fiquei encantada com suas cores e movimento, girando em círculos. Presas.

Com um suspiro, desabei no banco. Nada disso foi completamente inesperado. Entendi o que significava estar com Theo. Ainda assim, o pânico borbulhava na superfície. Eles estavam tirando cada pedacinho da minha personalidade, tentando me moldar em outro exemplo de perfeição.

Alguns pássaros cantaram, o barulho da cidade atravessando suavemente por entre as árvores, e eu inspirei fundo, tentando relaxar a postura. Foi então que senti. A nuca formigou com a sensação de que alguém estava me observando. Curvei a cabeça para olhar por cima do ombro.

— Ótimo. — Fiz uma careta para a pessoa atrás de mim.

Lennox estava ali, aquele queixo com barba por fazer se contraindo, a expressão retorcida pelo aborrecimento.

— O que você quer?

— Só estou fazendo meu trabalho, milady. — Sua voz era desprovida de qualquer emoção.

— Estou na propriedade. Duvido que tenha que me vigiar aqui.

— Sempre. — Ele manteve os braços às costas, o olhar focado além de mim. — Assim que se levanta da cama, estou de serviço.

SOB A GUARDA DA *Realeza*

— E você parece tão animado com isso. — Eu me virei para a frente, olhando para o peixe.

— Não. Não estou. — Sua resposta fez com que eu virasse a cabeça para trás, a honestidade brutal me fazendo rir pela primeira vez hoje. — Você não está mais feliz com isso do que eu.

Ele se mexeu, inquieto, ainda sem olhar para mim.

— Você tem razão. — A verdade parecia seda deslizando sobre a pele macia. — Gostaria de poder dizer que não é pessoal o fato de não querer ninguém, mas acho que nós dois saberíamos que é mentira. Não gosto nem um pouco de você.

O fantasma de um sorriso divertido dançou em seus lábios, o primeiro sinal de personalidade que vi. Não que eu acreditasse que ele tivesse uma.

— O sentimento é mútuo, milady.

— Uau — bufei, me levantando e me virando para ele. — Você realmente é diferente.

— Por que diz isso?

— Porque nenhum funcionário, guarda-costas ou secretário particular jamais falaria com seu chefe dessa maneira. Ainda mais no palácio real. — Cruzei os braços. — Está disposto a arriscar seu trabalho?

— Você me demitiria por ser sincero? — Seus olhos castanhos-esverdeados deslizaram para os meus. — Diz tudo o que preciso saber a respeito de seu caráter.

— Vá à merda! — Cerrei os dentes. — Sua honestidade não foi solicitada, nem acredito que realmente me protegeria se fosse preciso.

— Cumprirei meu dever. Seja para proteger a sua bunda ou do príncipe. — Soltou os braços, entrelaçando os dedos à frente. — Minha reputação meio que conta com a sua sobrevivência. Se deixar você morrer, as chances de alguém voltar a me contratar diminuem drasticamente.

Uma gargalhada seca escapou da minha boca. Fiquei surpresa por ele ser tão franco comigo. Esfregando a testa, a exaustão rapidamente me engoliu, meus ossos ainda doloridos pelos eventos da noite anterior, os hematomas latejando por baixo do corretivo.

— De qualquer forma, obrigada por não me deixar morrer na noite passada. — Eu me inclinei. — Obrigada.

Sua atenção desviou para o lado, destacando a mandíbula forte.

Nenhuma resposta.

A irritação subiu pelas minhas veias como uma videira.

— Você não precisa ficar de olho em mim aqui. Estou bem. — Minha cabeça virou para o lado oposto. — Pode ir.

Com um aceno de cabeça, ele aprumou a postura.

— Não recebo ordens de você. Não sou seu empregado. — Seus olhos arderam com fogo, as mãos se apertando com mais força. — Trabalho para Sua Majestade. Devo obediência a ele, não à senhorita.

— Como é que é? — Abri a boca, sentindo a centelha do lado orgulhoso do meu tio. A profunda insegurança que tínhamos por estarmos tão abaixo na lista da nobreza cresceu dentro de mim. Ainda éramos nobres. — E eu não sou sua responsabilidade. Sou sua...

— O quê?

Ele estreitou os olhos, um sorriso de escárnio erguendo o lábio.

— Nada.

— Não, por favor. Continue. — Ele ergueu as sobrancelhas. — Chefe, talvez? Acima do meu *status* inferior?

— Não foi o que eu disse.

— Não precisava. — Seu olhar me desafiou. — Estou plenamente ciente da minha posição aqui. Mas sou empregado do rei de Victoria. Se quiser desafiar isso e começar a me pagar, terei prazer em sair.

— Qual é o seu problema? — esbravejei.

— Vai ter que ser mais específica.

— Certo. Comigo. Qual é o seu problema comigo?

— Pessoalmente, não tenho nenhum problema com você. Você é só um trabalho.

— Mentira — respondi, sentindo o calor subir pelo rosto por desafiar o homem intimidante diante de mim. — Desde o momento em que te conheci, você agiu como se me odiasse.

— Não sinto qualquer coisa por você a ponto de odiá-la.

Constrangimento e mágoa me deram um soco no estômago. Uma retaliação cresceu no peito, minha boca se abrindo para revidar.

— Spencer!

A voz de Theo rompeu meu contato visual com meu novo guarda-costas, pousando na figura familiar correndo da casa em minha direção. Instantaneamente, meu coração vibrou de felicidade, enchendo-se de alívio. Seu sorriso iluminou meu humor, e um sorriso floresceu em meu rosto ao ver o garoto que tornava tudo isso suportável.

Você conseguiu o melhor partido, de qualquer maneira. O sentimento de Hazel envolveu-me como um abraço reconfortante.

Ele valia isso, com certeza.

Theo sorriu para Lennox, enlaçando meu corpo e me puxando para depositar um beijo na minha têmpora.

— Oi, amor. — O sotaque elegante ressaltava o apelido carinhoso. Eu teria odiado qualquer outra pessoa me chamando assim, mas ele parecia fazer do jeito certo.

— Oi. — Abri um sorriso para ele.

— Uma empregada me disse que viu você correndo para cá. Você está bem?

A preocupação em seus olhos me fez reprimir o medo, acenando com a cabeça.

— Sim. Claro.

Um barulho veio de Lennox, atraindo nossa atenção para ele.

Ele estava olhando à distância, inexpressivo.

— Você precisa de mais alguma coisa, milady?

Cada palavra soava como se a tivesse triturado.

— Não — respondi.

Ele baixou a cabeça e começou a se virar.

— Ei, cara — gritou Theo para ele. — Desculpe pelo que aconteceu antes. Foi coisa do meu pai.

— Não se preocupe, Alteza. — O rosto de pedra de Lennox se derreteu ao fazer um leve aceno de cabeça para Theo. — Entendo por que ele fez isso.

— Na verdade, gosto que esteja tomando conta de Spencer. — Ele piscou para mim. — Eu me sinto melhor sabendo que você está com a minha garota.

— Sim, senhor.

— Não me venha com essa de senhor. Me chame de Theo. Sabe que odeio todos esses títulos.

— Não quando estou de serviço — rebateu Lennox. — E é melhor se acostumar a isso, Sua Alteza.

— Que idiota. — Theo sorriu, batendo no braço do amigo.

— Isso não é segredo, Alteza.

Os olhos de Lennox se fixaram nos meus.

Não, não era.

Um sorriso maroto apareceu em sua boca, como se tivesse me ouvido, antes de voltar a olhar para Theo.

— Vou deixá-los a sós.

Ele se curvou, começando a andar novamente.

— Tudo bem, mas venha nos encontrar quando estiver de folga. Informei Eloise que precisávamos ficar em casa esta noite. Talvez possamos tomar algumas cervejas na sala de cinema.

Lennox acenou com a cabeça e seguiu pelo caminho, afastando-se de nós.

— Sala de cinema?

Ergui a sobrancelha para Theo.

— Não precisamos nos preocupar em ir ao cinema, porque filmes que ainda não foram lançados chegam até nós.

Era claro que sim.

Um privilégio da realeza. Mais tinta dourada na cela.

CAPÍTULO 11

— Você está linda — sussurrou Theo em meu ouvido, enquanto nosso grupo andava pelo corredor em direção ao salão de baile.

Meu cabelo estava todo encaracolado em ondas perfeitas, tão brilhante, duro e pegajoso que não ousei tocá-lo. O vestido descia até os tornozelos, uma bela criação de tule com um desenho rendado preto trespassando por cima de um ombro e se fixando à minha cintura. Parecia um vestido de conto de fadas e, por mais bonito que fosse, os saltos de quinze centímetros e a cintura apertada me fizeram desejar estar usando leggings e meu moletom da minha banda favorita.

Eloise e a rainha haviam se superado; o estilista era um dos melhores do mundo. Se alguma das minhas roupas em casa fosse de *designer*, era de loja, onde outras pessoas poderiam comprar uma peça semelhante. Este era um vestido exclusivo, comprado especificamente para mim, feito sob medida para se ajustar a cada curva. Tudo para esta noite. Para o baile onde faria minha primeira aparição pública ao lado de Theo.

Sem pressão.

Minhas mãos tremiam, meu estômago embrulhava de nervosismo.

— Relaxe. — Ele entrelaçou os dedos aos meus. — Tudo será perfeito.

Ele não me conhece? Eu era um desastre ambulante. A memória do encontro com a rainha, uma semana atrás, ainda estava fresca em minha memória. Minha apresentação ao rei não foi muito melhor.

Esta semana tinha sido um borrão de reuniões, treinamento de etiqueta e de espera constante pelo retorno de Theo, de suas obrigações incessantes. Quase não conseguimos nos ver durante toda a semana, e até mesmo Eloise ficou fora, cumprindo suas obrigações na maior parte do tempo, me deixando vagando pelos corredores e admirando as obras de arte do palácio.

Passando tempo com o vovô Al. Ele era mesmo um bom ouvinte.

Conversei várias vezes com minha família ao telefone. Embora não tenham sido convidados para o evento desta noite, eles compareceriam à partida de polo e o coquetel subsequente amanhã.

O menosprezo não passou despercebido por meu tio.

— Sorria. Eles vão te amar. — Theo apertou minha mão.

Dei um sorriso forçado, vendo os flashes da imprensa à nossa frente, clamando pela nobreza e pessoas famosas convidadas para o evento.

— Merda — sussurrei, respirando fundo. A cada passo que eu dava, era como se uma estaca estivesse me fincando a esta nova vida.

— Você vai conseguir — murmurou Theo em meu ouvido, conduzindo-nos com confiança para a próxima sala. Seu sorriso pronto para a câmera, os dentes brancos perolados à mostra. Passando para o modo príncipe, cumprimentou pessoalmente a imprensa real com graça.

Ele nasceu para isso. Para desempenhar esse papel.

Não tropece, Spencer.

Meu sorriso vacilou de nervosismo quando flashes quase me cegaram.

— Príncipe Theo! Quem é ela?

— Vocês estão juntos mesmo? Estão namorando?

— Nos diga, Alteza. Quem é a adorável moça?

De todas as direções, ruídos e flashes saltavam dos tetos altos e da ornamentação da sala reluzente. Grandes pinturas dos ancestrais de Theo estavam penduradas atrás de nós, dando a impressão de que mais pessoas me rodeavam e desafiavam a alegar um motivo pelo qual eu estava aqui.

— Um de cada vez! — Theo riu, levando tudo na esportiva quando a sala começou a se concentrar em mim.

Maldito inferno, não desmaie. Minha mão apertou a dele com mais força, tentando permanecer de pé.

— A Srta. Spencer Sutton é minha namorada. — Theo piscou para mim. — Nós nos conhecemos na escola, mas oficializamos o namoro quando voltei da FAR. Vocês a verão bastante de agora em diante.

Seu significado era claro. Nosso relacionamento era sério.

— Srta. Sutton! Srta. Sutton! — A imprensa começou a gritar meu nome, os flashes queimando minhas retinas. — Quem é sua família?

— Emitiremos um comunicado formal para a imprensa. — O ombro de Theo roçou no meu. — Mas adianto a vocês que estou muito feliz e apaixonado por essa garota. Obrigado.

Ele acenou, a outra mão se apoiando delicadamente na parte inferior das minhas costas, direcionando-me para as portas do salão de baile, onde tudo brilhava, mas com ouro e cristal em vez de flashes.

As portas se abriram, e Theo nos conduziu até lá. No momento em que se fecharam, ele se virou para mim.

— Viu? Tudo correu da melhor forma possível. Você foi perfeita.

— Eu não disse uma palavra.

Toquei a barriga com a mão livre, na esperança de acalmar o mal-estar. Nunca gostei de ser o centro das atenções. A intensidade dos holofotes me fez contorcer feito um verme. Essa experiência me deixou desesperada para encontrar os cães do rei e me aninhar no calor de seus pelos. Eles não eram cães fofinhos da família, mas os animais tinham um efeito calmante em mim. Era sempre eu a garota da festa acariciando um gato ou relaxando com um cachorro.

— Champanhe? — Theo pegou uma taça de uma bandeja que passava.

— Sim.

Eu a roubei de sua mão, e tomei tudo de um gole só. Minha professora de etiqueta estaria tendo convulsões no chão, mas eu precisava de álcool nas veias agora. Olhei ao redor do enorme salão de baile repleto de ricos, famosos e nobres. Detalhes em ouro ornavam as paredes e tetos brancos, e dezenas de lustres de cristal se espalhavam pelo ambiente coberto por tapetes vermelho-escuro. As mesas de jantar estavam forradas com linho branco e postas com pratos e utensílios de ouro. Tudo brilhava sob a luz suave enquanto a música orquestrada ressoava pelo espaço. A mesa do rei se destacava no final de uma mesa comprida e preparada para ele.

Era lindo. Era difícil não ficar deslumbrada com os elementos, sugada pelo brilho dos extremamente ricos.

Coloquei a taça em uma bandeja, pegando outra e ingerindo o líquido borbulhante com avidez.

— Spence?

A sobrancelha de Theo se ergueu. Ele estava bonito, seu *smoking* se ajustando ao corpo forte como uma luva, o cabelo penteado para trás, uma mini versão do pai. Até a maneira como segurava o copo lembrava ao rei. A arrogância de saber que não havia ninguém aqui a quem devesse impressionar. Ele estava o topo da pirâmide.

Engolindo a última gota da bebida, respirei fundo.

— Desculpa.

— Você não precisa ficar nervosa com qualquer coisa.

— Sei. — Soltei sua mão, mas ele a pegou de novo.

— Venha comigo, vamos cumprir nosso dever e cumprimentar os convidados. — Ele me puxou enquanto deixava a segunda taça em uma bandeja que passava. — Estou ansioso para apresentá-la a todos. Principalmente à minha avó.

Sem pensar, cravei os pés no tapete, impedindo-o de seguir adiante.

— O que houve? — Ele olhou para mim.

— Sua... avó? — Engoli em seco. — Você quer dizer a rainha-mãe?

A mãe de Alexander, Anne, era bem conhecida por sua personalidade forte e direta. Uma mulher que poderia destruir as pessoas com um olhar e fazer os chefes de estado se atrapalharem e tropeçarem em sua presença.

— Vovó não é tão ruim quanto você pensa. — *Vovó?* Anne não me parecia a avó de ninguém. — Ela é do tipo que só late, mas não morde.

Só late, né? Foi por isso que ela fez o Presidente dos Estados Unidos fugir com o rabo entre as pernas?

Ele nos levou pelo baile, e avistei a própria rainha-mãe sentada em um sofá forrado de seda ao lado de uma das lareiras, as pernas cruzadas na altura dos tornozelos e a postura ereta como uma tábua. A mulher ainda era graciosa e elegante desde que me lembro quando eu era criança. Em seus setenta e poucos anos, parecia alguns anos mais velha que o filho. Seu cabelo agora era de um lindo grisalho estilizado acima dos ombros, e o delicado vestido de rendas douradas combinava com seu porte físico esguio. Ela era a definição de beleza clássica, alguém que parecia ter nascido para ser da realeza.

E totalmente intimidante.

— Vovó — Theo a chamou quando nos aproximamos, inclinando-se para beijar seu rosto.

— Theodore. — Ela segurou a mão dele, inclinando-se para beijá-lo. Sua voz parecia vidro, suave e fria. — Vocês demoraram.

Seu olhar deslizou pelo traje do neto, seguindo para o rosto enquanto graciosamente colocava seu martini na mesa em frente a ela.

— Você será rei algum dia. Não é mais criança. Precisa começar a assumir sua função.

— Cheguei bem na hora, vovó. — Ele sorriu, e fingiu aborrecimento. Como se este fosse um jogo que jogavam todas às vezes. — E papai acha que estou me saindo bem em minha nova função.

Ainda estava tentando lidar com o jeito carinhoso com que ele a tratava. Era difícil sequer imaginar a senhora elegante brincando com seus netos ou assando biscoitos com eles. Nenhum calor humano emanava da mulher. Apenas regras, tradições e funções. Não foi difícil ver de onde Alexander tirou sua personalidade séria.

Um pequeno sorriso curvou sua boca enquanto ela o observava.

— Ouvi dizer que foi o melhor de sua classe na Força Aérea Real. Claro que não havia dúvida. O filho de um rei deve estar no topo.

— Fui mesmo. — Theo ignorou seu elogio, virando-se para mim. — Na verdade, queria apresentá-la a alguém especial.

Sua mão pousou na base das minhas costas, me empurrando para frente.

Como se estivesse entrando na jaula de um leão, observei sua atenção alternar de Theo para mim. Com o olhar entrecerrado, fui observada desde os meus sapatos até o topo do meu couro cabeludo. Os mesmos olhos azuis de seu filho, penetrantes e cristalinos. Estudando. Analisando. Apreciando se eu era digna ou não.

Refeição chique ou lixo de Fast-Food.

— Vovó, esta é Spencer Sutton.

— É uma honra conhecê-la, Rainha-Mãe. — Tentei fazer uma reverência, mas meus joelhos se chocaram contra a mesa de centro, espirrando o líquido da taça de martini.

Ela estendeu a mão com o semblante sério, firmando sua bebida, e seu olhar gélido se concentrou em mim, como se o fato de eu ser desajeitada fosse um pecado capital.

Outro ótimo começo, Spence. Eu, realmente, não fui feita para sair em público.

— Sutton — disse meu nome como se ele fosse um biscoito seco na língua. — O nome de sua família soa vagamente familiar.

— Sim, eu...

— Você é a filha do Barão Sutton de Chatstone Manor? — interpelou.

— Sim. Meu pai é Andrew Sutton, irmão mais novo de meu tio Fredrick.

— Ah.

Seus lábios se contraíram. Uma palavra. Uma única sílaba e ela me disse tudo o que eu precisava saber. Afogando-me em todas as coisas que ela não se incomodou em dizer, mas, ainda assim, pude sentir suas punhaladas com facas invisíveis.

— Nós nos conhecemos no Alton College. — Theo sorriu como se não notasse sua clara decepção. — Quando voltei do treinamento, sabia que queria oficializar nosso namoro.

— É mesmo? — Não era uma pergunta, e, sim, uma zombaria, gelo puro deslizando por mim. — Então, Spencer, deve se sentar comigo. Quero conhecer a garota que roubou o coração do meu neto.

O pânico me atingiu em cheio. *Ah, merda, não.*

— Ela adoraria! — Theo vibrou como um filhotinho feliz.

Engolindo, forcei um sorriso, sentando-me na beirada do sofá e me certificando de cruzar os tornozelos.

— Theo, meu querido menino. — Sorriu para o neto. — Aparentemente, ingeri toda a minha bebida. Seja um anfitrião gentil e busque outra para mim. Isso me dará tempo para conhecer Spencer.

Não me deixe, porra. Não se atreva!

— Claro. Já volto. — Ele não notou meu olhar suplicante. — Spence, deseja alguma coisa?

Sim. A garrafa inteira de vodca.

— Não quero nada. Obrigada.

Ele apertou minha mão, sumindo entre a multidão e em direção ao bar.

— Spencer.

Uma mão cobriu a minha, atraindo minha atenção de volta à rainha-mãe.

Puta que pariu, que merda.

Diante dela, senti o medo pulsar dentro da garganta.

— Nunca fui de amansar ou pisar em ovos a respeito de algo. Acho uma completa perda de tempo, então serei bem honesta com você. — Inabalável, ela falou com um tom casual: — O meu neto é tudo para mim. Ele é inteligente, bonito, gentil e será um excelente rei um dia. No entanto, ele é muito jovem. Dócil e inocente para as adversidades do mundo. Facilmente influenciável por um rosto bonito, empolgado com os sentimentos do primeiro amor. Quero que ele experimente tudo isso. Entretanto...

Ela inclinou a cabeça, me lançando um olhar penetrante.

— Fui a rainha. Já vi o que é preciso para ser parceira de um homem que governa este país. É a vida deles. Eles comem, respiram e dormem sob sua responsabilidade. Todo o resto, incluindo seus próprios filhos, vem em segundo lugar diante de seu dever. E quem quer que esteja com eles também deve sentir o mesmo: que governar este país é uma honra. E com a honra vêm sacrifícios e consequências substanciais.

Manteve o olhar fixo em mim.

— Tenho certeza de que é uma garota maravilhosa. — Parecia que ela estava me chutando ladeira abaixo, cada palavra me deixando mais magoada, envergonhada e constrangida. — Mas não fingirei que acredito que acho que você tenha o que é preciso para ser uma rainha algum dia. Você é uma emoção passageira. Uma garota da qual ele se lembrará com carinho, mas não será aquela de que ele precisa ao seu lado na vida.

— A senhora nem me conhece. — Minha voz soou baixa.

— Não preciso conhecer, minha querida. — Ela deu um tapinha no meu braço. — Pude ver do outro lado da sala. Você não foi feita para esta vida. Não tem o que é preciso.

Agitei a cabeça como se ela tivesse me dado um tapa.

— Não é pessoal. Mais uma vez, tenho certeza de que você é uma ótima garota, não importa a família de onde vem, mas não foi feita para meu neto.

— A família de onde venho? — Cerrei os dentes. Eu era, tecnicamente, da nobreza. Filha de um barão.

— Só porque tem um título não a torna digna dele.

Aprumei os ombros, engolindo o ataque gratuito.

— Vovó... — interrompeu a voz refinada de Eloise, atraindo nossa atenção.

Trajando um elegante vestido lilás longo e em camadas, com um decote acentuado e cinto revestido de pérolas, o material era tão leve que caía por seu corpo minúsculo como uma calda de chocolate. Seu cabelo estava preso em um coque estilo banana. Essa garota era completamente diferente da agenciadora de apostas da boate.

— Eloise. Querida. — Anne beijou as bochechas de sua neta. — Você está linda. Mas pediu a alguém que ajustasse esse vestido? Pois não caiu bem em você.

A tensão no sorriso de Eloise foi sutil, mas percebi.

— Sim, avó — respondeu ela. Avó. Enquanto Theo a chamava de vovó. Não era preciso ser um gênio para ver quem era o preferido da viúva.

O olhar compreensivo de Eloise encontrou o meu.

— A senhora se importa se eu roubar a Spencer? A condessa Stephanie gostaria de conhecê-la.

— Claro. — Anne tentou esconder a cara fechada quando me levantei de supetão, indo ao encontro de El. — Precisaremos terminar nossa conversa outra hora, então. Foi um prazer conhecê-la, Spencer.

— O prazer foi todo meu.

Eu me inclinei respeitosamente e, em seguida, Eloise puxou meu braço para me afastar de sua avó.

— De nada — sussurrou ela, as duas andando depressa pelo baile.

— Puta merda! Preciso de uma bebida. — Peguei uma taça de uma bandeja.

— Minha avó é intensa. — Eloise pegou uma para si. — Alguns talvez digam que é uma megera.

— Vocês não se dão bem?

— Não. Nunca nos demos. Talvez se eu tivesse nascido homem. — Ela balançou a cabeça. — Theo é perfeito e sem defeitos, mas eu não sei fazer nada direito. Theo é o único que pode chamá-la de vovó. Acho que vai tolerar qualquer coisa do próximo na linha de sucessão. Quanto a mim? Nem tanto.

Ela deu de ombros.

— Apenas torna o que faço clandestinamente muito mais divertido. Ela acredita que conseguiu me moldar do jeito que ela queria. A princesa perfeita. Ah, vovó, se a senhora soubesse... — Ela agitou as sobrancelhas, com uma faísca de malícia.

— Obrigada por me salvar. — Tomei um grande gole da bebida espumante. — Estava prestes a me afogar na taça de martini dela.

— Infelizmente, vai se deparar com muitos que agem como ela. Arrogantes e que se acham superiores. Se não está no círculo superior, não é digno de estar aqui. — El revirou os olhos. — Como se qualquer um deles fizesse qualquer coisa para estar aqui, exceto nascer.

Uma risada me escapou. Foi revigorante ouvir uma princesa dizer exatamente as coisas que eu pensava.

— É aqui que as garotas legais estão curtindo o baile? — Hazel se aproximou de nós, seu cabelo loiro trançado sobre um ombro, o vestido azul destacando seus olhos. — Preciso de uma bendita bebida.

— Haz! Você veio. — Eloise pegou uma taça servida por um garçom. — Junte-se a nós para ficarmos bêbadas até que a festa se torne divertida.

— Ah, duvido que até mesmo o rei tenha champanhe suficiente para isso. — Hazel sorriu, pegando o copo de Eloise e o ergueu. — Mas é uma missão para a qual estou dentro.

— Um brinde a isso.

Balancei a cabeça e El fez o mesmo, nossas taças tilintando juntas.

SOB A GUARDA DA *Realeza*

CAPÍTULO 12

A exaustão me atingiu com força. Depois de horas de conhecer lordes e ladies, o primeiro-ministro, Joseph, e seu marido, Paul, eu estava esgotada. Meus pés estavam doloridos, e meus falsos sorrisos não permaneciam mais nos lábios. A conversa fiada era uma tortura para mim. Odiava as conversas desconfortáveis que a etiqueta social impunha a você para que não parecesse rude, e quando todos os rostos ficavam borrados, a única coisa que você queria era tirar os sapatos e ir para a cama.

— Vou me retirar — sussurrei para Theo, que estava em pleno debate com Lorde John a respeito de uma recente partida de futebol. Ben, Charlie, Hazel e o marido do primeiro-ministro, Paul, também estavam discutindo.

— Ah, não. Fique. — Seus olhos estavam ligeiramente turvos de bebida. — Prometo, só mais uma hora.

Não aguentava mais a ideia de mais uma hora depois que ele me prometeu que partiríamos duas horas antes.

— Fique aqui você. — Dei um tapinha em seu braço. — Não precisa se preocupar comigo. Até parece que meu quarto não é no fim do corredor.

Isso ainda me deixava irritada. Pedi novamente que Chloe encontrasse um lugar para mim, mas ela ignorou. Senti que estar fora dessas paredes ajudaria a me ajustar a tudo isso, de verdade. Um lugar só meu, onde pudesse relaxar e recarregar minhas energias.

— Tem certeza? — perguntou, de forma ligeiramente arrastada.

— Claro.

— Posso ir ao seu quarto mais tarde — cochichou, o olhar me varrendo de cima a baixo. — Só para conferir se você está bem acomodada.

Desde que cheguei, não tivemos tempo para ficar sozinhos. Certa noite, ele veio ao meu quarto e, depois de alguns beijos, ambos caímos no sono de cansaço. Sentia falta dele, e sexo sempre passava pela minha mente. No entanto, fazer qualquer outra coisa além de dormir esta noite, estava fora de cogitação.

— Vejo você amanhã no café da manhã. — Fiquei na ponta dos pés e beijei seu rosto. Amanhã seria um dia longo e estressante. Minha família estaria vindo ao encontro do rei e da rainha no jogo de polo e na festa no jardim. — Amo você.

— Eu também te amo.

Ele me beijou antes de voltar a atenção para o grupo, continuando de onde haviam parado. Acenando uma despedida, disparei pelo salão principal, contando os segundos para que pudesse me livrar dos saltos.

Os quartos e o corredor estavam silenciosos, a imprensa havia sumido há muito tempo, apenas alguns guardiões se postavam às portas. No instante em que saí do salão de baile, tirei os sapatos com um gemido, curvando os dedos dos pés contra o carpete macio.

— Caramba, isso é tão gostoso.

— Se os homens soubessem como é fácil fazer uma mulher gemer. — Uma voz profunda retumbou às minhas costas. Sobressaltada, dei um grito e me virei, ficando cara a cara com a pessoa que surgia das sombras.

— Puta merda! — gritei, a mão cobrindo o coração. — Você me assustou.

A presença de Lennox esta semana havia ficado em segundo plano, já que nunca deixei o palácio. Ele era uma figura distante. Foi tão agradável não o ter por perto, outra pessoa descontente com a minha presença aqui.

Esta noite ele estava trajando um terno preto perfeitamente alinhado e gravata escura. Seus olhos castanhos-claros cintilaram sob a luz ofuscante dos lustres acima de nossas cabeças. Sem perceber, suspirei audivelmente.

— Então acho que estou fazendo meu trabalho direito. — Ele cruzou os braços.

— O que está fazendo aqui? — Com o queixo erguido, senti a irritação percorrendo minha pele.

— Trabalhando. — Lançou um olhar enviesado. — Achei que sendo tão inteligente, seria capaz de perceber isso. Não permita que ninguém diga que seus estudos em uma escola de classe alta não valeram a pena.

— Você é um babaca. — Cruzei os braços. — Já que ainda estou tecnicamente no palácio, não há necessidade de ser protegida por você. Daí a razão pela qual estou questionando o motivo de estar me perseguindo.

Aproximando-se, um sorriso curvou sua boca, a enorme figura elevando-se sobre mim.

— Sabe que o mundo não gira em torno de você, né?

Seu corpo mal roçou o meu, mas não pude evitar engolir em seco, com uma necessidade absurda de dar um passo atrás. O perigo e o ódio irradiavam dele em ondas violentas.

— Não fico sentado assistindo televisão e batendo punheta. — Meu rosto esquentou com a vergonha diante de sua fala sem rodeios. — Tenho um trabalho, milady. Embora acredito que você não entenda isso.

Meu choque se transformou em fúria em um piscar de olhos.

— Você não sabe de nada a meu respeito.

— Você é uma baronesa; cresceu com tantos privilégios que nem vê o mundo real. Como alguns de nós, que temos que trabalhar para nos alimentar. Sobreviver.

Minha mandíbula travou, o nariz dilatado de raiva. Ele não fazia a menor ideia de como era a minha vida, mas ao mesmo tempo, eu não podia negar que comparado a tantos, cresci com privilégios. Ele me fez sentir como uma pessoa horrível por circunstâncias sob as quais eu não tinha o menor controle. Além disso, minha família mal se mantinha. Éramos os mais baixos da hierarquia.

— Qual é o seu problema? — Cruzei os braços, enfrentando-o. — Olhe à sua volta. Fale de privilegiados. Você trabalha para a família real. Por que a minha vida ofende tanto você? Por que eu o ofendo?

— Não ofende. — Ele arqueou uma sobrancelha. — Eu estava fazendo uma observação. Você não é o motivo pelo qual estou trabalhando esta noite. Estou encarregado de vigiar tudo. Há muitos convidados e estranhos entrando e saindo. Temos que estar preparados. Para ladrões. Para as pessoas que usam isso como uma forma de entrar sorrateiramente.

Ele se inclinou para mim.

— Para aqueles que estão tentando cortar gargantas bonitas como a sua.

Com os olhos entrecerrados, senti a raiva agitando uma besta dentro de mim. Eu o empurrei para trás, com um grunhido, e depois de pegar meus sapatos saí correndo. Sua risada me acompanhou pelo corredor, seus passos quase inaudíveis sobre os tapetes. Estiquei o pescoço para olhar para trás.

— O que você está fazendo? — rosnei. — Vá fazer seu trabalho de cuidar do palácio e me deixe em paz.

— Infelizmente, você é meu principal trabalho, e há muitos nobres bêbados vagando por aí. Lorde William é conhecido por ter mãos bobas quando bebe. E quando não bebe, também. Ele é alguém, cujo as mulheres, especialmente as jovens, evitam a todo custo. Meu dever é garantir que volte para o seu quarto ilesa.

— Ah, meu cavaleiro de armadura brilhante, hein? — bufei, virando num corredor para a ala privada, com os saltos entre os dedos das mãos.

— Ou o predador mais inteligente aqui.

Seu timbre era baixo e provocador, e uma pontada de ansiedade se instalou no meu peito. Encarando-o por cima do ombro, percebi o olhar ardente e uma expressão indecifrável.

— Vá. Não preciso de você. Não sou indefesa. Posso ir para o meu maldito quarto sozinha.

— Não tenho certeza disso.

— Mas que inferno, Lennox! — Eu me virei. — Vá embora!

Sua mandíbula se contraiu, o rosto tentando esconder seus verdadeiros sentimentos. Com os dentes cerrados, ele fez uma reverência, afastando-se de mim e voltando para a festa.

Exalando, tentei afastar a pontada de culpa. Ele mereceu. Que idiota.

Andando pela galeria de arte, meu nervosismo zumbiu agitado e com ódio.

— Lady Sutton, certo? — Um homem saiu das sombras. Com o susto, deixei cair os saltos no piso de madeira. — Sinto muito por tê-la assustado.

O homem se aproximou, a luz fraca destacando suas feições.

Ai, cacete. Falando do diabo...

Lorde William. Com sessenta e tantos anos, o homem era alto e magro, mas tinha uma barriga protuberante que se projetava para fora do *smoking*. O cabelo grisalho havia deixado sua cabeça e feito residência nas sobrancelhas, nas narinas com pelos salientes, além de um gato pingado de fios acima do lábio superior. Alguns dizem que em sua época, era um mulherengo, porém isso deve ter sido séculos atrás, e ele ainda não havia percebido que não era mais um bom partido como antes. Com seu ego misógino, eu duvidava que alguma vez fosse notar. Eu tinha participado de um evento aos quinze anos em que ele deu em cima da minha mãe e de mim ao mesmo tempo.

Ele se aproximou, um olhar malicioso refletindo em seus olhos castanhos-claros, e um sorriso de esgar.

— Você cresceu um pouco desde a última vez que te vi.

— Sim. As crianças tendem a crescer.

Baixei a cabeça, pronta para contorná-lo, mas ele se deslocou e bloqueou meu caminho, acionando os alarmes na minha cabeça.

— Não fuja tão rápido. Por favor, adoraria que uma garota tão linda como você me fizesse companhia. — Chegou mais perto, o hálito fedendo a uísque envelhecido. — Você é uma mulher bonita... E se parece muito com sua mãe.

— Obrigada — respondi, ríspida. — Eu preciso mesmo ir. Theo está esperando por mim.

— Sim, você e o príncipe. — O pelo em seu nariz se mexeu. — Seu tio deve estar muito feliz. Como os poderosos caíram nessa. Usar você como um bote salva-vidas. Devo dizer que ele é tenaz.

— Preciso ir. — Tentei contorná-lo novamente.

— Espere aí, querida.

Seus dedos envolveram meu braço.

— Me solte — disparei, entredentes.

— Só quero saber o quanto vale para eles; o que sua família está disposta a levar para se manter sobrevivendo. — Ele se inclinou, seu aperto aumentando. — Porque sou bilionário. Tenho mais dinheiro que o rei. Eu poderia deixar sua família em uma situação muito confortável de novo.

— O quê? — Eu me afastei, a descrença me fazendo recuar. — Do que está falando?

— Por favor, minha querida, você não é mais uma garotinha ignorante. Você sabe o quanto sua família está em dívida comigo, com muitas pessoas.

Sua declaração me deu um soco no estômago, minha cabeça ficou zonza com suas acusações.

— O senhor está mentindo para mim.

O instinto me fez querer defender minha família, não deixar um rato como Lorde William falar mentiras duvidosas. Mas me lembrei das palavras de meu pai, alegando que não poderíamos pagar meus estudos, mesmo que Fredrick me deixasse ir à universidade. Eu sabia que não estávamos tão bem de finanças, porém o que o Lorde estava sugerindo parecia algo muito mais sério do que uma crise temporária.

— Não acredito no senhor.

— Não sou bobo, Spencer. Não me trate como tal. Sei por que está aqui, mesmo que ninguém mais saiba. — Seu olhar turvo deslizou com voracidade pelo meu corpo. — Fredrick não poderia ter escolhido uma isca melhor para o príncipe, nem se tentasse. Você é deleitável, minha querida. E acho que seria do seu interesse se eu a possuísse.

A bile subiu na garganta, revirando meu estômago.

— Você é nojento. — Tentei me livrar de seu agarre. — Sua esposa sabe que faz propostas indecorosas para garotas adolescentes?

— Ela entende que um homem tem desejos. As mulheres atingem uma certa idade e não podem mais prover todas as necessidades de um homem. — Seus dedos deslizaram pelo meu ombro nu, e o vômito subiu à garganta. — Tocar uma pele tão macia e firme me faz sentir viril e forte.

Sua língua se arrastou pelo lábio ressecado.

— Você não é mais criança, Spencer. É uma jovem sexy.

— Não me toque.

Tentei me soltar, mas ele me segurou com mais força. Usando seu peso, ele me empurrou contra a parede, imprensando meu corpo enquanto a boca tentava alcançar a minha.

— NÃOOOO! — gritei, arranhando e esmurrando seu peito, o medo me deixando descontrolada. Ele se ajeitou para bloquear o movimento das minhas pernas, seu peso me mantendo cativa.

— Quero provar antes de comprar. — Ele tentou me beijar de novo, o hálito fedorento cuspindo em minha bochecha conforme eu virava a cabeça para longe. — Se me agradar, vou pagar por você, generosamente. Poderia salvar sua família, Spencer. Não quer isso?

Ele agarrou meu queixo, forçando meu rosto de volta ao dele.

— Não se afaste de mim, garota.

— Sai. De cima. De mim — disparei, me debatendo contra o seu agarre.

No entanto, isso fez apenas que sua ereção se projetasse ainda mais contra a minha coxa. Ele cobriu minha boca com a mão.

— Você é bravinha. Parece uma potranca. — Sua voz vibrou com desejo, a mão agarrando rudemente meu seio por cima do tecido e tentando deslizar pelo decote. — Tanta vitalidade e coragem. Ah, Srta. Sutton, será esplendoroso me enterrar em seu corpo.

O terror subiu pela minha coluna, açoitando meu corpo, agitando-se o suficiente para que ele perdesse o controle sobre mim. Empurrando-o para trás, tentei fugir para o lado. Sua mão apertou meu pulso. Sem pensar, girei o punho e arremessei contra o seu rosto.

— Ah! — gritou ele, cambaleando para trás, a mão tocando o rosto em puro choque. — Sua vagabunda! Vai me pagar por isso — esbravejou, saltando em cima de mim.

De repente, seu corpo voou para trás, suas costas aterrissando no piso com um baque surdo.

SOB A GUARDA DA *Realeza*

— Toque-a de novo e... — Lennox saltou em cima dele, agarrando seu pescoço com força, o corpo tremendo de fúria. — Olhe na direção dela, de longe ou de perto, ou sequer pense nela... e quem vai pagar é você. Eu lhe prometo.

— Seu idiota! — arfou o lorde, diante do agarre de Lennox. — Sabe quem eu sou? Vou destruir você. Você não é nada!

O punho de Lennox arrebentou seu rosto, espirrando sangue pelo nariz do velho, no tapete, agora com a cabeça inclinada para trás. Segurando seu queixo com brutalidade, virou o rosto do homem, chegando bem perto.

— Venha me pegar, velho — ameaçou Lennox, a voz rouca, cruel. — Matei pessoas que eram menos lixo do que você. Sem nem pensar duas vezes. Não terei nenhum problema em acabar com você. Sequer pense em tocar outra garota sem o consentimento dela de novo, e vou te encontrar. Pode apostar... *Sir*.

Lennox empurrou a cabeça do homem no chão, levantou-se e veio até mim.

— Vamos — disse, com gentileza, os dedos tocando meu cotovelo e me guiando em direção à ala particular.

— Você não é ninguém! Vou te destruir, garoto! Não poderá mais mostrar sua cara neste país! Está morto!

Ignorando suas ameaças, Lennox me guiou pelo corredor, uma mão sutilmente apoiada contra minha coluna, e a outra segurando meu braço.

O choque me manteve em silêncio durante a maior parte do caminho, a cabeça ainda sem assimilar o que havia acabado de acontecer. Senti náuseas ao sentir o toque fantasma de Lorde William em minha pele, o fedor de seu hálito ainda queimando meu nariz.

Flutuei pelo lugar, sem realmente entender nada até chegarmos ao meu quarto, entrando com pressa. Meus pés descalços nem ao menos sentiram o chão; meu olhar fixo nas unhas pintadas de vermelho.

— Meus sapatos... — murmurei. — Preciso ir buscá-los.

— Sério? — Lennox me levou até a cama. — Você está pensando nos seus sapatos agora?

Era estranho, mas não queria deixar nenhuma evidência do que aconteceu.

— Eu irei buscá-los.

— Não vai, não. — Lennox me empurrou para que me sentasse no colchão. — Você não vai sair deste quarto.

— Mas...

— Não. Vou pegá-los mais tarde.

Suas mãos quentes agarraram meus braços. A sensação de seu toque era reconfortante, uma boia que me impediu de afundar.

— Promete?

Encarei seu rosto, sem entender meu desespero em recuperar os sapatos.

— Sim. — Acenou com a cabeça, as palmas das mãos deslizando pelos meus braços, verificando se eu tinha hematomas. Não foi um toque sexual, mas minha pele ficou arrepiada. — E-ele... fez alguma coisa com você?

— Não. — Seus olhos possuíam os meus conforme suas mãos deixavam de me tocar. Na mesma hora, senti falta da conexão. — Mas só porque você voltou. Obrigada, Lennox.

Nossos olhares se encontraram, o momento ao nosso redor, bloqueando o restante do quarto. A gratidão que senti se alastrou pelo meu corpo.

— Não sei... — Um sorriso insinuou-se em seu rosto. — Você parecia estar se cuidando muito bem. Tem um bom gancho de direita.

Meus lábios se separaram, e um sorriso suave surgiu no rosto. Seus olhos pousaram na minha boca só por um segundo. Foi um estalar de dedos, um piscar e o tom de brincadeira se foi; tudo ganhou vida. A intensidade do que acabou de acontecer preencheu o ambiente, envolvendo-nos como arame farpado e seda.

Ele inspirou fundo e deu um passo para trás.

— Você está tremendo. — Sua atenção focou no quarto, sem olhar para qualquer coisa em particular. — Seu corpo está passando por um choque. Precisa de um pouco de açúcar para nivelar a glicemia.

— Estou bem.

Cruzei os braços, tentando conter o tremor nos braços enquanto encarava as chamas trêmulas na lareira envolvendo o quarto nas sombras.

— Engraçado, tenho certeza de que sou aquele com anos de serviço militar e treinamento, vi isso dezenas de vezes, mas com certeza, você é a especialista. — E o babaca estava de volta. O aborrecimento trouxe minha atenção de volta a ele, antes de desviar novamente o olhar. — Certo. Vou sair e te deixar descansar — suspirou, indo na direção da porta.

— Não. Por favor. Não vá — sussurrei, sem querer, as palavras saindo antes que o cérebro processasse o que estava acontecendo. O medo de ser deixada sozinha percorreu minhas veias, sobrepujando o ódio que eu sentia por ele. — Fique comigo.

Lennox não se moveu, a mão imóvel na maçaneta, de costas para mim, os ombros rígidos. O silêncio soou igual a um sino, despejando o constrangimento sobre mim feito chuva.

SOB A GUARDA DA *Realeza*

— Desculpe, não quis dizer... — *O que eu quis dizer?* A compreensão do que eu havia feito me atingiu com força. Devo ter parecido tão desesperada a ponto de pedir que um cara a quem eu odiava, e que me desprezava, me fizesse companhia. — Esqueça.

Ele não respondeu, mas se endireitou, abrindo a porta para sair.

— Não diga a Theo o que aconteceu.

O medo de que alguém descobrisse, especialmente Theo, arrancou a súplica do meu peito.

— O quê? — Ele virou a cabeça para me encarar, a expressão chocada e já prestes a negar meu pedido.

— Por favor. — Pressionei a mão contra o peito, curvando os dedos dos pés no carpete macio. — Não quero que ninguém saiba.

Eu sabia que denunciar Lorde William seria suicídio aqui. Em um lugar que já me queria fora, isso daria a eles um motivo. Ficariam do lado dele e contra mim, alegando que eu estava em busca de atenção. Alguém que não conseguia lidar com a paquera ofensiva de um velho não seria capaz de lidar com o encargo de ser uma futura rainha.

— Promete pra mim?

— Não.

— Você sabe o que vai acontecer se isso vier à tona. Serei eu a perder a cabeça. — Engoli em seco, o corpo ainda tremendo por conta do choque. — Além disso, não aconteceu nada. Vamos deixar por isso mesmo.

— Não aconteceu nada? — ironizou, os olhos brilhando com fúria. — Ele tentou te estuprar, Spencer.

O som do meu nome em seus lábios reverberou no peito, saltando, me forçando a engolir.

— Mas não conseguiu. — Passei os dedos por entre os fios do cabelo, puxando-o como se estivesse tentando romper a sensação que ele desencadeou pelo meu corpo. — Você o impediu. Então, não há nada mais a ser discutido.

— Você está de sacanagem comigo? Vai deixá-lo escapar impune?

Olhei bem em seus olhos, desafiando-o. Os homens não entendiam. Estaríamos arruinadas se falássemos qualquer coisa, e destruídas se não falássemos. Todos já sabiam que ele se comportava daquela maneira, mas não faziam nada por causa de seu *status* e dinheiro. Parecia até mesmo que o que aconteceu com Lorde William era um teste. O que fizesse daquele encontro determinaria meu lugar aqui.

— Você não tem nada com isso — resmunguei, com rispidez. — Obrigada novamente, Lennox.

A dispensa retratava meu sentimento.

Ele olhou fundo nos meus olhos, atravessando a minha pele. Acenou em concordância, com os lábios contraídos.

— Boa noite, milady — disse ele, com firmeza, abrindo a porta e saindo em seguida.

Fechei os olhos ao ouvir o som da porta se fechando, meu corpo desabando na cama, um vazio estranho abrindo um buraco no meu peito.

Sem querer pensar nos acontecimentos, em todas as coisas que poderiam ter acontecido, até mesmo nas coisas que William disse a respeito da minha família, fui para o chuveiro onde poderia me lavar, deixando o cheiro e a sensação daquele homem escorrerem pelo ralo.

Esfreguei a pele até ficar vermelha e sensível, a água quente aliviando meu corpo e mente e me deixando sonolenta. Enrolei-me no robe fofo colocado no banheiro, decidida a me enfiar debaixo das cobertas para esquecer esta noite inteira.

Quando seguia em direção à cama, uma batida à porta me sobressaltou, e meu coração quase saltou da garganta. Respirei fundo, tentando me acalmar ao me lembrar de que Lennox ficou de buscar meus sapatos. O nervosismo por ter que encará-lo, depois da forma que praticamente implorei por sua companhia, aqueceu meu rosto e revirou meu estômago. Minha reação foi fruto do medo, puro e simples. Eu só não queria ficar sozinha... E esperava que ele não achasse que fosse qualquer coisa além disso.

— Obrigada por trazer... — Abri a porta, parando de falar na mesma hora.

Ele se encostou no batente, os olhos verdes famintos lentamente varrendo meu corpo. Com o rosto vermelho e o olhar meio turvo, por conta do álcool, ele cambaleou conforme endireitava a postura, arrastando a língua pelos lábios.

— Caramba — murmurou, com a voz rouca, entrando no quarto. Então agarrou meus quadris, puxando-me para ele. — Se eu soubesse que só estaria usando isso, teria vindo muito antes.

— Theo. — Minhas mãos foram para seus braços, cambaleando para trás à medida que ele avançava com a graça de um touro drogado. — O que está fazendo aqui?

— Queria ver você. — Ele se inclinou, me beijando, o cheiro de uísque em seu hálito. — Senti saudades.

O pânico me dominou, o odor da bebida enviando um arrepio por todo o meu corpo ao me lembrar de Lorde William. O reflexo me sacudiu de volta, em busca de fôlego.

Os olhos de Theo se estreitaram, a testa franzida.

— Qual é o problema? — Diminuiu a distância que impus entre nós. — Nós não tivemos nenhum tempo desde que chegou aqui. Já se passaram meses desde que ficamos realmente sozinhos.

Ele segurou meu rosto.

— A noite toda, tudo que eu queria era beijar você.

— Eu sei. Eu também. — Mais cedo. Mas agora, minha pele se revoltou com a ideia de ser tocada. — Mas essa noite, não. Estou muito cansada.

— Jesus, Spence, parece que já estamos casados há vinte anos. — Encostou a testa à minha. — Quero ficar com você.

Era eu que estava obcecada em transar com ele na escola. Por muitas noites, as fantasias de nós dois juntos me fizeram revirar na cama, tendo que aliviar a tensão sozinha. Mas esta noite, depois de Lorde William, me senti mal com a ideia de alguém me tocando.

— Theo... — suspirei.

— Spencer. — Segurou minha mão, posicionando-a em sua virilha, seu timbre ficando rouco. — Sente o quanto te quero? Quer saber quantas fantasias tive contigo todas as noites no treinamento? Quantas fantasias me assombraram só em saber que você estava no final do corredor?

A sensação de seu comprimento rígido e grosso, por mim, enviou uma vibração pelo meu corpo, dando um nó no meu cérebro; os lados emocional e racional duelando entre si.

— Por favor. — Seus lábios roçaram minha têmpora. — Eu te amo. Agora estamos namorando sério. Nada está nos impedindo.

— Não é isso.

Seus lábios deslizaram pelo meu pescoço, e inclinei a cabeça ao sentir sua respiração roçando minha pele.

Nunca precisei que ele assumisse um relacionamento "sério" para fazer sexo. Eu era o lado que sempre insistia no assunto toda vez que ele se segurava. Theo havia começado sua vida sexual bem jovem, e já havia dormido com inúmeras garotas ao redor do mundo. No entanto, ele sempre me tratou de maneira diferente, o que eu, estranhamente, não gostava. Não era puritana e nem queria ser colocada em um pedestal.

— Você está bêbado. — Engraçado, isso nunca foi um empecilho antes, porque, geralmente, eu também estava meio embriagada. Esta noite, porém, minha sobriedade estava mantendo todas as emoções no nível superficial. — Está noite não, tá bom?

— Certo. Sem sexo. — Inspirou fundo, como se estivesse sofrendo, e inclinou a cabeça para trás. — Mas me deixe ficar. Quero te tocar. Estar perto de você.

A sinceridade estampada em seu rosto, como se fosse um menino implorando, fez meu coração amolecer. Segurando sua mão, puxei-o para a cama e me deitei.

Ele tirou o *smoking*, esbarrando na mesa de cabeceira enquanto tentava tirar a calça, aos risos.

— Você está muito bêbado. — Comecei a rir também, mais do que feliz por meu quarto ficar tão longe de seus pais.

— Hazel — balbuciou. — Ela ficou me desafiando a beber.

Ele caiu de costas no colchão, só de boxer – que eu já havia visto antes –, mas seu corpo recém-esculpido fez o desejo se agitar dento de mim.

— Não tenho ideia de como aquela garota aguenta bebida, mas toda vez acaba comigo.

— Sabia que eu gostava dela. — Eu me acomodei no travesseiro.

O olhar de Theo acendeu, seu foco agora em mim. Ele pairou acima do meu corpo, a boca movendo-se sobre a minha, enquanto os dedos puxavam as lapelas do robe, abrindo-o. Ele ficou sem fôlego quando me olhou. Vestindo apenas calcinha e uma regata minúscula, seu olhar deslizou sobre o meu corpo, as mãos desajeitadas me tocando. Rastejando entre minhas pernas, seu corpo imprensou o meu contra o colchão. Os quadris se esfregaram aos meus, rebolando, aprofundando o beijo. As mãos se moveram sob a regata.

Tentando ceder e me deixar levar por nossa luxúria juvenil, eu me movi com ele, nossas bocas famintas. Necessitadas. No entanto, minha mente continuava vagando. Desejo e irritação se misturavam. Eu o queria, estava louca para transar, mas algo parecia errado. À sombra de Lorde William, parecia sujo e contaminado.

SOB A GUARDA DA *Realeza* 117

Odiava a ideia de que nossa primeira vez juntos acabasse prejudicada por conta do que aconteceu comigo antes.

— Theo. Pare. — Interrompi o beijo, afastando sua mão do meu seio e captando a frustração em seu rosto.

— Certo — resmungou, se afastando de mim, caindo de costas, olhando para o teto.

— Desculpe... — Encarei seu perfil. *Acabei de recusar o príncipe? Estou louca?*

Ele não respondeu, piscando lentamente, como se não pudesse acreditar que também havia sido rejeitado. Não era segredo para ninguém que ele recebia propostas indecorosas o tempo todo; mulheres de todas as idades que estavam atrás do belo príncipe da Grã-Victoria, seja por se gabar ou por reivindicar o título.

E eu o tinha. Em minha cama... me desejando.

Chegando mais perto, repousei a cabeça em seu ombro, enlaçando sua cintura. Ele respirou fundo, e envolveu meu corpo com um braço, com os olhos fechados. O fogo na lareira estalou, iluminando seu rosto. Ele era lindo. Uma pessoa com a qual a maior parte da população feminina sonhava e daria qualquer coisa para ter a chance de se relacionar.

Eu era sortuda, de verdade.

— Eu te amo — sussurrei contra o seu peito.

Theo estava desmaiado, os roncos suaves foram a única resposta.

CAPÍTULO 13

Abri os olhos, assustada, quando ouvi um baque surdo à porta. A luz do sol banhava o quarto em um tom amarelo suave. Ergui a cabeça do braço de Theo, que usei como travesseiro, observando seu corpo relaxado. A luz fluía sobre ele, o rosto virado para mim enquanto dormia pacificamente. Ele era uma mistura de menino e homem, o rosto ainda inocente e meigo, à medida que seu corpo dava sinais de ser um homem. Era bom acordar ao lado dele. Seguro e quente.

Uma batida soou à porta de novo, me lembrando do que havia me acordado. Rastejei por cima de Theo, que se espreguiçou, resmungando enquanto eu saía da cama. Ainda com os olhos turvos, virei para a porta, sentindo o sono pesando na cabeça.

— Estou indo — murmurei, quando outra batida tremeu a madeira. Imaginei que fosse a empregada me acordando para o café da manhã. — Sim?

Escancarei a porta, esfregando os olhos.

Não era a camareira.

A adrenalina correu pelo meu sangue como um café expresso, arregalando meus olhos em choque.

Lennox, vestido com o terno escuro – que mais parecia ter sido costurado no corpo, de forma que moldasse com perfeição –, se encontrava parado à frente, segurando meus sapatos. Seus olhos castanhos com rajadas esverdeadas, intensos e predatórios como os de um lobo, percorreram meu corpo, fazendo minha pele formigar de vergonha. Seu nariz se alargou, mexendo com algo em mim que não pude identificar.

No entanto, eu estava perfeitamente ciente de que só vestia a calcinha e uma regata branca transparente.

— Milady. — Seu olhar disparou para cima e para o lado, empurrando os saltos para mim.

— Ah. — Peguei os sapatos. — Obrigada.

— Eu também queria ver como você estava...

— Quem está nos acordando tão cedo, cacete? — Theo resmungou às minhas costas.

Perdi o fôlego momentaneamente, voltando a me concentrar em Lennox. Com a postura agora retesada, a surpresa mesclada a algo desconhecido cruzou seu semblante, antes que ele pigarreasse e disfarçasse a reação.

— Desculpe, milady. Não queria interromper. — Sua resposta soou tensa, seu papel como guarda-costas de volta ao lugar.

— Lennox? — A cama rangeu e Theo caminhou pelo tapete, esfregando o rosto e vestindo apenas a cueca boxer justa. — O que está fazendo aqui tão cedo, cara?

Deu a volta e parou ao meu lado, com a mão nas minhas costas.

Os olhos de Lennox se voltaram para os meus por um milissegundo.

— Ele estava me trazendo meus sapatos. — Eu os ergui, apresentando uma desculpa. — Eu me livrei deles assim que saí da festa e acabei deixando pelo caminho. Você me conhece. Sempre que posso ficar descalça, eu aproveito a oportunidade.

Theo riu, provavelmente se lembrando de todas as vezes em que ficamos bêbados juntos na escola. Eu dava um jeito de tirar os sapatos, não importava onde estivéssemos, amando a liberdade de pisar descalça no chão.

Minha atenção se voltou para Lennox, observando para ver se ele me questionaria e contaria a verdade a Theo. Não que fosse mentira; eu simplesmente não estava contando a história toda. Mas o segredo entre mim e Lennox parecia tangível. Pesado.

Seu olhar encontrou o meu, os lábios franzidos em irritação, a cabeça ligeiramente inclinada.

Por favor. A palavra não pronunciada pairou no meu olhar.

— Bem, obrigado por devolvê-los. — A mão de Theo se aproximou da minha bunda, apertando de leve. — Tenho a sensação de que a maior despesa no meu futuro será substituir sapatos perdidos.

Não havia nada de errado com o que ele havia dito, mas suas palavras me arranharam como garras subindo pelas costas. Incomodada, tentei aprumar a postura.

Theo se afastou um pouco e conferiu o relógio de pulso.

— Puta merda, já é tão tarde? — Ele se virou, pegando suas roupas espalhadas no chão. — Caramba. Estou atrasado. Meu pai queria que eu o encontrasse esta manhã para uma reunião com o embaixador da China. — Vestiu a calça, segurando o restante das roupas nos braços. — Tenho que ir.

Ele se aproximou de mim.

— Eu te vejo mais tarde no jogo de polo. Não deixe Eloise te convencer a apostar. Principalmente contra mim.

Beijando-me depressa, ele saiu pela porta em direção à sua ala no palácio.

Quando ele se foi, o constrangimento se tornou palpável, pesando o ambiente. Mais uma vez, a vergonha por conta do meu corpo seminu me fez sentir como se estivesse sob um holofote.

Olhando para o padrão no tapete, pigarrei antes de perguntar:

— Você ficou sabendo de alguma coisa sobre o Lorde William? — Meu dedo do pé circulou o desenho. — Acha que ele vai contar ao rei?

— Já estive na presença do rei esta manhã e não se falou sobre o assunto. Lorde William é só papo.

Lorde William não me parecia alguém que se calaria e não faria nada quando ofendido. Ele era do tipo que ainda desafiava alguém com pistolas ao amanhecer.

— Obrigada por não ter contado ao Theo. Não servirá de nada ele saber.

Silêncio.

Levantei a cabeça, deparando com a intensidade de seu olhar. Lennox ocupou cada espaço respirável, me fazendo engolir em seco, nervosa. Algo mudou depois da noite passada. Uma intimidade. Uma conexão que, de repente, me tornou muito consciente de sua presença. Sua energia era tão poderosa que ele bagunçou tudo em mim, me deixando inquieta. Eu podia sentir tudo – até mesmo meus mamilos endurecendo contra o tecido fino, ciente de que ele, provavelmente, poderia vê-los também. Calor percorrendo minha pele.

Senti meu corpo esquentar, sem conseguir perceber qualquer sinal de simpatia de sua parte.

Seu foco em mim não se alterou quando deu um passo para mais perto, extraindo oxigênio dos meus pulmões.

— Acabei de mentir para o meu amigo, para o futuro rei — disse, entredentes, a raiva deixando sua voz tensa. — Adivinhe quem, baronesa, suportará as repercussões disso quando ele descobrir?

— Ele não vai descobrir. — Permaneci imóvel, firme, mas a voz saiu em um fiapo.

Lennox se inclinou, a boca pairando a apenas alguns centímetros da minha. Eu deveria tê-lo afastado, afirmando que seu comportamento estava sendo impróprio.

SOB A GUARDA DA *Realeza*

Porém, não o afastei.

Meu peito subia e descia com sua proximidade, e odiei a reação do meu corpo como se um veneno estivesse fluindo dentro de minhas veias.

— Vista-se — ordenou, o olhar irado deslizando pelo meu pescoço e o colo dos seios. — Você tem uma reunião com a relações públicas em quinze minutos.

Ele se virou e se afastou, confiante.

O zumbido dentro de mim se transformou em repulsa e ódio quando fechei a porta com força. O constrangimento com o que ele mexeu em meu interior foi afastado para um canto escuro. Não era atração; era aversão.

— Que idiota! — Fui até o guarda-roupa, abrindo as portas. — Ele que se dane.

Pegando um vestido, tudo o que eu queria era vestir uma roupa de montaria e sair para cavalgar hoje, no lugar dos homens. Eu era boa no polo, cresci jogando com meu pai e um grupo de amigos dele. A monarquia havia relaxado com o passar dos anos, permitindo algumas mulheres nas partidas. Mas, claro, isso seria malvisto se a namorada do príncipe estivesse participando. Meu papel era usar vestidos bonitos e assistir.

Theo. Pense em Theo.

Pensar nele acalmou minha irritação, e girando os ombros, soltei um suspiro profundo. Ele valia tudo isso. Era um cara incrível. Eu sabia que as angústias crescentes de assumir esse papel seriam muito difíceis. Eu só precisava de um pouco de espaço antes de mergulhar a fundo nisso. Precisava conseguir meu próprio lugar.

Usando um vestido amarelo-claro e longo, com um decote amplo às costas, arrumei o cabelo para que ficasse solto com ondas volumosas, e calcei um par de saltos combinando, seguindo para o escritório de Chloe.

A sala zumbia com o burburinho das pessoas, telefonemas e toda a ação dos bastidores.

— Spencer. — Chloe gesticulou para que eu me aproximasse. Hoje ela usava um lindo vestido floral até a altura da panturrilha, o cabelo preso em coque baixo e justo, sua marca registrada. — Você está linda.

— Obrigada. Você também. — Fui até sua mesa. — Queria perguntar de novo a respeito da possibilidade de arranjar um apartamento para mim. Não quero esperar... — Parei quando percebi que ela nem estava prestando atenção, o celular grudado ao ouvido. Ela o afastou rapidamente e disse: — Spencer, você e Theo terão outro bate-papo com a mídia após a partida. A imprensa estará em toda parte, fotografando os dois na entrega da premiação.

Com o telefone ainda no ouvido, escreveu algo enquanto continuava se dirigindo a mim:

— Desta vez, haverá uma sessão de perguntas e respostas. Se não tiver certeza de como responder, consulte Theo. Ele sabe como lidar com eles.

Consultar Theo? Como uma mulher arcaica que deixa o homem falar por ela?

— Tenho certeza de que serei capaz de lidar com isso — respondi, irritada.

Ela contraiu os lábios, franzindo as sobrancelhas como se pensasse "claro, está certo".

— A declaração formal saiu ontem. — Ela largou a caneta, atenção toda em mim, continuando a ouvir quem estava na outra linha. — Devido ao fato de você ser mantida em uma bolha aqui, não está ciente da atenção massiva que atraiu durante a noite.

Em seguida, ela virou seu *laptop* para que eu pudesse ver a tela. Minha nova conta do Instagram, monitorada pelo palácio real, possuía apenas um punhado de seguidores assim que abriram o perfil, no dia anterior. Com os olhos arregalados, senti o nó na garganta ao ver e me certificar de que estava enxergando direito o número de seguidores que agora fazia parte do perfil.

— Sessenta mil? — Empalideci. Minha conta pessoal antes tinha talvez algumas centenas de pessoas. Isso gerou um pânico de descrença em mim.

— Sim. E isso é só de ontem. A cada minuto você ganha uma dúzia de novos seguidores. Quanto mais você e Theo forem vistos juntos, mais esse número vai subir. No momento em que anunciarem seu noivado, vai quadruplicar. Os outros sites de mídia social estão reportando o mesmo fluxo, até mesmo mais. As pessoas estão curiosas e interessadas em você, o que você já deveria saber. O Príncipe Theo é o solteiro mais cobiçado do mundo, e você o tirou do jogo antes mesmo que ele realmente estivesse nele. — Ela trocou o celular de ouvido. — Pelo que vi no Twitter, alegre-se por termos desabilitado todos os comentários. Existem muitos corações partidos no mundo todo. Nunca teriam uma chance com ele de qualquer maneira, mas podem ser cruéis em suas afirmações, alegando que você não é digna do príncipe *delas*.

Eu conhecia a crueldade dos rostos anônimos nas redes sociais. Mesmo no patamar mais inferior da minha família, tive meu quinhão de ataques, pessoas tentando me detonar só pelo prazer de fazer isso.

SOB A GUARDA DA *Realeza*

— Sugiro que fique longe das redes sociais por um tempo. Deixe-nos lidar com isso. Você vai ter admiradores e *haters*. É assim que as coisas são. E quando o público se acostumar com a ideia, tudo vai se acalmar. Agora, todo mundo vai ter uma opinião a seu respeito. De vocês dois juntos. Fique longe do celular se quiser manter a sanidade.

— Está bem.

Senti uma dor aguda no estômago. Todo mundo poderia me dizer que as opiniões dos estranhos não importavam, e talvez estivessem certos, mas eu estava sendo despedaçada e dissecada pelo mundo. Alguém era forte suficiente para isso?

Theo. Theo. Repeti seu nome para mim mesma. Ele é tudo o que importa.

— Tudo bem, acho que isso é tudo. Lembre-se de que cada movimento que fizer será fotografado hoje. Se pudesse desfrutar de alguns momentos agradáveis com sua família, com o rei e a rainha, isso seria bom.

Estava familiarizada com as fotos "sinceras" encenadas. Muitas imagens que as pessoas pensavam que foram capturadas em um momento espontâneo eram, na verdade, intencionais, como um episódio de *reality show* – realismo com roteiro.

— Ah, e um último conselho. Dê a impressão de que está bebendo e se divertindo, mas não beba. Um deslize da língua, um tropeço... um pesadelo para a equipe de relações públicas, você sendo ridicularizada e o palácio real sendo envergonhado.

Franziu o cenho como se eu já tivesse feito exatamente isso.

— Claro.

Agora era a única coisa que eu queria fazer. Saí da sala antes que ela pudesse dizer mais alguma coisa, em busca de um pouco de café.

Será que me deixariam ficar nos estábulos o dia todo?

— Spencie! — A voz meiga da minha irmã ressoou pela multidão, seu cabelo cacheado loiro e levemente avermelhado flutuando à medida que corria na minha direção.

— Livie. — Eu me agachei, enlaçando seu corpo minúsculo.

Hoje minha mãe a vestiu com uma roupa nova, um vestido azul-claro na altura do joelho e com mangas transparentes, sapatos brancos tipo boneca e uma linda faixa na cabeça. Ela se encaixava neste mundo muito melhor do que eu.

— Senti tanto a sua falta — disse ela, baixinho, a voz tranquila agindo como um bálsamo para o meu humor agitado.

— Eu senti mais. — Eu a abracei novamente antes de me levantar, sendo cercada pelos meus pais.

— É tão bom ver você, Spencie. — Meu pai, com a mesma natureza pacata da minha irmã, me abraçou de lado, como se eu fosse uma flor delicada, afastando-se rapidamente. Desde o nascimento, os nobres foram ensinados a manter as emoções ao mínimo. Abraços e beijos eram mantidos moderados e limitados.

— Você está bonita. — Minha mãe se inclinou, beijando meu rosto no ar. Senti um nó na garganta com seu elogio, esperando o golpe na sequência: — Embora pudesse ter se esmerado um pouco mais com o cabelo e aplicado mais blush. Parece cansada.

E lá estava a crítica.

— Obrigada. — Dei um sorriso forçado.

Era óbvio que ela estava impecável num vestido lavanda novinho em folha. Vivian Sutton era do tipo que nunca saía de casa sem estar pronta para ser fotografada a qualquer momento.

Em seus quarenta e poucos anos, ela poderia facilmente passar por trinta. Era da minha altura, mas de alguma forma ainda parecia elevar-se sobre mim com sua postura ereta e impecável. Com cabelo castanho na altura dos ombros, olhos castanhos, maçãs do rosto salientes e pele sedosa, ela era deslumbrante. A mãe dela havia usado a aparência da filha para melhorar sua posição social. Minha avó empurrava a filha para qualquer um com título e ficou animadíssima quando Vivian se apaixonou por Andrew, um barão de Chatstone Manor. Isso até que o título ficou ultrapassado e a vovó percebeu que deveria ter subido na escada da nobreza através de parceiros adequados. O título humilde de meu pai ainda era um obstáculo para minha avó, que fazia questão de alardear, nos feriados, que sua linda filha poderia ter se casado com um príncipe ou imperador.

Eu não queria pensar no quão extasiada a vovó devia estar com a ideia de eu ser cortejada por um príncipe.

— Spencer. — Tio Fredrick me cumprimentou com uma inclinação de cabeça, enquanto tia Lauren dava mais beijos que sequer tocavam meu rosto.

SOB A GUARDA DA *Realeza*

125

— Estamos muito orgulhosos de você. — Ela apertou minha mão, o olhar circulando para todos os lados, pousando em todos os nobres e celebridades da elite.

— Orgulhosos de mim? — Franzi o nariz.

— Sim, minha garota. Isto é muito importante para nossa família. — Fredrick puxou as mangas de seu terno bege. — Não que não devamos ser tratados com muito respeito. Não somos menos do que qualquer um desses bufões aqui.

— Freddie! — criticou Lauren, entredentes, dando um tapa de leve em seu braço, enquanto minha mãe pegava uma taça de champanhe de um garçom que passava, e ingeria de um gole só. — Não diga essas coisas em voz alta.

— Há anos que nos tratam como leprosos — resmungou. — E agora olhe... Nossa sobrinha está destinada a se casar com o príncipe da Grã-Victoria.

— Não estou destinada a me casar com ninguém.

Você pensaria que sentiria falta da família até estar com eles de novo. Engraçado como podem lhe deixar maluca.

— Por favor — bufou Fredrick. — Olhe em volta. Você está sendo preparada para ser a esposa dele.

Esposa. Esse era um título que me deixava muito incomodada. Eu mal tinha dezenove anos, era jovem demais para me casar.

Quanto tempo levaria até que o palácio real nos pressionasse a fazer isso? Dois ou três anos? Ainda assim, parecia muito jovem para me casar. Não que minha vida já não parecesse planejada para mim.

Theo. Precisava dizer o nome dele, pensar nele toda vez que começava a pirar. Toda essa pressão faria qualquer um enlouquecer. Mas no final, era sobre mim e ele. O que queríamos.

Enlaçando os dedos com os da minha irmã, decidi que estava na hora do show continuar e acabar com essa parte horrivelmente estranha.

— Spencer! — Theo me viu caminhando em sua direção. Ele estava ao lado de um belo pônei de polo marrom puro-sangue. — Estava prestes a ir procurar por você, amor.

Ele estendeu a mão, tocando meu quadril enquanto se inclinava para beijar minha testa. Soltando a mão de Olivia, concentrei minha atenção no cavalo, deslizando os dedos no pelo lustroso; a cabeça do animal balançava conforme eu acariciava seu focinho, com um sorriso feliz no rosto.

— Não vi um sorriso assim desde que chegou. — Theo sorriu, balançando a cabeça. — Deveria saber que minha adorável amante dos animais seria mais feliz com os cavalos.

Meus olhos se estreitaram ao continuar acariciando o cavalo. Adorável amante dos animais, como se o que eu quisesse fazer na vida fosse uma peculiaridade fofa. Uma fantasia passageira.

— Ora, olá. Você deve ser Olivia. — Theo se virou para a minha irmã.

A facilidade que ele tinha com as pessoas contrastava com minha personalidade de uma maneira muito nítida. Esfreguei o nariz no cavalo, escondendo-me de bom grado de todos, enquanto Theo se sentia à vontade com todos ao redor.

— Sou. — Ela deu um sorriso meigo, puxando um pouco a barra do vestido em uma reverência. — Você é muito bonito. Igual a um príncipe dos filmes.

O rosto de Theo abriu um enorme sorriso quando se abaixou até o nível dela.

— E você é ainda mais bonita do que uma princesa de filme. — Ele se curvou formalmente. — Milady.

Olivia deu uma risadinha, as bochechas corando intensamente.

Ele se levantou e se aproximou da minha família.

— É uma honra conhecê-lo, senhor. — Apertou a mão do meu pai.

— A honra é toda minha, Alteza. — Papai fez uma reverência. — E, por favor, me chame de Andrew.

— Então você tem que me chamar de Theo. Estou bem com meu pai carregando os títulos formais por mais algum tempo. — Ele riu.

Theo foi até minha mãe, beijando sua mão.

— Posso ver de onde Spencer puxou a beleza.

Argh. Tive que me virar para que ninguém me visse revirar os olhos. Que frase clichê.

Sua pele adquiriu um tom de rosa mais profundo do que seu batom, e meio sem jeito curvou os joelhos em uma reverência, a mão flutuando para o pescoço.

— Você é tão gentil! Obrigada, meu senhor.

— Mais uma vez, por favor, me chame de Theo. — Ele estendeu a mão para mim. — Já que faremos parte da mesma família agora.

Segurei sua mão, permitindo que me puxasse para o seu lado, minha boca se contorcendo sob o meu sorriso.

— Este é meu tio Fredrick e tia Lauren. — Indiquei o casal à beira de uma explosão caso não os apresentasse logo. Theo se aproximou para apertar suas mãos.

SOB A GUARDA DA *Realeza*

127

— Aposto que não quer nada além do que ficar trêbada e desmaiar em uma baia de cavalos, acertei? — Uma voz rouca e familiar murmurou em meu ouvido, por trás, me dando um sobressalto.

— Landen! — Não pude reprimir o grito, me jogando em seus braços e o envolvendo efusivamente.

— Uau, prima. — Ele riu, tropeçando para trás por conta do meu arroubo.

— Nossa, senti sua falta — sussurrei em seu ouvido, piscando para conter as lágrimas que queriam escapar. Ele era como o ar. Um marco em meu mundo recém-agitado. Havíamos passado por tanta coisa juntos, e acabei me esquecendo de como sua presença me acalmava.

— Eu também senti sua falta. — Ele me agarrou antes que nós dois recuássemos. — Você não tem ideia. — Seu olhar deslizou disfarçadamente para seu pai. — É um inferno sem você.

— Venha morar comigo aqui.

Agarrei sua mão. Sabia que ele pensaria que eu estava brincando, mas não estava, na verdade. Ele era como um lar para mim; era tudo que sentia falta. Só faltava mais uma coisa.

— E quanto a mim?

Como se eu tivesse conjurado a peça que faltava, minha melhor amiga contornou o cavalo, abrindo os braços para mim.

— Mina... — murmurei, emocionada, mergulhando em seus braços.

Com todos os fotógrafos tirando fotos atrás do cordão de isolamento e reservado para a imprensa, eu sabia que deveria estar agindo de forma mais refinada. Mas não consegui. Ver meus amigos foi como deixar a luz do sol entrar em um quarto escuro.

CAPÍTULO 14

Se eu pensava que apresentar Theo à minha família seria doloroso, apresentá-los ao rei e à rainha foi uma tortura. Theo se apressou nas apresentações antes de correr para o jogo de polo, deixando-me com a conversa e reunião das famílias.

O rei Alexander foi educado, mas sua expressão tensa e atenção, ou falta dela, aos meus pais mostraram quão pouco entusiasmo nutria pela união. A rainha foi graciosa, mas também encontrou um motivo para se afastar assim que considerou educado.

— Pensa que é muito melhor do que nós — Fredrick murmurou, por trás de seu copo de bebida, com o olhar contrariado.

— Fred. — Tia Lauren levou o dedo aos lábios. — Fale baixo.

— Ele é o rei, Freddie — murmurou meu pai para o irmão.

— Era insuportável mesmo quando criança. Sempre agiu como se nossa família estivesse abaixo da dele.

No mundo incestuoso dos nobres, cada geração ia para a escola com a seguinte, mantendo o círculo fechado. A história se repetia indefinidamente. Meu tio estudou na mesma turma do rei, enquanto meu pai estava duas séries abaixo. Todos remavam juntos e disputavam partidas de polo, e agora seus filhos e filhas estavam fazendo o mesmo.

— Em breve seremos seus parentes, e ele ainda age como se fôssemos escória.

— Acalme-se, Freddie — pediu meu pai, com educação. — Não vamos começar o noivado de Spencer com nossas brigas.

— Ninguém está noivo, pai.

Senti os dedos de Landen apertarem meu cotovelo, seu apoio me ajudando mais do que ele poderia imaginar. Mina se postava do meu outro lado. Eram como duas vigas de apoio que eu precisava para passar o dia.

— É uma questão de tempo.

Mamãe terminou outra taça de champanhe, entornando uma atrás da outra à medida que Fredrick resmungava.

SOB A GUARDA DA *Realeza*

Olhando ao redor, avistei minha irmã brincando com o casal de filhos do duque de Wallingford. Eu sentia falta de ter essa idade, quando brincar e ser inocente ainda era permitido. Embora fosse triste, a infância de Olivia em breve acabaria; no próximo ano, provavelmente a envergonhariam pela inocência que adoravam nela agora.

— Incentive-o sempre que puder, Spencer. — Fredrick acionou seu modo 'sermão'. — Quanto mais rápido o amarrar, melhor. Não dê a ele chance de ver o que mais existe lá fora.

— Pai!

— Freddie!

Landen e tia Lauren o repreenderam, mas ele sequer titubeou.

— É verdade, não é? — Ele olhou em volta como se todos nós devêssemos concordar. — Há muita tentação por aí, mulheres que não dão a mínima se ele tem ou não uma namorada. Caramba, a maioria não se importará se ele tiver esposa, mas essas tentações ficam de lado quando se casar.

Meu pai retesou o corpo, mas ninguém contestou meu tio. Dando uma olhada de relance para os casais ao meu redor, senti o peito doer ao perceber o amor quase inexistente entre eles. Permaneciam juntos por causa da tradição, por medo do julgamento alheio, completamente resignados com a situação. Ninguém era feliz de verdade.

Eu não queria ser como eles, nem desejava conversar com a minha filha no mesmo tom resoluto, conformada com a tristeza.

— Acho que Theo está prestes a jogar. — Landen agarrou meu braço. — Devemos ir assistir.

— Sim. É melhor irmos. — Mina acenou com a cabeça freneticamente, puxando-me para longe da minha família.

— Nossa, eu o odeio — reclamou Landen, o rosto contorcido e rubro pela raiva. — Mas que babaca!

— Landen...

— Não, Spence. Foi muito escroto isso o que ele disse, e só porque é um cretino infeliz!

— Infelizmente, ele disse algo que não fosse verdade?

— Theo não é assim. — Mina balançou a cabeça.

— Muitas pessoas não começam assim. Mas acontece. E muito.

A memória do mau hálito de Lorde William ainda era vívida, seu toque ecoando na pele.

Meus olhos percorreram o campo de polo, localizando a pessoa que eu nem sabia que estava procurando.

Lennox estava de guarda, os braços cruzados à frente, recostando rigidamente contra o prédio enquanto tentava passar despercebido.

Hilário, porque nada nele era simples ou poderia passar despercebido. Ele usava óculos de sol, mas sabia que seu olhar estava focado em mim. Observando. Avaliando cada pessoa, ruído e movimento.

Colocando o cabelo atrás da orelha, eu o observei discretamente.

— Este grupo parece que precisa de uma bebida. — A voz de Eloise me trouxe de volta ao presente. Ela chegou toda animada, com a aparência perfeita como uma princesa. O cabelo estava preso em um coque, a maquiagem e vestido impecáveis. Um brilho de preocupação refletiu em seus olhos. — Meu Deus, estou farta de posar para as câmeras. É hora de beber e fazer apostas. Alguém se arrisca? — soltou, deixando meus dois amigos sem palavras e em estado de choque.

Eu ri, observando-os encará-la, perplexos.

— Certo, não conheci vocês dois ainda — piscou para Landen —, mas todos os amigos da minha futura cunhada são meus amigos. — Em seguida pegou a taça de champanhe da mão de Mina e bebeu de um gole. — Amigos compartilham, certo?

— S-sim, Vossa Alteza.

Mina estava boquiaberta. Em Alton, Theo havia se tornado uma pessoa 'comum' aos olhos deles, que acabaram se acostumando com sua presença. Porém, Eloise era tratada como uma celebridade pela imprensa. Seu charme e graça impecáveis deixaram os repórteres loucos por ela, como se ela pertencesse a um pedestal.

Tudo fingimento.

Agora eu conhecia a garota verdadeira e gostava muito mais dessa versão.

— Eloise, este é meu primo, Landen. E minha melhor amiga, Mina. — Os dois pareciam estáticos. — Acho que os destruiu.

Ela sorriu, entrelaçando os braços com eles.

— Algum de vocês quer fazer uma aposta? Estou aceitando. E me deixe dar um conselho para a primeira vez: não apostem no príncipe. Theo, na verdade, não é muito bom.

Ela os puxou em direção ao bar montado sob um toldo.

Pegando bebidas, ela se virou para mim.

— Você certamente precisa de uma.

— Chloe me disse para não beber.

— Foda-se a Chloe. — Ela revirou os olhos. — Ela é uma vadia metida. E não tem a menor ideia do que a palavra diversão significa. — Eloise se aproximou de mim, e disse, baixinho: — Além disso, você vai aprender — abriu a bolsa, mostrando um pequeno cantil escondido ali dentro —, que esta é a única maneira de aguentarmos esses eventos insuportáveis.

— Theo, Spencer, olhem aqui!
— Spencer! Spencer!
— Quando se conheceram?
— Há quanto tempo estão juntos?
— Namoraram em segredo?
— Algum plano de ficarem noivos em breve?
— Spencer, como está lidando com todas as coisas odiosas que estão sendo ditas sobre você nas redes sociais?
— Como foi apresentar seus pais ao rei e à rainha?
— Quando haverá um casamento real?
— Planejam ter filhos em pouco tempo?
— Quem você quer como estilista do seu vestido de noiva?

Pessoas gritavam conosco, microfones eram enfiados na nossa direção por todos os ângulos; câmeras de TV e fotógrafos competiam por nossa atenção. O clique incessante das máquinas fotográficas ressoava junto com as vozes confusas que se sobressaíam umas às outras para serem ouvidas, disputando quem seria o afortunado a receber uma resposta.

Perguntas fáceis e simples, sobre 'como passávamos o dia' evoluíram para se 'eu já morava com Theo', migrando para 'bebês e vestidos de noivas'.

Era como se eu estivesse em uma gaiola, com centenas de braços tentando me tocar. Sem fôlego, senti a mão de Theo esfregando minhas costas de cima a baixo, tentando me acalmar.

— Então, nos diga, Theo! Quando vai pedi-la em casamento?

Os *paparazzi* ficaram em silêncio, todos querendo saber a resposta para essa pergunta.

— Gente, vamos com calma e aproveitar o jogo de polo e o evento beneficente para o qual estamos aqui. — Alguns murmúrios de desgosto fizeram o sorriso de Theo se alargar de brincadeira. — Mas direi quando o fizer... — brincou. Não havia nenhuma dúvida com um 'se', mas 'quando'. A imprensa se aproximou, esperando a grande revelação, os microfones apontados em nossa direção, sem querer perder nada do que ele dizia. — E vocês saberão o momento exato.

Perguntas, meu nome, o nome dele, cliques, flashes. Permaneci ao lado de Theo, mantendo um sorriso feliz no rosto, mas por dentro eu estava hiperventilando, odiando o meu silêncio, oprimida e exausta. Deixei Theo assumir a liderança, parecendo muito com a mulher bem-cuidada ao lado do príncipe, quando, na verdade, estava tentando não ter um ataque de pânico. Esse nível de atenção parecia mais como se estivessem sugando toda a minha energia, deixando-me só a casca.

Meu olhar revoou além da imprensa, em uma tentativa de não me sentir como um animal encurralado. Meus olhos pousaram em uma figura familiar parada ao lado, mas não muito longe que não pudesse se aproximar de mim.

Lennox se postava como sempre. Mãos cruzadas à frente, pernas afastadas, prontas para entrar em movimento a qualquer momento. Óculos escuros cobriam seu rosto inexpressivo. Ele era intimidante, mas, de um jeito estranho, vê-lo ali era um conforto esquisito, permitindo que o ar deslizasse até os pulmões de novo.

Tão sutilmente e de forma quase imperceptível, vi o leve inclinar de sua cabeça. Uma ação mínima, mas que significou muito para mim.

Se quiser ir, é só dizer.

Você consegue fazer isso.

Está indo bem.

Respire.

Respirando fundo, meus ombros relaxaram um pouco.

Obrigada, agradeci com o olhar. Sua mandíbula contraiu, e naquele instante soube que ele havia entendido. Quando estava prestes a me virar novamente para as câmeras, avistei uma figura se aproximar dele, atraindo minha atenção.

Hazel se aproximou com absoluta confiança, uma bebida na mão e a bolsa debaixo do braço. Ela usava um vestido florido azul que se encaixava perfeitamente em seu corpo esguio, o cabelo em ondas e puxado sobre um ombro.

Belíssima.

Ombro a ombro com ele, eu podia ver sua boca se mover. Não havia timidez ou dúvida de que ele iria querer sua companhia. E quem não iria? Ela, provavelmente, nunca experimentou a dor da rejeição de um homem.

Com seus olhos ainda nos meus, ele inclinou a cabeça para mais perto de sua boca. Assentiu para alguma coisa enquanto um sorriso malicioso curvava os lábios de Hazel.

A raiva subiu pelo meu corpo, então franzi o cenho. Quero dizer, ele estava trabalhando; não era hora de conversar com sua última conquista.

Minha irritação se voltou para ela, observando-a tocar seu braço, inclinando-se contra ele, sussurrando algo em seu ouvido, os lábios roçando seu lóbulo. Não havia dúvidas em suas ações.

Olá? Ele está trabalhando. Ela deixou claro naquela noite na boate que o achou atraente e o queria em sua cama.

Eu me remexi, percebendo como sua sobrancelha se curvou em surpresa ou curiosidade. O fato de Hazel estar conseguindo aflorar emoção dele...

— Spencer?

Meu nome me trouxe de volta ao presente. Theo me encarava como se estivesse esperando por uma reposta minha. A imprensa me observava, seus microfones prontos para o que eu poderia dizer.

Puta merda. O que perguntaram?

— Hã? — Que classe, Spence.

— Eles queriam que você presenteasse o melhor cavaleiro com o troféu. — Piscou para mim, aconchegando-se mais perto. — Acham que é uma apresentadora muito mais bonita do que eu.

Uma onda de culpa, amor e calor explodiu em meu peito. O sorriso de Theo me fez sentir derretida e mole por dentro, criando um rubor que cobriu minhas bochechas.

— Claro — concordei. Meu braço se enlaçou ao dele, e seguimos para o palco da cerimônia, sem olhar para trás.

Quando subi ao palco, avistei uma pessoa ao lado do meu tio que me fez perder o fôlego, congelando o sangue em minhas veias. Lorde William estava de frente para o tio Fredrick, mas seus olhos estavam focados em mim. Havia um corte no lábio e um de seus olhos estava inchado, num tom escuro de roxo, porém ele tentava ocultar os hematomas sob um chapéu e óculos escuros. Sua cabeça se virou deliberadamente para Lennox, querendo que eu soubesse exatamente a quem estava ameaçando, e então de volta para mim. Um sorriso malicioso curvou sua boca igual ao gato que comeu o canário. Ele baixou a cabeça, dando um leve toque na aba do chapéu.

Seu silêncio não foi por acaso. Lennox ainda tinha seu emprego por um motivo.

Lorde William revelou suas intenções. *Fique calada e Lennox mantém sua posição.*

Talvez não usasse pistolas ao amanhecer, mas chantagem ao meio-dia.

CAPÍTULO 15

— E você disse que não queria sair! — gritou Eloise, por cima da música, seu corpo balançando ao meu lado enquanto rebolava os quadris com a batida.

Com toda a honestidade, ainda não queria. Boates não eram minha praia. Depois de um longo dia, queria encontrar um sofá confortável e assistir filmes pelo resto da noite, mas Eloise era uma força da natureza e não aceitava não como resposta.

Ajudava o fato de ter Mina e Landen aqui, querendo passar todo o tempo que pudesse com eles. Ben, Charlie, Hazel e Theo estavam no bar enquanto El, Landen, Mina e eu dançávamos.

— Melhor aproveitar suas últimas noites de liberdade. — Mina chocou o quadril ao de Landen, fazendo-o fechar a cara e tomar um longo gole de sua cerveja.

— O que isso quer dizer? — Meu olhar se alternou entre os dois.

Ele apenas lançou uma olhada irritada para Mina, continuando a dançar.

— Como se ela não fosse descobrir.

— Conte logo! — exigi, colocando mechas de cabelo soltas atrás da orelha. — O que não estão me contando?

Landen revirou os ombros, respirando fundo, a ira enrugando suas sobrancelhas.

— Um brinde ao meu pai idiota. — Landen ergueu a cerveja no ar. — Ele ganhou.

Senti um arrepio se alastrando pelo corpo e engoli em seco.

Landen balançou a cabeça, lutando contra a emoção.

— Vou para a academia militar real.

— O quê? — Cobri a boca com a mão.

— Como se você estivesse mesmo surpresa... — Ele tomou outro gole, desviando o olhar.

— Não, mas...

Eu tinha esperanças de que, pelo menos uma vez na vida, Fredrick colocaria o filho em primeiro lugar. Esperava que ele parasse por um segundo para conhecer o filho. Meu tio parecia gostar da ideia e do papel de ter um filho, mas não queria saber que essa pessoa vinha com seus próprios desejos e personalidade.

— Landen. — Minha voz falhou, sem saber o que poderia dizer para resolver a situação. Sempre fomos honestos um com o outro, sem banalidades ou falso otimismo.

— É por isso que eu não queria te dizer esta noite. — Ele olhou feio para Mina. — Estraga-prazeres total.

— Estou percebendo que não é algo que você queira. — Eloise inclinou a cabeça.

Landen riu com sarcasmo.

— Entendi. — Ela envolveu os dedos em seu pulso, forçando-o a olhar para ela. — Ter que viver a vida que seus pais estabeleceram para você. Ignorar tudo que te faz feliz... namorar e casar-se apenas com aqueles que considerem dignos. Merda... Entendo.

Ouvir a voz elegante da princesa Eloise dizer "merda" fez um sorriso dançar no rosto de Landen, arrancando, em seguida, uma verdadeira gargalhada dele.

— É, achei que entenderia. — Ele acenou com a cabeça, reconhecendo que a situação de Eloise era bem pior do que ele. — Vossa Alteza.

Ele se curvou dramaticamente, com uma mão estendida às costas.

— Cale a boca, idiota — brincou ela, os dois rindo. — Todos nós sabemos como é. — Ela gesticulou para o grupo. — Como um exercício catártico, cada um grita o que teve que sacrificar por ser quem é.

Ela estendeu a bebida no meio do nosso círculo.

— Estar no teatro. — Landen colocou a garrafa ao lado da de Eloise. Mina tocou sua garrafa às deles.

— Sempre tendo que explicar minha herança; ficar calada quando alguém diz algo racista e humilhante.

— Uau, fiquei até com vergonha dos meus problemas agora, hein? — Landen cutucou Mina, fazendo-a empurrá-lo para trás. Eu não havia me afastado de casa há muito tempo, mas já podia sentir que o vínculo deles havia crescido sem mim.

— Spence?

Respirei fundo, sentindo a dor ainda açoitar meu coração.

— Desistir da minha aceitação no *Royal College of Veterinary Surgeons*.

— O quê?

Todos os três se viraram para mim. Nunca cheguei a contar a Landen ou Mina que entrei.

— Você foi aceita no RCVS? — Mina ficou boquiaberta.

— E não nos disse nada? — Mágoa estava refletida no rosto de Landen.

— Não consegui dizer...

— Nós somos seus melhores amigos! — Mina exclamou.

— Se eu tivesse contado a vocês, teria se tornado real. — Engoli minha vodca com refrigerante, a música mudando para outra mais agitada. — Ia me deixar ainda mais arrasada.

— Não entendo. — Eloise olhou ao nosso redor. — Isso aconteceu antes de você e Theo se tornarem um casal oficial ou foi depois?

— Antes.

— Essa é uma das universidades mais prestigiosas do país. — Eloise inclinou a cabeça. Ela provavelmente não entendeu por que, em minha posição, eu poderia recusar. — Como pôde não aceitar?

Meu olhar deslizou para Landen, a boca se contraindo de raiva.

— Meu pai. — Seus olhos ardiam com a fúria.

— Sim, e papai também disse que não podíamos pagar — murmurei.

— Que merda, Spencer. Isso é uma grande conquista. — Eloise estava boquiaberta. — Theo me disse que era inteligente e que gostava de animais, mas não tinha ideia do quanto. É incrível.

Pisquei, tentando não chorar, a dor ainda muito vívida.

— Não importa. — Tentei sorrir. — Se eu tivesse ido, Theo e eu, provavelmente, não estaríamos juntos.

Todo mundo olhou para mim.

— Sua vez agora. — Apontei para Eloise, erguendo minha bebida no ar.

Uma névoa distante cintilou em seus olhos verdes, antes que sua boca se transformasse em um sorriso forçado, a garrafa se erguendo no ar.

— Possibilidades...

— Porra — murmurou Landen. — Um brinde a isso.

Todos nós erguemos nossas bebidas, o som de vidro tilintando quando do brindamos.

— Hoje à noite, enviamos um grande 'foda-se' aos nossos pais, à sociedade e, com certeza, aos babacas racistas! — gritou Eloise, com entusiasmo. — Fodam-se todos eles!

SOB A GUARDA DA *Realeza*

— Todos que se fodam!

— Saúde!

Desta vez, nosso brinde se encheu de alegria contagiante. Quando voltamos a dançar, observei o olhar de Eloise disparar para um canto específico, a expressão séria, permanecendo assim por um segundo antes que um sobressalto a puxasse de volta para nós, percebendo o que havia feito. Ela se virou para mim, sorrindo e rindo, deixando o momento triste e fugaz para trás.

Discretamente, olhei para o lugar que havia atraído sua atenção. Eu não tinha certeza do que esperava ver, talvez nada, ou, possivelmente, Ben... mas no canto, oculto e misturado às sombras, seus olhos observavam Eloise, e não o príncipe...

Dalton.

— Senti sua falta.

Mãos desceram por meus quadris, o perfume se sobressaindo ao cheiro de bebida e suor. Pressionei meu corpo contra o dele, ambos nos movendo juntos. Seus lábios roçaram minha garganta, explodindo de desejo por minha pele.

Estava bêbada a ponto de nem me sentir inibida, e senti-lo contra mim apenas despertou a necessidade em meu corpo, me fazendo contrair as coxas. Esfregando-me a ele, virei a cabeça para o lado, olhando para Theo com um sorriso atrevido. Seus olhos embaçados refletiam a mesma emoção.

Necessidade.

Desejo.

Sexo.

Agora.

Nossos amigos dançavam ao nosso redor, mas cada vez, Theo e eu nos tornávamos nosso próprio mundo, nossa respiração acelerando; nossos toques durando mais tempo, os movimentos mais sensuais.

Ele se abaixou um pouco, a boca pairando sobre a minha.

— Theo... — sussurrei, sabendo que o que eu queria estava expresso em meu tom.

— Quer ir embora? — Ele roçou meu pescoço com o nariz.

— Sim. — Concordei com um aceno efusivo, desejando que pudéssemos estar em casa agora.

— Okay, vou avisar os seguranças. — Suas mãos desceram pelas minhas coxas, e o tecido da calça jeans apertada que eu usava me fez formigar.

Claro, não podíamos simplesmente sair furtivamente, entrar em um táxi e voltar para uma de nossas casas. O príncipe da Grã-Victoria nunca seria capaz de fazer algo tão simples assim.

Theo ergueu a cabeça, olhando para o canto onde acenou para Dalton. Enquanto eu via Dalton se comunicar no fone de ouvido, notei as duas pessoas ao lado dele.

Lennox e Hazel.

De costas para a parede, ele estava vestido casualmente como se estivesse aqui para se divertir: jeans escuro, camiseta preta e botas, com uma jaqueta de couro. Sua barba estava um pouco mais cheia, os olhos castanhos percorrendo o lugar. Ninguém pensaria que era mais do que um cara sexy na balada, mas eu podia ver a tensão em seu corpo. Alerta e preparado.

A loira se esfregando nele reforçava ainda mais a imagem de "um cara na boate". Hazel se virou para ele, as mãos se arrastando pelos seus braços, tocando sua cintura, encostando-se em sua orelha.

Mesmo bêbada, ela ainda tinha a elegância incompreensível, mas a maneira como o tocou, sua mão descendo por sua barriga até a virilha, era tudo menos elegante.

Ela não estava disfarçando nem um pouco que o queria.

A irritação revestiu minha pele.

— Fazer sexo é parte do trabalho?

— O quê? — A cabeça de Theo se virou, seguindo meu grunhido, um sorriso malicioso iluminando seu rosto. — Bom para eles. — Riu. — Ele precisa se divertir um pouco.

— No serviço?

— Prometo que vou te proteger.

Theo enlaçou meu corpo em um abraço. Enterrando o rosto em seu peito, camuflei minha irritação. *Não seja tão careta, Spence. E daí se eles ficarem juntos?*

Theo me apertou com mais força contra ele, a boca mergulhando na minha orelha.

— Quero tanto ficar sozinho com você agora. Droga, vou sentir sua falta enquanto estiver fora.

SOB A GUARDA DA *Realeza*

— O quê? — Eu me afastei um pouco, com o cenho franzido.

Ele se encolheu como se tivesse deixado um segredo escapar, baixando a cabeça.

— Do que está falando?

— Eu ia te contar quando chegássemos em casa. — Envergonhado, olhou para mim. — É sério.

— Não... — Recuei um passo. — Você não vai fazer isso comigo de novo. Por favor, me diga que não é verdade.

— Não é como da outra vez, eu juro. É só por uma semana. E juro que não sabia até meu pai dizer esta manhã na reunião.

— Theo...

— Juro, Spence, não tive a intenção de esconder isso de você. Só que com tudo que estava acontecendo com a gente hoje, acabei me esquecendo.

— Esqueceu. — Pisquei. — Você se esqueceu que ficaria ausente por uma semana? — Cruzei os braços. — Quando?

Ele umedeceu os lábios, me deixando ainda mais irritada.

— Amanhã. — Conferiu o relógio de pulso. — Na verdade, hoje. Daqui a quatro horas.

— Claro. — Esfreguei a testa.

— Você está brava?

Fechando os olhos por um momento, senti vontade de gritar, mas respirei fundo. Não queria ser essa garota. A namorada que sempre ficava brava, carente e exigente.

— Estou irritada por não ter me contado. Você quer que sejamos um time, certo? —Acenei para nós. — Acha que vai adiante entre nós?

— Está tentando perguntar se vou te pedir em casamento? — Deu um sorriso descarado, esfregando meus braços e chegando mais perto.

— Não. Não é isso... — Respirei fundo outra vez. — Você precisa conversar comigo. Me manter informada. Não pode evitar me contar algo, porque não quer brigar ou me chatear. As coisas não darão certo assim.

— Eu sei. — Ele inclinou a cabeça para trás. — É que eu sabia que ainda não estava à vontade no palácio e me senti mal por dizer que ficaria sozinha por uma semana, e hoje, com o encontro dos nossos pais...

— Então, você não se esqueceu de fato.

Desviou o olhar.

— Desculpa, Spence. — Ele me encarou novamente. — Juro que vou melhorar nesse aspecto.

— Alteza? — Dalton deu um passo atrás do príncipe. — O carro está pronto; todos estão a postos.

Virei a cabeça para o lado, notando que Lennox estava ausente. Assim como Hazel.

— Minha irmã vem?

Os lábios de Dalton se contraíram.

— Não, a princesa declarou firmemente que vai ficar. — Aquilo foi um tom de frustração em sua voz? Minha imaginação estava tomando conta de mim já.

Depois de uma rápida despedida aos nossos amigos, Dalton nos levou rapidamente para as portas.

— Aviso que há muitos *paparazzi* e pessoas lá fora. Alguém deve ter vazado sua localização.

— É sempre uma possibilidade quando frequentamos uma boate. — Theo deu de ombros; nada muito importante para ele. Embora não fosse permitido tirar fotos neste clube, os meios de deixar o mundo saber a localização do príncipe eram infinitos. A mídia social realmente mudou tudo. Tudo era instantâneo e em tempo real. A privacidade que se costumava ter foi-se há muito tempo.

Esperando pela primeira aparição do príncipe, o entusiasmo se espalhou como uma fagulha elétrica.

— Theo! — uma garota gritou assim que Dalton abriu a porta, desencadeando um frenesi na noite. Ele disparou primeiro em direção ao grande SUV estacionado na esquina.

Garotas gritavam, flashes espocavam e os *paparazzi* chamavam o nome de Theo sem parar. A imprensa presente no jogo de polo foi fichinha comparada a isto.

— Theo, eu te amo!

— Você é lindo!

— Theo, case comigo!

Theo era o equivalente a uma estrela do rock. As pessoas faziam de tudo para chegar até ele, só para que pudessem dizer que o tocaram, enquanto os *paparazzi* enfiavam suas câmeras a centímetros de seu rosto, quase o cegando. Eles empurraram a fileira de guarda-costas que protegia o príncipe conforme Dalton gritava para recuarem. Será que eles não viam que a necessidade de serem os únicos a tocá-lo poderia matá-lo? Será que parariam se o pisoteassem? Esse nível de caos fez um arrepio de pavor me percorrer de cima a baixo.

SOB A GUARDA DA *Realeza*

— Estou com você — uma voz rouca murmurou no meu ouvido, com uma mão levemente apoiada às minhas costas. Olhei para Lennox ao meu lado, deparando com seu semblante sério. Não respondi nada, mas só em saber que estava ali, sentindo seu toque gentil foi reconfortante. Eu me senti mais forte, como se fosse invencível ao lado dele. — Vamos.

Engolindo em seco, corri para fora, seguindo o caminho até o carro; os gritos quando as pessoas me viram quase estouraram meus tímpanos.

— Spencer! Spencer! Spencer!

— Eu te odeio!

— Spencer! Spencer!

— Vá se foder, sua golpista horrorosa!

— Você não o merece!

Um copo de plástico foi arremessado e quase acertou minha cabeça.

— Puta merda — gritei, baixinho, enquanto Lennox usava o corpo para cobrir o meu.

— Você está quase lá — disse no meu ouvido, me empurrando mais rápido.

Pulei no SUV, e ele fechou a porta assim que entrei. Eu me sentei ao lado de Theo no banco de trás, Dalton no banco do meio. O braço de Theo se encontrava estendido sobre o encosto, a perna cruzada sobre o joelho como se estivesse relaxando na praia.

— Vá — ordenou Lennox assim que se sentou no banco do passageiro. O motorista se afastou enquanto as garotas batiam na janela, alguns *paparazzi* correndo para seus carros ou motos.

— Venha aqui, amor. — Theo me envolveu em um abraço, a boca roçando minha orelha. — Estaremos em casa em breve.

Nem um grama do meu desejo e luxúria de antes restava em meu corpo. A adrenalina bombeava em minhas veias, meu corpo tremendo, mas tudo que podia ouvir eram os comentários maldosos lançados na minha direção.

— Não deixe isso te incomodar. Eles simplesmente ficam muito exaltados. — Beijou minha testa, agindo como se ainda estivéssemos naquele estado induzido pelo sexo. Tudo o que conseguia sentir era como se tivesse sido brutalmente despojada e arremessada sobre brasas antes de ser jogada em um lago congelado.

Nunca pensei que fosse sensível para essas coisas, mas esta noite me provou o contrário.

Eu teria que desligar e ficar anestesiada diante disso tudo.

Seria a única maneira de sobreviver.

CAPÍTULO 16

Arrastei os pés por mais um longo corredor silencioso, sendo observada pelas pinturas sem vida nas paredes. Embora pudesse jurar que até mesmo os estoicos membros da realeza retratados ali estivessem revirando os olhos com o número de vezes que passei conversando com eles.

Três dias podiam deixar qualquer um louco.

Comparado com a agitada semana anterior, o tédio não era algo que eu esperava, mas como a família real inteira estava ausente, muito poucas atividades ocorreram no palácio, além da equipe limpando e trabalhando nos aposentos particulares.

Infelizmente, eu ainda tinha as aulas de etiqueta e reuniões com Chloe, e esses compromissos me impediram de visitar a minha casa, porém, só absorviam algumas horas do dia. A chuva me manteve longe do exterior e me senti como um rato preso, me esgueirando pelo palácio como se estivesse tentando encontrar o caminho para sair do labirinto.

Posso ou não ter começado a cantar: *"Você quer brincar na neve?"* para os retratos, com uma garrafa de vodca na noite passada.

Pegando o celular do bolso de trás, teclei o botão e a chamada foi para a caixa postal.

— *Oi, aqui é Landen... você sabe o que fazer.*

Bip.

— Oi... — Continuei andando a esmo. — Sou eu de novo… Eu sei que provavelmente estou te irritando demais. Mas a família pode fazer isso, né? — Mordisquei o lábio inferior, indo para o meu quarto. — Só queria conversar. Sinto saudade de você. Da Mina, também. Você tem falado com ela? Ela também sumiu.

Fiz uma pausa como se ele fosse atender a ligação a qualquer momento.

— Enfim, falo com você depois. Venha me visitar, se puder. Quer dizer, eu tenho a adega do rei da Grã-Victoria à minha disposição. Acho que bebi uma garrafa que custa o mesmo valor que seu carro. — Embora os resquícios da minha ressaca não tivessem dado a mínima para a alta qualidade da bebida. — Amo você. Tchau.

Desliguei com um suspiro, entrando no quarto.

Theo e a equipe de relações públicas "sugeriram", enfaticamente, que eu ficasse perto do palácio, pois a atenção sobre a minha pessoa simplesmente disparou. Embora duvidasse que alguém fosse reparar em mim, caso entrasse em uma loja. Ansiava fazer compras e nem gostava de fazer isso.

— Não é como se fosse ficar sem nada para fazer aqui. — Theo beijou minha cabeça, de pé na escadaria, antes de partirem, os empregados colocando as malas no carro. — Cinema, biblioteca, videogame, suas aulas... Pode até arrombar a adega do meu pai em seu escritório, onde ele guarda as coisas de primeira.

Deu uma piscadinha para mim.

— Há muito o que fazer até voltarmos.

— Portanto, esta é uma versão sofisticada de prisão domiciliar.

— Spence... — Ele inclinou a cabeça, olhando para mim. — São apenas seis dias. Quando perceber, já estarei de volta.

Com um sorriso forçado, acenei com a cabeça.

Ele se inclinou, me beijando.

— E quando eu voltar, vamos terminar o que começamos na noite passada — murmurou em meu ouvido. Quando voltamos da boate, fui direto para a cama.

— É, você tem razão. — Concordei com um aceno. — Adorarei o tempo só para relaxar. Ler.

— Essa é a minha garota!

Seus lábios roçaram a minha cabeça, para em seguida entrar na parte de trás de um dos SUV's em direção ao seu jato particular. Dalton acenou para mim antes de entrar no carro com Eloise. O rei e a rainha estavam em um SUV atrás do deles.

Aproveitei o tempo sozinha, lendo e assistindo filmes, no primeiro dia. Mas então, estupidamente – culpando meu momento de fraqueza por conta da garrafa de vodca caríssima que roubei da adega do rei Alexander –, entrei nas redes sociais.

Idiota.

Se ao menos fosse assim que me chamavam. Nenhuma pessoa me conhecia, mas todos tinham opiniões a meu respeito: vagabunda, vadia, puta, muito alta, magra demais, bem gorda, muito baixa, sardenta, simplória, metida, não tão bonita, ele poderia arranjar uma garota muito melhor, ela é uma zé-ninguém, nobre esnobe, seus lábios são grandes demais, os olhos são esquisitos, eu a odeio, ela é desprezível. Não sei o que ele vê nela. Sou muito mais bonita do que ela! Em vez dela, me escolha, Theo! Eu sou muito melhor na cama!

E as ofensas continuavam. Detonando minha aparência, roupas, personalidade. Destruíram tudo sobre a minha imagem, jogando-me em um triturador, sem darem a mínima com quão ensanguentada e despedaçada eu saísse, contanto que se sentissem melhor com eles mesmos. Esquecendo que sou apenas uma pessoa que, por acaso, se apaixonou por um príncipe.

Theo era enaltecido e elogiado por mulheres, homens e pela mídia, enquanto eu era dissecada e dilacerada em um jogo impossível de vencer.

Desde então, nada prendeu minha atenção, meu coração pesado e triste. Vaguei pelos corredores, ligando para Theo, Eloise, Mina e Landen... Nenhum deles disponível para atender minha ligação. Hazel nem estava na cidade.

Normalmente, eu adorava ficar sozinha, lendo ou fazendo questão de ficar ao ar livre com os cavalos. Mas a sensação de estar aqui me deixou impaciente e irritada. Não era o meu lar. Mesmo sem os membros da realeza presentes, ainda não conseguia relaxar. Sempre havia uma empregada ou alguém cuidando da casa aparecendo do nada.

Deitei-me na cama e abri o *laptop*, pronta para colocar um filme e tirar uma soneca com a chuva batendo suavemente na janela.

O navegador ainda se encontrava aberto na rede social, e estava prestes a fechá-lo, meio chateada, quando meu olhar foi atraído para um banner no topo da página.

> Precisa-se de voluntários!!! O Abrigo de Animais Resgatados será aberto ao público neste fim de semana, e precisamos de toda a ajuda que pudermos obter para que esses cachorros e gatinhos estejam no seu melhor para adoção!

Sentei-me de supetão na cama, e nem pisquei ao ler o resto. Era um lugar para o qual eu havia doado antes e cheguei até mesmo a me juntar a eles em uma passeata, tentando proibir abrigos que sacrificavam os animais. Exatamente o que eu precisava. Para esquecer todas as coisas cruéis espalhadas sobre mim, deixar todas as bobagens da realeza de lado.

Apenas ser eu mesma por algumas horas.

Calçando minhas novas botas, e vestindo uma jaqueta, corri porta afora e acelerei os passos pelo corredor. Sabia que deveria avisar Lennox para onde estava indo, mas ele me impediria. Ele aceitou a "sugestão" de Theo de que eu ficasse aqui como se fosse uma lei.

Eu precisava disso mais do que o ar para respirar, fazer algo que amava, e os animais precisavam de mim.

Como um clandestino se escondendo da tripulação, eu me esgueirei pelo palácio, sem querer que alguém me parasse no meio do caminho e me questionasse. Saindo pela porta lateral, cobri a cabeça com o capuz , as suaves gotas de chuva me atingindo, e o ar frio enevoado me rodeando. Não consegui ver nenhuma saída segura daqui – o que por razões de segurança é uma coisa boa –, só não é bom quando se está tentando escapar. Foi a maneira mais rápida de sentir o quanto eu realmente era prisioneira neste lugar.

Atravessei correndo a pista particular, ciente de que as câmeras de circuito-interno registrariam minha fuga, mas esperava estar longe demais quando se dessem conta.

— Ei, Rory! — gritei, para que o guarda de plantão usual não atirasse em mim quando eu passasse correndo pela guarita.

— Milady? — Ele ficou surpreso, a mão segurando a arma, olhando às minhas costas em busca de sinal de perigo. — O que está fazendo?

— Escapando da prisão. — Toquei os lábios com o dedo indicador, dando uma piscadela.

— Aonde está indo?

— Não posso contar. Porque senão você vai contar ao Lennox.

— Lennox não sabe?

— Não estrague minha fuga. Por favor. — Pisquei os olhos. — Por favor. Ele balançou a cabeça, abafando uma risada.

— Você é problema, milady.

— Obrigada.

— Por que não solicito um carro no palácio, senhorita? Posso te deixar onde quiser.

— Você não tem noção do que significa escapar, não é?

Eu ri, passando correndo e soprando um beijo para ele e para os outros três guardas. Seus rostos estoicos se abriram em sorrisos, balançando as cabeças, espantados. O trabalho deles era defender o palácio de intrusos, não me impedir de sair dali.

Assim que pisei na via pública, com os carros passando zunindo, visitantes conversando, tirando fotos, os moradores dirigindo em alta velocidade para seu destino, eu me senti vulnerável e livre ao mesmo tempo. Chamei um táxi e entrei apressadamente, o carro se afastando do meio-fio. Eu me virei e observei o palácio desaparecer de vista aos poucos.

Fugir de Lennox e do palácio me deu uma descarga de adrenalina, me fazendo sentir mais viva do que me lembrava.

— Nós realmente apreciamos a ajuda.

Debra, uma mulher de quarenta e poucos anos, com cabelo castanho cacheado e corpo curvilíneo, fez sinal para que eu a seguisse através do abrigo. Em vários fins de semana, durante a escola, fui voluntária em suas feiras de adoção. Era o melhor abrigo que não sacrificava, sempre tentando conseguir casas para os animais de estimação, que era meu objetivo para todos os abrigos.

— Devo admitir, não estava realmente esperando por você... Quero dizer, com você sendo... — Seu rosto ficou corado, enquanto seguia mais rápido pelo corredor.

— Você diz isso porque estou namorando o Príncipe de Grã-Victoria? — Eu sorri, observando seu rosto ficar profundamente vermelho.

— Sim. Pensei que estivesse ocupada demais para vir aqui. Quero dizer, você está em toda parte. É uma celebridade agora.

— Celebridade? — Gargalhei. — Longe disso.

— Você ao menos tem noção do tanto que estão falando de você? — Ela olhou para mim. — TV, jornais, internet. Em todos os lugares.

— Ainda sou a mesma — respondi. — E nunca ocupada demais para ajudar os animais. Eles são meu primeiro amor. Sempre virão em primeiro.

Ela assentiu com a cabeça, mas franziu o cenho, como se não acreditasse em mim.

— Bem, como provavelmente viu, hoje precisamos de ajuda para dar banho e fazer a tosa dos cachorros, de forma que fiquem em sua melhor aparência. Seria maravilhoso se todos fossem adotados.

— Estou aqui para ajudar onde for preciso.

— Tudo bem, vou te colocar para trabalhar com Kyle, Sarah, Travis e Poppy.

147

Ela me acompanhou até uma sala, o cheiro de cachorro molhado e sabonete se infiltrou em minhas narinas. A música tocava sem parar por cima dos latidos dos cães e da conversa entre o grupo.

Nas paredes direita e esquerda havia grandes pias embutidas para os cães, com mangueira e prateleiras de sabonete e toalhas. À minha frente havia portas de vidro que se abriam para um pequeno pátio com grama artificial. Provavelmente deixavam os cachorros brincarem e se secar lá em dias quentes e ensolarados. Secadores de mesa, pentes e máquinas de tosa ficavam em carrinhos de rodinhas pela sala.

— Pessoal, vocês têm mais uma ajuda. — Debra fez um gesto para mim. — Essa é...

— Puta merda! — Uma garota loira lavando um *Yorkshire terrier* se levantou, piscando loucamente.

— Poppy. — Debra fechou a cara.

— Caramba... Sabe quem você é? — Poppy estava de queixo caído. Todos os quatro me encaravam com admiração.

— Alguns dias, eu me pergunto o mesmo. — Dei um sorriso, tentando tirar o foco de mim.

— V-você é... Acabei de ler sobre você! — Ela ergueu o celular.

— Ela é uma voluntária no abrigo, assim como você. — O tom severo de Debra disse a Poppy para se conter. — Os animais são as celebridades aqui.

Essa palavra fazia meu cérebro revirar. Celebridades eram atores de cinema, estrelas do esporte, músicos – pessoas que tinham talento e habilidades, não uma garota que, por acaso, estudou na mesma escola que o príncipe da Grã-Victoria.

Definitivamente, não uma garota esquisita e tímida como eu.

— Sim. Mas... — Poppy não estava tão disposta a deixar o assunto de lado.

— Será que você poderia ajudar Spencer a arrumar uma estação?

— Eu ajudo! — Poppy e um cara da minha idade levantaram as mãos.

— Obrigada, Travis. — O desprezo de Debra por Poppy não passou despercebido. Ela bufou, olhando feio para Debra quando saiu da sala.

Travis não era alto ou musculoso, mas era um garoto bonito com um topete no cabelo castanho que mantinha desgrenhado, como se pensasse que poderia ser confundido com um membro de uma *boy band*.

— Spencer, certo?

— Sim.

Fui breve, querendo apenas começar a ajudar os animais.

STACEY MARIE BROWN

— Uau, então está mesmo namorando o príncipe, né?

— Isso é o que os jornais estão dizendo.

Peguei um carrinho móvel e o arrastei para uma pia disponível.

— Rárá! Engraçado. — Deu uma risada sarcástica, passando os dedos pelo cabelo grosso. — Então, você é amiguinha do pessoal da realeza?

— Cara, deixa de ser burro, ela está pegando um deles! — exclamou Poppy de sua estação de trabalho. — Você é um completo idiota.

— Onde está o próximo cachorro a ser banhado? — Ignorando Travis, olhei em volta para os outros dois ajudantes.

— Os que ainda estão esperando, estão brincando no outro cômodo. — Sarah apontou para uma porta ao lado da minha estação.

— Obrigada. — Acenei com a cabeça, indo em direção à sala cujos latidos soavam abafados do outro lado.

Travis foi atrás de mim enquanto eu me aventurava no *playground* canino.

— O que quis dizer é que tem amizade com a princesa, então.

Ah.

Eloise.

Permanecendo em silêncio, estendi as mãos para os cães que vieram até mim, pulando, latindo e cutucando minha perna para chamar a atenção. Murmurando, acariciei a todos que consegui alcançar.

— Ela é tão gostosa... Só estava pensando...

— Não. — Com rispidez, o interrompi, e minha atenção foi atraída para um corpinho peludo tremendo em um canto. O pelo estava sujo e emaranhado, mas podia ver que com um pouquinho de amor e carinho ele poderia se transformar na coisa mais fofa do mundo. — Sem chance.

Atravessei a sala, fingindo não ter ouvido Travis me xingar de vadia bem baixinho.

— Ei, carinha. — Cheguei perto, bem devagar, do pequeno vira-lata, seus enormes olhos escuros me observando, à medida que ele recuava como se eu fosse bater nele. — Tá tudo bem — falei, baixinho, com suavidade, persuadindo-o a vir até mim primeiro. Eu estava aqui para ajudá-los, e não ao projeto de *boy band* que queria transar. Além disso, se ele conhecesse a verdadeira Eloise, ele se borraria nas calças... logo antes que ela o aniquilasse.

Oferecendo petiscos, o carinha saiu furtivamente para que eu o pegasse.

— Você é um bom garoto. — Ele estava paralisado em meus braços, com medo de se mover ou fazer algo que pudesse causar retaliação.

Não havia dúvida de que havia sido espancado, o que me fez querer encontrar quem fez isso e fazer ainda pior com eles. Aconchegando-o em meus braços, eu o levei de volta para a pia, conversando com ele em uma voz firme e calma, acariciando e tranquilizando-o com amor.

O grupo batia papo ao meu redor, Poppy tentando me convencer a falar sobre a realeza ou como Theo e eu nos conhecemos, mas fiquei quieta, concentrando-me totalmente no cachorro. A hora do banho para os animais pode ser extremamente estressante, e o carinha sob a torneira estava tão assustado que tive que redobrar os cuidados com ele. Depois de finalizar seu banho, envolvi seu corpo trêmulo com a toalha, pegando-o no colo. Seu rostinho meigo estava virado para mim, e quando ele lambeu minha bochecha, derreteu meu coração em uma poça gosmenta.

Eu estava apaixonada.

Clique. Clique. Clique.

Virei a cabeça de supetão, tentando identificar os ruídos tão familiares ali nas cercanias.

Arregalei os olhos, horrorizada, quando avistei quatro ou cinco homens com câmeras fotográficas pulando a cerca-viva do abrigo, as câmeras de lentes objetivas de longo alcance espiavam através das portas de vidro; seus dedos apertavam os botões sem descanso, lotando os cartões de memória com fotos minhas.

O cachorrinho em meus braços sentiu meu nervosismo imediato, retesando a postura na mesma hora.

— Santo Deus! — Sarah apontou, assustando os cães.

Os cães começaram a latir em pânico, à medida que mais *paparazzi* escalavam a cerca, cada um querendo uma foto minha, como se estivessem me flagrando fazendo algo ilícito.

O lugar virou um pandemônio, alguns cães saltaram das pias, correndo para a porta, rosnando e latindo conforme outros ganiam aos nossos pés. Os voluntários tentaram cercá-los, seus gritos apavorados só contribuindo para o caos. O rapazinho assustado em minhas mãos pulou para fora dos meus braços, correndo para debaixo da pia e se encolhendo no canto. Toda a confiança que havíamos construído... se foi.

Um arrepio de raiva e medo subiu pelo meu corpo.

— Puta merda! — gritou Kyle, sangue escorrendo de sua mão depois que tentou afastar um dos cães da janela.

— Peça ajuda! — berrou Sarah, acenando para Poppy se mexer enquanto estancava o sangramento de Kyle com uma toalha.

Poppy nem sequer chegou a se mover e a porta se abriu de uma vez, revelando a figura que dominava todo o batente; no entanto, não era Debra ou qualquer outro membro da equipe.

Porra.

Lennox.

Alívio. Culpa. Raiva. Tudo isso inundou meu corpo quando nossos olhares se conectaram, seus passos pesados ao correr na minha direção.

— Você está bem? — rosnou, as palavras demonstrando sua fúria. Assenti, e os cachorros uivaram quando as sirenes da polícia soaram e as luzes dos flashes piscaram por cima da cerca, os *paparazzi* correndo feito baratas, deixando uma bagunça em seus rastros.

Debra entrou correndo, sendo seguida por outra equipe.

— Minha nossa. — Ela foi até Kyle, agarrando sua mão ensanguentada.

— Estou bem — arfou ele, em agonia.

— Você precisa de pontos. — Ela apontou para Sarah. — Leve-o para o corredor; o veterinário deve ser capaz de limpar o ferimento e suturar.

Sarah acenou com a cabeça, acompanhando seu amigo porta afora, lançando-me um olhar irritado antes que sumisse pelo corredor.

— Poppy, Travis e Ollie. — Ela apontou para um cara que havia entrado com ela. — Reúnam os cachorros e tentem acalmá-los.

Eu me virei para olhar para o pequeno cachorrinho escondido debaixo da pia, tentando persuadi-lo a sair dali.

— Spencer. — O tom de Debra havia perdido toda a simpatia e admiração pela minha pessoa. — Sinto muito, mas acho melhor você ir embora.

Foi como se ela enfiasse uma lâmina no meu peito, me estripando feito um peixe.

— Os animais vêm em primeiro lugar. A segurança deles. E qualquer estresse ou trauma desnecessários... Não posso sujeitá-los a isso. Não é justo com eles ou com a gente.

Meus olhos marejaram diante de toda a comoção, e do meu envolvimento nisso. Reprimindo as lágrimas, concordei com um aceno de cabeça, entendendo sua decisão. Os animais sempre devem vir em primeiro lugar. Eu era um problema.

— Claro — respondi, baixo, mas por dentro estava me despedaçando. Era para ser uma boa ação, algumas horas onde poderia esquecer tudo e ser apenas eu. A garota que queria ajudar os animais.

— Sinto muito mesmo. — O semblante de Debra suavizou. — Pelo menos por um tempo, ou talvez possa ajudar mais em eventos públicos.

Ou seja, doações em seus jantares chiques, e uma aparição com o intuito de atrair as pessoas até lá; mas o significado implícito era: fique longe do trabalho relevante com os animais.

Virando-me para olhar para o carinha embaixo da pia, mordi o lábio. Seu corpo trêmulo estava voltado para o canto, mas a cabeça estava virada para mim, seus profundos olhos castanhos me encarando como se eu o tivesse traído.

E eu me senti como se tivesse.

Não queria deixá-lo, desejando envolvê-lo no meu amor e trazê-lo para casa.

— Desculpe, não pode adotá-lo — murmurou Lennox no meu ouvido, sua mão envolvendo meu braço, me puxando para fora.

— Mas...

— Os únicos cães que o rei permite são aqueles que ele mantém do lado de fora e usa para a caça.

Meus lábios se curvaram com a palavra caça, outra "tradição" horrenda, cruel e arcaica.

Silenciosamente, deixei Lennox me levar para fora do abrigo até um SUV preto à espera, sua raiva aumentando a cada passo.

— Entre. Aí. — Abriu a porta com força, sem olhar para mim. As veias em suas têmporas latejavam. Pela primeira vez, eu realmente o notei. Ele estava vestido com jeans escuros surrados, suéter de lã cinza e jaqueta, com botas velhas. Ele parecia áspero. Rude. Sexy pra caralho. Como se ele estivesse vestido para pilotar uma moto, ao invés de dirigir uma lustrosa SUV. Ele estava de folga, era seu tempo livre. E aquele ali era ele, de verdade. E isso me deixou ainda mais puta.

Irritada, entrei no carro, cruzando os braços, encarando à frente e fervendo por dentro.

— Se alguma vez — enfatizou ele — fizer isso de novo...

— O quê? — gritei com ele. — O que vai fazer?

Ele sentiu o desafio implícito da minha pergunta, a insinuação de que não tinha poder para fazer qualquer coisa comigo.

Ele estava aqui para me servir.

Ele avançou e praticamente grudou o nariz ao meu, sua serenidade me deixando inquieta.

— Não me desafie, Baronesa. Você não tem ideia do que sou capaz. — A voz soou baixa e ameaçadora, seus lábios pairando a um centímetro dos meus.

— E só porque trabalho para o rei, não significa que estou abaixo de você.

Seu hálito soprou sobre minha bochecha, deslizando pelo pescoço.

— Eu só fico nessa posição quando alguém está montando meu pau.

Arfei, chocada com suas palavras. O calor inundou meu ventre. Nunca ouvi essa palavra na boca de Theo. Não conseguia imaginá-lo sendo obsceno ou pervertido de qualquer forma.

Theo.

Pense em Theo.

A culpa percorreu meu corpo, transformando a pulsação entre as minhas coxas em ódio repugnante.

— O que tenho certeza, dada sua personalidade charmosa, acontece muito.

— Mais do que imagina.

— Que bom pra você. — Eu me mexi no assento, imagens passando pela cabeça antes que pudesse afastá-las. — O veterinário está bem ali; provavelmente deveria fazer um *checkup*. — Gesticulei para o escritório do abrigo. — Peça uma vacina antirrábica só por precaução.

Houve uma pausa antes de Lennox dar uma risada de escárnio, agarrando a maçaneta.

— Como me encontrou, afinal? — perguntei, antes que fechasse a porta. — Um dos guardas me delatou? Me seguiu? Rastreou meu telefone?

— Não foi necessário. — Ergueu o celular. — Eu te encontrei da mesma forma que os *paparazzi*.

— O quê?

— Sabe qual é o assunto mais comentado do momento? *Hashtag* Spencer Sutton. Me levou direto a você. Junto com qualquer outro louco querendo chegar perto de você. Tive que trazer guardas extras, tirá-los de suas funções, orientá-los a bloquear toda essa área — retrucou, a raiva voltando à tona. — Mas estou feliz que conseguiu escapar de mim uma vez. Bom para você.

Ele fechou a porta com força, seguindo para o lado do motorista e esvaziando minha ira como um balão furado.

Meu único ato estressou os cães já traumatizados, fez uma pessoa ser mordida, causou estragos no abrigo e no palácio real. E eu tinha certeza de que isso respingaria no rei Alexander.

Achei que havia sido um ato de gentileza, mas foi um ato de completo egoísmo.

CAPÍTULO 17

Minha atenção estava concentrada nas gotas de chuva que escorriam em zigue-zague pela janela do SUV, enquanto o carro acelerava pela cidade. A chuva havia começado a diminuir, e o sol tentava espiar por uma fenda nas nuvens, contrariando meu humor atual.

Cruzando os braços, meu foco estava do lado de fora, com a cara emburrada. Talvez estivesse até fazendo beicinho, mas meu intuito era tentar conter a raiva e a humilhação que sentia por mim mesma, tentando não chorar.

Lennox e eu ficamos em silêncio conforme ele dirigia de volta ao palácio. Ele não precisou falar nada, pois a decepção e raiva destinada a mim irradiavam dele, algo palpável.

Meu celular se encontrava no colo, me provocando para conferir a bagunça que fiz ao tomar a decisão de sair do palácio. Contraí os lábios quando destravei a tela e, em questão de segundos, vi minhas fotos estampadas na internet. Hoje em dia ninguém mais precisava esperar pelas matérias em revistas de fofocas; bastava acessar na hora as cagadas feitas.

#SpencerSutton era o assunto mais comentado do momento, junto com manchetes como "Namorada do príncipe vai até um canil". E meu favorito, #DogQuesa, elevando-me ao título de duquesa para caber em uma *hashtag* chamativa.

Passei por fotos minhas embaçadas, através das portas de vidro, segurando aquele cachorro meigo e assustado, até que parei em uma em específico, tirada de dentro do abrigo. Um grunhido escapou de meus lábios quando percebi o que aconteceu.

Ou quem foi a culpada.

O perfil de uma garota, com os olhos arregalados e a boca em formato de 'O', o dedo apontando para trás dela... para mim. Com o cachorrinho emaranhado nos braços quando o tirei da sala pela primeira vez.

Meu Deus! Adivinha quem está ajudando no abrigo comigo hoje?

Estava escrito logo abaixo com as tags do nome abrigo, meu e o dela. Poppy.

Tornou-se viral em minutos, as pessoas e a mídia procurando meu nome. Provavelmente ela não pretendia fazer nada mais do que conseguir comentários de seus amigos ou se gabar, mas sua necessidade de ser popular ou causar inveja custou tudo a mim e ao abrigo.

Cerrei os punhos, sentindo a raiva se acumular por dentro.

Lennox entrou em uma estrada desconhecida, que não levava ao palácio. Ele parou no portão, vários guardas do lado de fora.

— Oi — cumprimentou aos homens, entregando-lhes sua identificação. Enquanto alguns contornavam o carro com cachorros e espelhos, o guarda principal espiou dentro do carro, notando minha presença.

— Senhorita — disse ele.

Dei um sorriso amarelo.

Onde diabos estávamos?

— Tudo bem, pode ir. — O guarda acenou para Lennox, devolvendo-lhe sua credencial. — Vá em frente.

— Obrigado.

Lennox engatou a primeira e seguiu adiante.

— Para onde vamos? — perguntei, olhando pela janela e avistando o gramado verdejante e as árvores. A realeza possuía todos os parques da cidade, mas mantinha alguns exclusivos apenas para seu uso.

Nenhuma resposta.

— É aqui que vai despejar e esconder meu corpo?

Bufou, balançando a cabeça.

— Não vou dizer que não considerei isso.

Deu uma risada de escárnio, e cruzei os braços com força, desistindo de conseguir uma resposta dele.

O carro parou em frente a alguns edifícios, e Lennox suspirou profundamente após desligar o motor.

Minha teimosia venceu a curiosidade, e fiquei em silêncio, agindo como uma adolescente no banco de trás. Uma foto. Apenas uma. E minha boa intenção se transformou em algo horrível.

— Você só pode culpar a si mesma.

Ergui a cabeça de supetão, captando seus olhos cor de mel me encarando através do espelho retrovisor. Senti a ira pisotear a garganta como se fosse um acesso de birra.

SOB A GUARDA DA *Realeza*

— O que disse? — esbravejei. — Não fui eu que coloquei um Bat-sinal no ar, indicando minha localização!

Um rápido sorriso se insinuou em seus lábios antes de desaparecer.

— Não importa. — Ele deu de ombros. — Você não pode controlá-los. Só pode controlar o que faz. E hoje poderia ter dado uma merda pior ainda. A situação poderia ter sido outra se tivesse me procurado.

— Você teria me deixado ir? — cacoei. — Ainda mais de última hora?

— Não, mas poderíamos ter organizado para o dia seguinte.

— Eles não precisavam de mim no dia seguinte. Precisavam de ajuda hoje. Não vou esperar pela sua permissão, não quando se trata de me voluntariar para ajudar os animais.

Seus olhos se estreitaram. Em um piscar, ele saiu do carro, e marchou para o meu lado. A porta de metal rangeu quando a abriu com força. Ele estendeu a mão e desafivelou o cinto de segurança com irritação.

— Desça.

— Não.

Eu parecia uma mimada, mas minha natureza teimosa fazia jogo duro. O fogo em meu sangue e minha natureza apaixonada ganharam vida. Fogo e gelo ao mesmo tempo.

Seus dedos envolveram meu pulso, me arrastando para fora e me imprensando contra a lataria do carro; perdi o fôlego, sentindo o fogo incendiando minhas veias.

— Você vai esperar minha permissão — sua voz irradiava fúria —, não porque meu ego exige isso, ou por estar tentando controlar você. Não preciso desses joguinhos sádicos, porque meu ego masculino é frágil ou só me satisfaço quando coloco uma mulher em seu devido lugar.

Ele se aproximou, o corpo pairando sobre o meu, aumentando ainda mais o calor que irradiava por mim. Minha pulsação latejava no pescoço, o peito vibrando com a necessidade de respirar. Eu o encarei de cima a baixo, conectando nossos olhares.

— Pois para mim... é nítido que se satisfaz.

— Acredite em mim — murmurou, bravo, porém com um sorriso irônico. — Meu ego está muito bem.

Não duvidava disso. Pelo que pude perceber, tinha todo o direito de estar. Droga.

O sorriso se ampliou em seu rosto, enviando uma onda de vibração pelo meu peito; minha pele estava consciente demais de cada centímetro que ele tocava, e o latejar irritante em meu centro só me fez ficar com mais raiva.

— O que fez hoje foi estúpido.

— Não te devo explicações. — Engoli em seco, pau da vida. — Você responde a mim.

— Puta que pariu. — Lennox espalmou a lateral do carro, bem ao lado da minha cabeça. Mesmo assustada, aguentei firme, fascinada com o arroubo passional deste homem estoico. — Não consegue entender? Você não é a mesma garota de alguns meses atrás. Não é mais a garota que pode se misturar sem ser notada ou passar tempo com os animais o dia todo.

Inclinei a cabeça, diante de sua declaração, com os olhos entrecerrados.

— Você fez sua cama, Duquesa. Escolheu Theo. Estar com o príncipe tem um lado bom e um ruim. Não dá para ficar apenas com o bom. Não é assim que as coisas funcionam.

Ele pressionou a outra mão contra o carro, enjaulando meu corpo.

— Agora você tem a mim... grudado na tua cola 24 horas por dia, sete dias por semana. Você não pode ir a qualquer lugar fora do palácio sem que seja planejado. Quer tomar café com seus amigos? Estarei lá. Quer ser voluntária em todos os abrigos na Grã-Victoria? Tudo bem, mas estarei ao seu lado. Acabou essa merda de fazer coisas impulsivas. Não há como me dispensar e sair correndo pelos fundos de uma loja como se fosse um maldito filme. Porque é a sua vida que está em jogo. E se já tivesse visto e lido as coisas que vivenciei, estaria fazendo tudo o que eu dissesse. Tem um monte de gente maluca por aí, e meu trabalho é proteger você, mesmo quando implica comigo.

A ponta da minha língua roçou meus lábios, e com a emoção entalada na garganta, virei a cabeça para o outro lado. Com suas palavras tão diretas, Lennox esmagou minha raiva, deixando meus ossos no chão, vulnerável. Limpei a única lágrima que escorreu.

— Ei. — Seu timbre de voz suavizou.

— E se eu não tiver nascido para isso? — resmunguei, baixinho, mantendo o olhar focado no horizonte.

— Qualquer um que não tenha sido criado em seu mundo se sentiria sobrecarregado. Sou apenas um guarda-costas, e já me vi em matérias sensacionalistas cujo objetivo era descobrir a identidade do 'novo segurança extremamente gostoso de Theo'.

Não consegui conter o riso, e limpei as lágrimas teimosas outra vez antes de virar a cabeça para encará-lo.

SOB A GUARDA DA *Realeza*

— É, não tem nada de errado com o seu ego.

Ele sorriu, seu olhar encontrando o meu, fazendo algo vibrar dentro de mim. Pigarreando, ele se afastou, me deixando livre.

— Cada movimento, cada palavra ou a roupa que você escolhe usar... te colocará em um patamar que ninguém poderá alcançar. — Passou os dedos pelo cabelo. — É um fardo pesado, mas se ama Theo o suficiente, você vai conseguir.

Assenti em concordância, com um sorriso sutil curvando meus lábios.

— Dê-me seu celular.

— Por quê? — Segurei o aparelho contra o peito, com uma pontada de medo.

— Porque... — Estendeu a palma da mão. — Você vai olhar constantemente para ele, e essa é a última coisa que deveria fazer hoje. Isso vai arruinar a razão de estarmos aqui.

— E onde estamos exatamente?

Ele ficou em silêncio, gesticulando os dedos para que entregasse o celular.

— Tudo bem. — Soltei-o em sua mão. Se eu continuasse olhando para aquela porcaria, era capaz de acabar me deitando em posição fetal no chão.

— Vem. — Guardou o aparelho no bolso do jeans e seguiu adiante, dando a volta no carro e em direção ao prédio.

— Depois de tudo que disse, você ainda vai me matar?

— Ainda mais agora. — Piscou, adentrando o primeiro edifício.

Seguindo em seu encalço, estaquei em meus passos, boquiaberta.

— Minha n... — O resto da frase foi absorvido pelo resfolegar de um cavalo que passava trotando.

À minha frente, contemplei o brasão real em todas as baias do estábulo. Havia celeiros enormes, limpos e modernos com todo tipo de equipamentos de última geração. Treinadores, tratadores e animais circulavam pelo enorme espaço ao ar livre.

— Lennox! — Uma mulher saiu de um celeiro, vestindo calça cáqui, botas de montaria e uma camisa branca comprida com colete preto. Ela acenou para ele, sorrindo com alegria genuína. — Que bom que voltou.

Ela parecia ter trinta e poucos anos, era baixinha e deslumbrante. Sem uma gota de maquiagem, seu longo cabelo castanho preso em um rabo de cavalo balançava de um lado ao outro; sua pele era sedosa, os olhos, azuis, e o nariz fininho e arrebitado. Senti uma pontada de ciúme, uma aversão a uma mulher que nunca conheci, bem diferente de mim. Normalmente, eu não era uma pessoa ciumenta ou me irritava com uma mulher bonita logo de cara.

— Katy. — Ele sorriu, o olhar focado na garota o tempo todo.

Senti uma raiva súbita quando ela ficou na ponta dos pés, envolvendo-o em um abraço. Ele retribuiu o gesto com um sorriso genuíno, que nunca havia visto dar a ninguém. Sem graça, encarei minhas botas, chutando o cascalho.

— Espero que tenha alguns cavalos que eu possa pegar emprestado para um passeio.

— Para você? — Ela piscou para ele. — Sempre.

Argh. Tudo bem, já entendemos. *Você quer se enrolar nos lençóis com ele, moça.*

Respirei fundo, repreendendo meus pensamentos. Ela parecia uma pessoa gentil, e não havia razão para que não pudessem flertar ou ficar juntos. Ambos eram adultos. Vozes discutiam sem parar na minha cabeça.

— Oh, você trouxe alguém. — Era nítida a tensão em sua voz, revelando seus sentimentos por ele.

Ergui a cabeça, aprumando a postura sob o olhar de Lennox.

Sim, você me esqueceu?

— Oh. Ah, minha nossa. — Katy cobriu a boca com a mão, então veio na minha direção. — Desculpa. Não te reconheci no começo. Dã! — Riu, dando um tapinha na testa; a tensão evaporando ao me reconhecer.

Eu já não era uma ameaça.

— Spencer, certo? — Estendeu a mão em um cumprimento, sua palma calosa e firme. — É uma honra ter você aqui.

— Obrigada. — Não queria que a palavra soasse com tanta rispidez.

— Vou levá-la para um passeio. — Lennox sinalizou que eu o seguisse.

— Ah, ótimo. — Ela bateu palmas. — Você já cavalgou antes?

— Sim. — Tudo bem, de novo, uma megera havia assumido o controle das minhas cordas vocais.

— Okay, ótimo — respondeu Katy, seguindo Lennox até os estábulos.

O cheiro de feno, esterco, cavalo e óleo de couro subiu pelo nariz, aliviando meus músculos como se fosse um bálsamo calmante.

Casa.

O cavalo da primeira baia enfiou a cabeça por cima do portão, relinchando para mim, pedindo atenção. Um sorriso de pura felicidade curvou

SOB A GUARDA DA *Realeza*

os cantos dos meus lábios quando passei as mãos em seu focinho.

— Vou mandar selar este cavalo pra você. — Katy indicou outro animal. — Ele tem o temperamento mais dócil, e poderá desfrutar de uma cavalgada muito boa com ele.

— Quero esse. — Acariciei a cabeça do cavalo.

— Ah. Penny Terrível é... arisca. Ela ainda precisa ser treinada com mais vigor. Não acho que seja a melhor escolha para você.

Penny Terrível...

— Ela é perfeita.

Katy olhou para Lennox, implorando com o olhar que ele intercedesse. Ele apenas olhou para mim, deparando com a minha cabeça inclinada para o lado e uma sobrancelha arqueada.

— Ela. É. Perfeita — repeti.

Ele riu, dando de ombros para Katy.

— Ela dá conta.

A mulher parecia nem um pouco convencida, provavelmente pensando que eu era uma amadora que montava algumas vezes e alegava ser amazona. Comecei a domar cavalos aos seis anos com meu pai, sempre preferindo os mais atrevidos.

Depois de selá-los, Lennox e eu levamos os cavalos para fora do estábulo, montando nas belas criaturas.

— Tem meu número se alguma coisa acontecer. — Katy tocou na perna de Lennox.

— Pelo amor de Deus... — murmurei, baixinho.

Lennox virou a cabeça de supetão para me encarar, com as sobrancelhas franzidas e dando claros sinais de que havia ouvido meu resmungo.

— Nós ficaremos bem. Obrigado, Katy.

Eu podia jurar que o timbre de sua voz baixou, propositalmente, algumas oitavas. A pele sedosa da mulher adquiriu um profundo tom vermelho, desejo ardente cintilando em seus olhos.

Estalei a língua, batendo os calcanhares para que Penny disparasse; estava cansada de esperar pelos pombinhos. Não passou muito tempo, ele me alcançou em um galope.

— Então... você e Katy, hein?

— Eu e Katy, o quê?

Lancei uma olhada irônica, pois ele sabia perfeitamente o que eu queria dizer.

— E a Hazel, onde se encaixa?

— Onde ela quiser.

Ai...

— Pobre Lennox, tantas mulheres tentando dormir com você. — Pude sentir o embaraço me rodeando como um abutre, mas minha boca se recusava a parar: — Você e Hazel...?

— O que quer saber? — Ele arqueou uma sobrancelha. — Basta perguntar se quer saber de algo.

— Não é da minha conta. Eu só... hmm... vi os dois na outra noite. Vocês pareciam bem íntimos.

Por um momento, os únicos sons foram os cascos dos cavalos e o rangido das selas de couro ecoando no ar, a chuva fresca deixando tudo limpo e fresco. A cabeça de Penny se inclinou para trás, a égua dando um pouco de trabalho. Minhas palmas circundaram a pele de seu pescoço, acalmando-a.

— Você está muito preocupada com quem ando fodendo.

— Não, não estou. Eu te garanto.

— Hmm-hmm — murmurou, olhando para a trilha que nos levava a um mirante com vista para a cidade ao longe.

— Você é muito convencido.

— Nunca disse que não era. — Sorriu.

— E, com certeza, não foi guarda da realeza antes.

— Por que diz isso?

— Seu vocabulário e franqueza.

Eu parecia muito arrogante e nervosa. Muito diferente de mim; normalmente, era eu quem era forçada a conversar.

— O que quer dizer com isso?

— Vamos apenas dizer que a palavra *foder* não está no decreto real. É o tipo de palavra que nunca ouviria da boca de Dalton.

— Que você saiba...

Dei de ombros. Era bem verdade que ele poderia dizer isso a portas fechadas, mas, ainda assim, me deixaria chocada, pois ele era sempre muito formal.

— E o que você tem contra trepar, afinal? — Seu tom debochado deslizou pelo meu corpo como o toque de dedos se esgueirando entre as coxas.

Com uma risada sarcástica, balancei a cabeça para dissipar a reação. Por que eu me importava se ele estava ficando com Hazel ou Katy? Ele poderia dormir com milhares de mulheres. Não era assunto meu.

— Você sabe cavalgar. — Gesticulei com a cabeça, mudando o assunto para um tópico seguro. Ele era um cavaleiro natural.

— Cresci em uma fazenda.

— Sério?

— Sim. Por que isso te surpreende?

— Não sei. Você parece tão... garoto da cidade para mim.

— Não posso dizer que era a vida que eu queria. Não via a hora de sair de lá... mas... agora estou começando a ver o apelo por lugares sossegados. — Voltou a olhar para frente, perdido em pensamentos. — Pode-se tirar o garoto do campo, mas acho que não dá para tirar o campo do garoto.

Pude sentir uma pitada de tristeza em sua declaração, o que me levou a perceber que havia muita coisa que eu desconhecia sobre Lennox. Queria perguntar mais, mas como se pressentisse isso, ele me lançou um sorriso malicioso.

— Vem, vamos correr até o topo! — Disparou com o cavalo, Tornado.

— Ei! — Comecei a rir, impulsionando a Srta. Terrível.

Ela estava pronta para se libertar, as pernas galopando atrás de Tornado, de cabeça baixa, disposta a alcançá-lo. Dava para ver que ainda era um pouco indomável. Cavalos selecionados para a polícia real, desfiles ou para uso dos próprios membros da realeza precisavam ter aquela chama extinta. Eu amava essa chama, podia sentir como se fôssemos almas gêmeas. Conseguia me identificar; a realeza queria me domar também.

Meu corpo se moveu com o dela enquanto subíamos a colina. O vento açoitou meu cabelo, risos e alegria borbulhando em meu peito. Percebi, pela primeira vez em semanas, que estava feliz.

Livre.

CAPÍTULO 18

A vista da cidade era deslumbrante, o ar puro enchendo meus pulmões com cheiros de grama molhada, lama e ar fresco. Lennox e eu galopamos com nossas montarias, trotamos pela vegetação densa e paramos nas encostas, admirando a vista. O topo do palácio e os pontos turísticos pontilhavam o horizonte com familiaridade. O final da tarde começou a inundar a floresta com sombras mais pesadas.

— Temos que voltar.

Ele olhou para mim, e não pude deixar de notar o quanto sua bunda se encaixava bem na sela ou como cavalgava com confiança. Minha primeira paixonite foi um de nossos treinadores de cavalos. Eu tinha, tipo, oito anos, e fazia questão de ir aos estábulos todos os dias em que ele estava lá, para observar e aprender tudo o que fazia. Ele parecia gostar de mim e me levava para o curral para me mostrar truques e técnicas para domar um cavalo. Ele era tão gentil e paciente. Eu o adorava. Falava sobre ele o tempo todo.

Eu estava de pé na cerca, no instante em que percebi que gostava dele mais do que como amigo, observando-o montar; meu olhar captou a forma como seu jeans cobria sua bunda e como ele acalmou a égua quando ela começou a empinar, sussurrando palavras tranquilizadoras. Ele tinha aquela voz profunda e sexy que fazia qualquer animal ou pessoa querer cumprir suas ordens. Depois daquilo, fiquei caidinha de amores. Como era bonito montado na égua. Confiante. Responsável.

Lennox tinha essa mesma qualidade.

Virando a cabeça para o lado, desviei o olhar de sua bunda. A camiseta e jeans se ajustavam muito bem ao seu corpo.

Não tem problema achá-lo atraente. Porque ele é, e não dá para deixar de notar esse fato. Mas você ama Theo. Ele é simplesmente bonito de se olhar.

— Casa? — sugeriu, fazendo-me perceber que não respondi antes.

— Ah. Sim. Claro — concordei, mas era a última coisa que eu queria fazer. O palácio era frio e solitário.

Ele olhou para mim por cima do ombro, meu olhar focado em outro lugar que não nele.

— Tenho a sensação de que se eu perguntasse se você gostaria de continuar cavalgando, acampar aqui a noite toda, sua resposta seria 'sim'.

Dei uma risada, balançando a cabeça.

— Você provavelmente estaria certo.

— Não é fã da sua nova casa?

— Não é a minha casa. — Neguei com um aceno. — Quero ter o meu próprio apartamento, dar uma distanciada entre aquele mundo e o meu.

— Você poderia fugir para uma ilha deserta e aquele mundo ainda a seguiria — comentou. — Exatamente como agora. O fato de estar com Theo torna impossível que passe despercebida. Você não é apenas a namorada de um príncipe, mas, possivelmente, a futura rainha.

— Achei que teríamos mais tempo para sermos só nós, sabe? — Observei o rabo de seu garanhão balançar de um lado ao outro enquanto cavalgávamos de volta, avistando os estábulos logo além da linha das árvores.

Ele deu uma risada sarcástica, e ficou em silêncio.

— O quê?

— Nada.

— Lennox — resmunguei. — Diga logo.

— Não pergunte, a menos que esteja pronta para ouvir a verdade.

— Diga.

Ele respirou fundo, relaxando a postura.

— Eu disse a ele para esperar.

— Esperar o quê?

— Para anunciar o namoro de vocês. É claro que não te conhecia, mas depois de tudo o que ele me contou, achei que era cedo demais te jogar nesse mundo, tão depressa, após seu retorno. Acho que ele foi apressado. Também achei que você foi boba em aceitar sua proposta.

Uma emoção que não consegui decifrar me fez remexer no assento, franzindo o cenho intensamente.

Não, eu estava errada.

Raiva. Sentia raiva.

— Quem é você para julgá-lo ou a mim? Tipo... vocês se conheceram há dois segundos, e agora sabe o que é melhor para nós? Para mim? Eu amo o Theo. Quero ficar com ele. Não havia necessidade de esperar. E sua opinião a respeito de algo que desconhece não significa que seja verdade.

Ele curvou a cabeça apenas o suficiente para que pudesse distinguir seu perfil, os olhos cor de mel pareciam pretos nas sombras.

— Eu te disse... Não me pergunte se não estiver preparada para ouvir.

— É tão fácil julgar de sua posição perfeita, não é? Já se apaixonou alguma vez? Fez uma loucura porque faria qualquer coisa por aquela outra pessoa?

Lennox passou a perna por cima da sela, pulando da montaria, e veio marchando na minha direção. Eu nem havia percebido que estávamos de volta aos estábulos.

— Você não sabe nada sobre mim, Baronesa — disparou, irritado, os olhos flamejando enquanto me encarava. — E não sabe do que fui capaz de fazer por alguém a quem amei. É tão fácil julgar de sua posição perfeita, né? — jogou as palavras de volta na minha cara, com um sorriso de escárnio. Virando-se, agarrou a rédea de Tornado e o puxou em direção aos estábulos.

— Ah, nem pensar — murmurei, deslizando de Penny e marchando atrás dele. — Não se atreva a se afastar de mim.

— Terminamos aqui, Spencer.

— Como? — Eu o contornei, parando na sua frente. — Não vai encerrar essa conversa porque ela virou contra você.

— Hmmm... — Ele se inclinou para mais perto, me paralisando no lugar. — Vou, sim.

Ele deu a volta, guiando Tornado resfolegando e balançando a cabeça como se estivesse de pleno acordo com Lennox.

Um grito veemente gorgolejou na minha garganta, as mãos coçando para estrangulá-lo. Um nariz macio cutucou meu pescoço; Penny Terrível veio me confortar.

— Homens, né? — Recostei minha cabeça à dela, que resfolegou baixinho. — Não precisamos deles. Só nós, não é, garota?

Animais, de longe, eram minha companhia preferida aos humanos.

A cabeça de Penny se ergueu ao mesmo tempo em que ouvi um assovio vindo do celeiro. Katy estava com um balde de aveia.

Sem hesitar, a Srta. Terrível disparou, deixando-me na poeira.

— É. — Concordei com um aceno, rindo ao me ver abandonada na mesma hora. Nosso vínculo acabou por um balde de aveia.

Quando cheguei às baias, Lennox e Katy estavam escovando os cavalos juntos, a risada feminina borbulhando feito champanhe pelo ambiente.

SOB A GUARDA DA *Realeza*

165

Suas bochechas estavam coradas, os olhos brilhantes de emoção enquanto deslizavam para Lennox.

— Da próxima vez, talvez você e eu possamos sair. É legal cavalgar por diversão. — Ela escovou as pernas de Penny, mas lançou um olhar esperançoso para Lennox.

Segurei o gemido. Sim... claro que ela estava falando sobre andar a cavalo.

— Não consigo me lembrar da última vez que dei uma boa volta — disse ela.

Cobri a risada de deboche com a mão.

Lennox olhou para mim, com as pálpebras entrecerradas.

O quê? Devolvi com um olhar inocente.

— Sim, seria ótimo — retrucou, vindo na minha direção e segurando meu pulso. — Desculpe sair correndo, mas tenho que levar esta aqui para casa — falou com ela, mas o olhar zombeteiro estava focado em mim. — A pequena duquesa precisa estar de volta em sua torre antes do pôr do sol.

— Não sou uma duquesa. — Eu o encarei.

— Quase uma. — Ele me encarou de volta.

— Ela tem toque de recolher? — Katy piscou para nós.

Eu podia jurar que até Penny Terrível revirou os olhos.

— A menos que queira vê-la se transformar em um ogro. — Ele sorriu maliciosamente para mim.

As mangas arregaçadas e as formalidades foram jogadas para debaixo do tapete agora, hein? Tudo bem. Que comecem os jogos.

— Tem certeza de que não quer ficar? Parece que Katy realmente precisa de um...

— Muito bem. Já chega. — Ele me empurrou para fora, me fazendo tropeçar e quase perder o equilíbrio. — Obrigado de novo, Katy. Foi muito bom.

— Disponha. — Ela nos acompanhou. — Me mande uma mensagem se quiser cavalgar de novo ou talvez tomar um café.

Minha boca se abriu.

— Nem pense nisso — murmurou tão baixo que só eu ouvi, seu corpo me guiando para frente.

— Ah, qual é... — choramingar, tentando esconder o sorriso. — Aquilo acabou de pedir um comentário.

— Não.

— Por favor... — Esfreguei o peito, dramaticamente. — Dói manter isso só pra mim.

Ele bufou pelo nariz, a boca se contraindo com diversão, me movendo mais rápido pelo caminho de volta ao SUV.

— Você é má. — Ele me soltou, agarrando a porta.

— Má? — Fiquei boquiaberta. — Eu não disse nada.

— Mas queria.

— Ah, por favor — reclamei. — Ela nem estava tentando ser discreta.

— E se ela realmente só estivesse querendo dar uma volta... de cavalo?

Dei uma risada de deboche, arqueando uma sobrancelha e cruzando os braços.

Ele riu baixinho, pois sabia muito bem que não era isso o que ela queria dele.

— Katy é um amor. — Sinalizou para que eu entrasse, e o obedeci de pronto. — Ao contrário de você.

— Ei. Primeiro de tudo, eu sou legal. Só não perto de você, ao que parece. — Puxei o cinto de segurança. — E, em segundo lugar, não consigo imaginar você com uma garota meiga. Se sentiria entediado demais.

Uma sombra cruzou sua expressão, e ele desviou o olhar, engolindo em seco. Senti a mudança imediata, um fantasma em seu passado o cobrindo como um manto de escuridão.

— Desculpa. — Sacudi a cabeça. — Isso foi totalmente inapropriado. Não tenho ideia do que estou falando. — Cruzando as mãos, encarei meu colo. — Katy é realmente gentil. Ela seria perfeita para você.

Ele mudou de posição, prestes a fechar a porta, mas não o fez.

— Não. Você estava certa — murmurou, sem continuar com o que ia dizer. O silêncio caiu sobre nós, enchendo o ar. *Sobre o que eu estava certa?*

Ele ainda mantinha a porta aberta, enquanto eu me remexia, inquieta, contra o cinto de segurança.

— Antes de me tornar a Spencer implicante de novo — tentei rir, mas não consegui —, quero agradecer por hoje. Depois desta manhã... não havia lugar mais perfeito do que este para me trazer. Distrair minha cabeça do desastre que criei. Eu nem tinha pensado nas redes sociais ou que merda a imprensa poderia provocar. Não tinha pensado em nada disso.

Ele acenou com a cabeça, a boca cerrada, então pigarreou:

— Já que ouvi seu estômago roncar quando cavalgamos, que tal eu pegar uma pizza para nós no caminho de volta?

— Parece perfeito. — Concordei com um aceno, à medida que ele fechava a porta, dando a volta para assumir o volante.

SOB A GUARDA DA *Realeza*

A realeza possuía *chefs* e duas cozinhas *gourmet* completas, mas quando a família saía do palácio, eles trabalhavam em esquema de plantão, e isso permitia que pudessem sair da propriedade para fazer coisas corriqueiras. Nunca privaria alguém de poder fazer isso. E, às vezes, uma pizza gordurosa era tudo o que você queria.

Fiquei um pouco chocada ao saber que a única pessoa que não me suportava, parecia saber exatamente do que eu precisava hoje.

Theo teria pensado em me trazer aqui? Não que ele pudesse dar uma escapada e fazer isso por uma tarde inteira, mas seria ao menos algo em que pensaria?

O sorriso desapareceu do meu rosto enquanto afastava esses pensamentos para longe.

Não era justo pensar isso. Theo seria rei e tinha muitas outras coisas com que se preocupar.

O cheiro de pizza se infiltrou em minhas narinas quando Lennox me entregou a caixa pela janela do carro. Com o motor do SUV ainda ligado, ele me deixou na entrada privativa que levava à residência particular.

Franzi o cenho, pegando a caixa de suas mãos.

— Você não vem?

— Não, estava indo para casa. — Pigarreou, usando um tom mais formal: — A menos que precise de mais alguma coisa, milady.

— Não... — Neguei com um aceno de cabeça, sentindo uma onda de decepção e apreensão batendo em meu peito.

O enorme palácio às minhas costas parecia vazio e silencioso. Nunca tive problemas em ficar sozinha; na verdade, eu adorava, mas à medida que a noite avançava, não queria ficar sozinha... pensando no que aconteceu hoje ou meu futuro. Desejando manter, por um pouco mais de tempo, a sensação pacífica que sentia no peito, dei um sorriso e, sem perceber, minha boca agiu por vontade própria:

— Será que você pode ficar? Para comer comigo?

O olhar de Lennox se focou ao meu por um momento, o semblante inexpressivo. O segundo a mais de silêncio fez o desapontamento transbordar da minha língua:

— Quero dizer, se tem planos, entendo totalmente. Dã. Provavelmente tem um encontro... — brinquei, esfregando a têmpora. — Além disso, por que gostaria de passar mais tempo aqui quando não precisa? Esquece o que eu falei...

Ele observou meu corpo agitado como um peixe moribundo. O que havia de errado comigo? O dia de hoje realmente me assustou, me deixou toda confusa e vulnerável.

— Deixa pra lá. — Segurei a caixa, tentando recobrar um pouco da compostura. — Tenha uma boa-noite.

Eu me virei, caminhando depressa para a porta, sentindo as bochechas queimando.

— Spencer. — Sua voz grave reverberou pela minha coluna espinhal, me fazendo ofegar. Olhei para trás e o vi desligando o motor e saindo do carro. — Na verdade, eu que comprei a pizza. E estou morrendo de fome.

Um sorriso oscilou em minha boca, observando-o caminhar até mim.

— Tecnicamente, o palácio real comprou.

— Era o mínimo que podiam fazer. Tive um dia difícil com minha protegida.

Ele pegou a caixa das minhas mãos quando passou por mim, entrando na residência. Eu continuei encarando sua figura, meu peito comprimido com uma mistura de sentimentos. Parecia que eu estava fazendo algo errado, mas não pude evitar segui-lo até a cozinha.

Ele jogou a caixa no balcão, tirando a jaqueta dos ombros largos, a camiseta apertada contra o torso esculpido quase me fazendo entalar com o nó na garganta. Merda. Ele realmente era perigosamente sexy.

Qual é, Spence, você pode apreciar um rosto e corpo... lindos. Isso não diminui o que sente por Theo.

Tentando afastar a sensação, fui até a geladeira, peguei duas cervejas e as abri.

— Obrigado. — Acenou com a cabeça, aceitando uma.

Senti um clima estranho se espalhar pelo lugar, a ponto de desejar não ter pedido que me fizesse companhia. Seria solitário comer aquela pizza sozinha, mas pelo menos estaria mais à vontade.

Pulei no balcão, abrindo a caixa e ataquei com voracidade. Queijo derretia entre as fatias, vapor subindo e espalhando o delicioso cheiro de molho, massa, verduras e calabresa. Meu estômago gritou, desesperado, e minha boca salivou quando dei a primeira mordida.

SOB A GUARDA DA *Realeza*

— Nossa... — gemi, inclinando a cabeça para trás. — Puta merda, isso é bom.

— Está com fome? — Lennox riu, sentando-se em um banquinho e tomando um longo gole de cerveja.

— Ou eu estava com mais fome do que pensava, ou esta pizza está no mesmo patamar de um orgasmo.

Engasgando-se com a cerveja, uma risada genuína escapou de sua boca, ressoando pelo lugar. Assim como ele, o timbre era rouco e profundo, provocando uma vertigem em mim. Fazer aquele homem rir de verdade foi uma vitória.

— Desculpa. Não estava preparado para isso? — Eu me contorci, orgulhosamente, no balcão, dando outra mordida na pizza.

Ele deu um tapinha no peito, pigarreando e balançando a cabeça.

— Não. Na verdade, não.

Como se eu o tivesse vencido no xadrez, sorri presunçosamente para mim mesma, mastigando a fatia que desaparecia.

Ele pegou um pedaço da caixa, com uma sobrancelha arqueada.

— Sem cadeiras, nem pratos? — Mastigou seu pedaço, o olhar focado em mim, sentada no balcão, com uma perna dobrada abaixo da bunda. — Tão impróprio, Duquesa.

Tive a sensação de que o apelido iria pegar.

— Exatamente. — Sorri, travessa. — Quando a etiqueta é forçada a descer goela abaixo desde o nascimento, você se torna muito bom em desempenhar um papel, mas nos bastidores... completamente selvagem.

— Sério? — Arqueou uma sobrancelha, e um frio se alastrou pela minha barriga quando percebi as implicações do que eu disse.

Ele pigarreou e encarou sua fatia.

— Você parece ser a única selvagem aqui. — Engoliu metade da pizza com uma mordida. — Alguns não se rendem a isso. Você já imaginou a rainha, mesmo sozinha, vestindo um moletom e tomando sorvete direto do pote? Arrotando? Peidando?

Comecei a rir. Não. Não dava para imaginar. Mesmo quando éramos só nós dois, Theo ainda comia tudo com talheres e prato. Eu quase ficava louca quando cortava a pizza em pequenos pedaços, comendo com garfo e faca.

— Bem, nunca fui boa em ser nobre de qualquer maneira. Não que minha família seja considerada assim pela maioria no círculo da alta sociedade.

— Comparado à minha? — Deu uma risada irônica. — Ninguém tem pena de você.

— Nunca pedi que tivessem. — Limpei as mãos em um guardanapo, tomando um gole de cerveja. — Sei que sou sortuda. Frequentei a melhor escola do país, nunca precisei me preocupar com minha próxima refeição ou onde deitaria a cabeça à noite. Mas não confunda esse título com dinheiro e liberdade. Os títulos apenas te aprisionam em uma cela mais restrita.

— A pobreza também. — Seu olhar encontrou o meu, e tive que baixar a cabeça para encarar o balcão. — Mas entendo. Confie em mim. O mundo só vê o glamour disso. A versão do livro de histórias. O conto de fadas de ter um título real colocado antes do seu nome. Eles não veem que você não é mais uma pessoa, e, sim, uma propriedade. Para alguém como Theo e Eloise, é mais fácil. Eles não conhecem outra realidade. Mas para um estranho? Só de ser um guarda-costas, as limitações e o controle que têm sobre minha vida... Não posso imaginar como é pior com você. Não apenas o que pode e não pode fazer, mas a crítica brutal e constante. Está condenada de qualquer jeito, enquanto Theo é adorado por onde passa.

Olhando para o entalhe desenhado na mesa de mármore, senti o nó apertar a garganta. Não era como se eu estivesse pedindo por compaixão. Fiz uma escolha, mas ainda era bom saber que alguém enxergava a realidade. Que havia notado.

— Estou com medo — arrastei a língua pelo lábio inferior, sentindo o gostinho do molho — que meu amor por Theo não seja suficiente. Que este lugar vá me destruir.

— Você é teimosa demais para que qualquer coisa possa te destruir. — Tomou um gole de sua garrafa.

Meu olhar o percorreu.

— Quero acreditar nisso... Que vou aprender a ignorar a mídia, a não me importar com as coisas horríveis que dizem sobre mim.

— Você morreu?

— Hã?

Ele gesticulou com a cabeça.

— Você morreu depois de ler os comentários de hoje? Não. Você se levantou e foi ser voluntária em um abrigo. — Ele deu de ombros. — Claro que tentou escapar de mim, o que foi uma estupidez, e transformou a situação numa confusão do caralho.

— Não está ajudando.

SOB A GUARDA DA *Realeza*

— O que eu quis dizer — ele riu — é que você soube imediatamente como contra-atacar. Não se deitou em posição fetal e morreu. Você se levantou e lidou com a negatividade. Dê um tempo a si mesma. Isso tudo ainda é muito novo pra você. Para nós dois. Vamos descobrir como lidar com tudo, e a cada dia vai ficar mais fácil.

— Uau. — Brinquei com o rótulo da cerveja. — Você podia trabalhar com palestras motivacionais.

— Cale a boca. — Ele pegou um pedaço de brócolis da caixa e jogou em mim.

— Ei! — Comecei a rir, pegando a verdura e jogando na boca. — Não estou brincando. Foi lindo. Comovente, e ao mesmo tempo inspirador. — Fingi enxugar uma lágrima.

— Puta merda, mulher — bufou, terminando sua cerveja. — Que maldade...

— Ah, pobre Lennox. Uma mulher realmente ousando te desafiar ao invés de querer te cavalgar... — Assim que a zombaria saiu da minha boca, queria engoli-la de volta. Era para ser bobo e de brincadeira, mas quando seus olhos castanhos intensos se voltaram para mim, pareceu extremamente inapropriado.

Um flerte.

Alguns segundos se passaram antes que ele desviasse o olhar, levantando-se do banco. Mesmo me sentindo morta de vergonha, aprumei a postura, sentindo medo de que ele fosse embora. Estava prestes a protestar, quando ele se adiantou:

— Quer mais uma cerveja? — murmurou, caminhando até a geladeira.

— Sim. — Meu corpo relaxou, aliviado.

É só porque é assustador ficar aqui sozinha. Você ficaria feliz se qualquer pessoa te fizesse companhia.

Lennox pegou mais duas cervejas, abriu e deslizou uma para mim.

— Obrigada.

— Depois do dia que teve, talvez eu devesse oferecer tequila.

— Acho que vou esperar por um dia verdadeiramente digno de tequila. — Engoli um pouco da bebida. — Infelizmente, acho que hoje nem chegou perto.

— Não... Acho que tem razão. — Ele acenou com a cabeça, ficando do outro lado do balcão, seu físico avantajado ocupando muito espaço. Conseguia senti-lo pairando sobre mim, seu calor roçando minha pele. — Apenas me prometa que não vai sair escondida de novo. Não importa o que acontecer. É minha função mantê-la segura, então me deixe fazer meu trabalho.

Engolindo em seco, concordei com um aceno.

— Agora. — Foi até a geladeira, pegando mais duas cervejas. — Vamos levar aquele resto de pizza para a sala de cinema e ficar bêbados.

— Não quer ir para casa?

— Vou ficar esta noite no quarto que eles reservaram para mim. — Gesticulou para que eu pegasse a caixa, e se virou para a porta.

— Você tem um quarto aqui? — Pulei do balcão, peguei a pizza e o segui.

— Sim — disse ele, indiferente. — O quarto em frente ao seu.

— O quê?

Tropecei no tapete, a garganta ficando seca.

— Do outro lado... do meu? — *Como eu não sabia disso?*

— Preciso estar perto caso algo aconteça. Assim posso te tirar daqui.

Entendi a logística disso, mas saber que seu quarto estava tão perto do meu causou uma sensação desconfortável na minha pele.

Não me sentia segura perto dele...

Não porque ele faria qualquer coisa ou não pudesse me proteger. Não, isso era algo muito mais aterrorizante.

CAPÍTULO 19

Virando de lado, abri os olhos, deparando com o relógio na mesinha de cabeceira. Quase sete da manhã, mas passei a maior parte da noite me revirando na cama, tentando entender por que estava tão inquieta. Em vez de o dia me engolfar pela exaustão, minha cabeça e corpo estavam tensos, sem descansar e sem saber a razão exata que estava me mantendo acordada.

Além das vozes anônimas me abalando e a mídia distorcendo e fazendo de mim motivo de chacota, algo mais me deixou agitada.

Meu olhar deslizou para a porta, sentindo a apreensão fervilhando sob as camadas de justificativas. A verdade do que realmente estava me perturbando.

Eu podia senti-lo.

Seu próprio quarto não era capaz de conter sua presença, então isso o empurrou pelas frestas do meu.

Odiava isso. A ignorância era uma bênção e eu gostava mais quando não sabia que o quarto dele ficava tão perto do meu. Quando era um guarda-costas babaca, não uma pessoa.

Recostados nas grandes poltronas reclináveis, assistimos a um filme de ação, terminando a pizza e a cerveja sem muita conversa. Foi o momento mais relaxado e tenso que já vivenciei. Estava o tempo todo consciente de sua presença ao lado, seu braço roçando no meu quando pegava a cerveja.

Spencer, pare. Eu me acomodei contra a cabeceira da cama, repreendendo-me. *Foi inocente. Nós assistimos a um filme. Pare de se sentir culpada por nada. Theo não pensaria em nada disso. Então, o que a faz ter esses pensamentos?*

Soltando a respiração, relaxei a postura, empurrando as emoções tolas de lado. Estava sendo ridícula. Embora minha necessidade de ouvir a voz de Theo, de tê-lo em casa, zumbisse por meus nervos, me fazendo pegar o celular.

Com os olhos entrecerrados, notei que o aparelho não estava na mesinha ao lado. *Onde está meu celular?* Saí da cama, tentando me lembrar do lugar onde o deixei.

Ah... Lennox o pegou de mim ontem.

Nossa. Não havia dado falta.

Nem. Uma. Vez.

Um nervo contraiu meu olho enquanto rapidamente tomava banho, e me vesti em seguida, escolhendo um jeans de grife, suéter de gola redonda e botas impecáveis. As roupas eram bonitas, mas não eram meu estilo. Muito sério. Restrito. Eu realmente precisava ir às compras... e conseguir minha própria casa. Eu precisava ser forte, não deixar que eles tentassem mudar minha personalidade.

Alcancei a porta, abrindo-a.

— Caramba! — gritei, pulando para trás.

Lennox estava do outro lado, a mão levantada como se estivesse prestes a bater. Ele estava vestido de forma semelhante ao dia anterior, o cabelo molhado do banho, o cheiro amadeirado do sabonete me envolvendo, agitando a minha pulsação. Seus olhos pareciam brilhar ainda mais do que eu me lembrava, a barba um pouco mais cheia.

— Você me assustou.

Balancei a cabeça, meus dedos agarrando a maçaneta da porta, o olhar se desviando dele.

— Então já cumpri a tarefa principal da minha lista. — Sua voz soou baixa e rouca, como se essas fossem as primeiras palavras que ele proferiu hoje. Um sorriso lento ergueu um canto de sua boca.

— Isso é tudo que tinha na sua lista? — Estalei a língua, tentando reprimir os arrepios que deslizavam pelo meu corpo, tornando-me atrevida. — Que decepcionante. Pensei que havia algo como 'torturar, ridicularizar e levar Spencer descaradamente à loucura' em sua lista.

— Esses são meus objetivos.

— Está indo bem até agora. — Olhei para ele, uma vibração obstruindo minha garganta com a intensidade com que me encarava. Ele era gostoso em um nível tipo celebridade ou modelo, por isso que eu reagia à sua presença desse jeito. Perfeitamente normal.

— Estava me perguntando se gostaria de cavalgar novamente esta manhã. Sua agenda está livre, até as aulas de etiqueta, no final da tarde.

Senti toda a tensão pacificamente se desfazer dos meus músculos ante a menção dos cavalos. Os cavalos eram o meu porto-seguro.

— Acho perfeito. — Abri mais a porta, recuando. — Só preciso pegar meu casaco.

SOB A GUARDA DA *Realeza*

Ele entrou, dando uma olhada de relance no quarto.

— Dormiu bem?

— Sim — respondi, automaticamente, pegando uma jaqueta do armário.

— Sério? — Ele riu, gesticulando com a cabeça para algo às minhas costas. Eu me virei e avistei minha cama toda desarrumada. — Parece que você se divertiu ou andou brigando com os lençóis.

Meu rosto esquentou na mesma hora, e sacudi a cabeça.

— Infelizmente, a última opção.

— Ah, já está começando o dia mentindo para mim?

Um sorriso malicioso surgiu na minha boca.

— Está na minha lista de tarefas.

Ele riu, esfregando a testa, me fazendo dar um sorriso largo.

— Já estou com suas botas de montaria no carro, Duquesa. — Sorriu.

— Não sou duquesa.

— Será em breve — respondeu. O ar ficou tenso por um momento antes de ele falar novamente: — É melhor ser legal comigo ou vou garantir que Katy lhe dê o cavalo mais lento e mais velho dos estábulos.

— Agora entendo por que está ansioso para voltar tão depressa lá. — Sacudi as sobrancelhas enquanto vestia a jaqueta, pegando a bolsa. — Mais de uma potranca que você quer montar.

Bufou uma risada, me empurrando de brincadeira porta afora.

— Vamos.

Eu ri, mas uma pontada de irritação me apunhalou quando ele não negou. E se esse fosse o motivo pelo qual ele queria ir de novo? Não para ser legal comigo, e, sim, querendo aceitar o convite de Katy?

— Acertei na mosca, não é? — Cutuquei seu ombro com o meu, e ele me deu um olhar de relance. O calor floresceu em meu rosto, quando mais uma vez percebi o que disse. Tudo o que eu dizia perto dele parecia sexual. — Você gosta de Katy.

— Aqui, deixe eu segurar isso. — Ignorou minha insinuação, pegando minha bolsa enquanto caminhávamos pelo corredor. — Você provavelmente quer isso de volta também. — Entregou meu celular.

— Ah, sim. Obrigada. — Assenti, olhando para a tela cheia de mensagens e notificações, sentindo, de repente, uma vontade louca de jogar o aparelho pela janela. — Na verdade, esqueci que estava contigo.

Ele murmurou algo tão baixo que não pude ouvir, atraindo meu olhar interrogativo.

— Café primeiro? — Seguiu o rumo da cozinha, sem olhar para mim.

— E tem que perguntar isso? — brinquei.

— Não. — Ele riu. — Porém, o fato de você não tomar chá deveria te eliminar da disputa para ser a futura rainha aqui.

— Uau. Golpe baixo — murmurei, entredentes, sorrindo.

— Mas é a verdade. — Piscou para mim, e foi até a cafeteira com o café fresquinho, com um jogo de chá ao lado. Ele pegou um saquinho de chá, e serviu a água quente da chaleira que estava em cima do fogão, adicionando leite.

Nossos ombros se roçavam enquanto eu me servia de café.

— Eu sei, mas é algo que me lembra da obrigação de me sentar, sorrir e ser aquela garotinha refinada que usava vestidos bonitos e não dizia nada, a menos que conversassem com ela. Usar luvas brancas, comer sanduíches minúsculos, as costas eretas, forçada a ser elegante e calma, quando tudo o que eu queria fazer era cavalgar pelo terreno enlameado, brincando com os cachorros ou salvando todos os animais que encontrava na floresta. O chá tem o gosto da minha cela.

Ele se recostou ao balcão, o copo na mão, a cabeça baixa em compreensão.

— Chá, para mim, é quando tudo era simples. Minha infância com a minha mãe. É quando deixo toda a porcaria de lado e sinto paz por um momento. — Lambeu os lábios, olhando para a bebida leitosa. — Isso me ajudou muitas vezes no serviço militar. Em dias, onde a única maneira de continuar seguindo em frente era escapando da realidade.

A admiração fez a minha garganta se fechar.

— Você esteve em uma guerra?

Ele assentiu.

— Na minha primeira vez, fui enviado para o exterior. Por muitos anos, minha tropa esteve no centro disso. Porra. O que vimos... o que fizemos... — Ele engoliu em seco, seu olhar focado no vazio, piscando. — Quando voltei, me transferi para a Força Aérea Real, onde conheci Theo.

— Você precisava se distanciar. — Não era uma pergunta.

— Sim. — Contraiu o maxilar. — A sensação que você associa ao chá é a mesma que eu sentia quando precisava servir ao meu país, em solo. Preso. Então... voar era libertador.

— Mas veio trabalhar para Theo em vez disso?

Deu de ombros, abaixando a xícara.

— Nós salvamos a vida um do outro de maneiras diferentes.

SOB A GUARDA DA *Realeza*

O que ele quis dizer com isso? Salvaram a vida um do outro?

— Ele é um bom companheiro, o que é raro na minha vida. Ele me ofereceu uma corda em um momento em que estava procurando... precisando de algo...

— Precisando do quê?

Virou a cabeça para mim. Meu corpo e boca não se moveram, cativos pelo seu olhar.

— Eu não tinha ninguém. Nada que me mantivesse conectado a algo — disse, baixinho. — Você conhece a sensação de estar preso, mas, ao mesmo tempo, sente que não tem uma âncora? Como se estivesse flutuando no vazio?

Perdi o fôlego, sentindo-me exposta.

— Sim — sussurrei.

Seu olhar se concentrou no meu, procurando por uma resposta lá no fundo.

Com o coração acelerado, minha pele começou a formigar com as faíscas.

— Spencer! — Meu nome ecoou pela cozinha, me dilacerando como se fosse uma faca serrilhada. Recuei, sobressaltada, e meu olhar pousou em alguém.

Parado à porta, com o celular em uma mão e um jornal na outra, ele me encarava, sem conseguir acreditar.

Mágoa.

Ah, meu Deus...

Theo.

CAPÍTULO 20

Culpa e vergonha recaíram em mim, e eu sacudi a cabeça, em negação.

— Não posso acreditar. — Seu olhar se alternava entre mim e Lennox.

— Theo... não é... isso não é... — Fui até ele, sem fazer ideia do que estava balbuciando.

— Volto correndo para casa, pensando o pior, porque você não atende ao telefone, e encontro isso — exclamou ele, jogando os jornais no balcão.

— Não é o que...

— Os tabloides estão fervilhando! E, em vez de ouvir o ocorrido de você, tive que ler sobre o assunto. Por que não me ligou de volta?

Pisquei para ele.

— O quê?

— A culpa é minha. — Lennox se aproximou, recolhendo meus pensamentos tumultuados e espalhados pelo chão. — Tomei seu celular para que não se visse presa no buraco negro das redes sociais. Sabe como as notícias e comentários podem ser cruéis.

Avistei as manchetes do jornal principal.

Spencer vai ficar com cães!

A Baronesa de Chatstone Manor transforma o abrigo em um caos. E os proprietários pedem que não volte nunca mais.

Ah. O lance do abrigo. Um segundo atrás, o ocorrido parecia ter acontecido há muito tempo, já sem importância. Agora a raiva e a humilhação voltaram com tudo. Eles faziam parecer que eu era uma garotinha boba e ignorante. Tipo: "Oh, querida, volte às compras". Quando essa era minha vida. Algo pelo qual estudei e trabalhei desde os doze anos.

— É mentira. — Arremessei os jornais para longe, endireitando a postura. — E eles fizeram com que um funcionário fosse mordido, porque escalaram uma cerca-viva em uma propriedade privada para tirar fotos minhas, assustando os cães já estressados.

— Bem, não importa qual seja a verdade. Eles querem uma história. E você deu uma a eles. Por que foi para o abrigo? — Theo cruzou os braços, sua arrogância principesca exalando pelos poros.

— Porque eu queria ajudar. Você sabe que sempre me ofereci como voluntária em projetos desse tipo.

— Sim, mas isso foi na época da escola. Você não era conhecida do público. Não pode simplesmente ir para um abrigo agora. — Franziu o cenho. — Agora as coisas são diferentes.

— Você me conhece, Theo. — Recuei em meus passos. — Nunca vou deixar de trabalhar com animais ou de querer ajudar o meio ambiente.

— Eu sei. Essa é uma das coisas que amo em você. Mas não pode mais fazer as coisas que costumava fazer. — Theo olhou para as manchetes e depois de volta para Lennox. — E onde diabos você entra nisso? Como foi que isso aconteceu?

Lennox ergueu a cabeça, em uma postura defensiva, e me preparei para ouvi-lo contar como fugi sem que ele soubesse. No entanto, ao invés disso, declarou:

— Assumo toda a culpa. Falhei no meu trabalho. Não vai se repetir.

— Não. — Neguei com um aceno. — Isso não é verdade. A culpa não é dele. Eu saí...

— Sim — disse, bravo, em tom baixo, me encarando com irritação. — É, sim. É meu trabalho te proteger.

— Mas... — Boquiaberta, me voltei para Theo.

— Peço desculpas. — Lennox me interrompeu, dirigindo-se ao príncipe: — Se você ou o rei acharem que não estou apto para o...

— Caramba, cara — resmungou, bravo. — Isso foi uma gafe, não o fim do mundo. E, honestamente, não quero mais ninguém cuidando da Spencer. Confio minha vida a você, e a dela mais ainda.

Confiança.

A palavra pairou na cozinha como um ornamento, amarrando a culpa ao meu redor, a nuca fervilhando diante da vergonha.

Embora não tivesse nenhum motivo para me sentir culpada, meu estômago ainda estava embrulhado.

Lennox abaixou a cabeça, o olhar focado no chão; com o cenho franzido, uma emoção cintilou em seu semblante. Algo mudou naquele momento. Como se pudesse senti-lo construir um muro entre nós, seu corpo se afastou de mim.

Frio.

Inacessível.

Profissional.

SOB A GUARDA DA *Realeza*

— Desculpa. — Theo coçou a cabeça, suspirando. — Sei que você enviou uma mensagem alegando que ela estava bem, mas quando nenhum dos dois atendeu ao celular na noite passada... Eu meio que surtei. Peguei o primeiro voo esta manhã. O que estavam fazendo, afinal?

— Nada — respondi, de pronto. — Assisti a um filme e fui para a cama.

Tudo verdade. Mas, por algum motivo, parecia uma mentira.

O olhar de Theo disparou para o de Lennox.

— Você chegou muito cedo.

— Fiquei aqui. Pensei que sem você aqui, e depois do que aconteceu, seria melhor. — A declaração saiu de sua boca com facilidade, sem um indício de mentira.

Talvez essa tenha sido a única razão pela qual ele ficou. Não por mim, mas por causa do trabalho.

— Sim. — Theo coçou a cabeça. — Obrigado, amigo.

— Claro — respondeu Lennox, o ambiente ficando em um clima tenso.

— Lamento muito — disparei, rompendo o silêncio. — Eu me sinto péssima por ter vindo para casa só por causa disso. — Encarei Theo, seu rosto lindo apertando meu coração.

— Não fique. Eu deveria estar agradecendo. — Theo estendeu a mão para mim, puxando-me para seus braços. — Foi terrivelmente chato. Para falar a verdade, acho que usei isso como desculpa para voltar para casa. — Roçou os lábios na minha testa.

O alívio amenizou meu nervosismo, e eu o deixei me abraçar mais apertado, permitindo-me afogar em seu caloroso e aconchegante cheiro familiar.

— Senti sua falta — sussurrou em meu ouvido.

— Eu também senti saudades.

Ele abaixou a cabeça, sua boca roçando a minha em busca de um beijo.

Ciente da presença de Lennox ali, não consegui me entregar totalmente ao beijo. Theo se afastou, mantendo a cabeça inclinada contra a minha.

— Se me dão licença — murmurou Lennox, formalmente atrás de mim.

— Tire o dia de folga, cara — disse Theo, seu olhar nunca afastando do meu. — Acredito que não deixaremos o palácio hoje.

Sua insinuação era clara.

— Sim, Vossa Alteza — respondeu ele, com firmeza.

Por um segundo, seu olhar deslizou para mim. Foi apenas um segundo, um momento não dito entre nós. Concordando em manter nosso dia juntos em segredo, ele se virou e se afastou, as botas ecoando no piso do palácio. Em seguida, ouvi o clique da porta se fechando.

— Ótimo. — Theo sorriu, acariciando meu pescoço. — Não quero nada mais do que passar o resto do dia sozinho com minha garota. Compensar o tempo em que estive fora.

Dando um jeito de me livrar da culpa injustificada, concentrei toda a minha energia no garoto à minha frente. Theo estava de volta. Ele era a quem eu amava e senti sua presença me acalmar de forma aconchegante.

— Verdade? — Deslizei os braços sobre seus ombros, envolvendo seu pescoço. — Parece um bom plano.

Sua boca encontrou a minha.

Theo.

O conforto em sua presença disparou desejo por mim, e desta vez, mergulhei em seu beijo.

— Meu quarto? — murmurou em meu ouvido, a voz rouca diante da necessidade.

— Sim. — Não queria pensar. Apenas sentir.

Theo não hesitou por um segundo, agarrando minha mão e me puxando para fora da cozinha e pelo corredor, seus pés se movendo como se estivessem pegando fogo.

Seu quarto era perfeitamente a cara dele, tradicional com um toque moderno. A enorme cama com cabeceira e pés de couro escuro estava coberta por mantas com um delicado xadrez em tom verde e branco. Lençóis, cobertores e a colcha em tecidos e texturas luxuosas. De frente para a lareira havia um sofá de couro, com duas poltronas modernas e elegantes e uma mesa de centro. Um tapete estampado cobria a maior parte do piso de madeira, com cortinas verdes grossas nas janelas. O remo de Theo se encontrava recostado em um canto, e a lareira ostentava uma televisão imensa. Em sua mesa, havia fotos minhas e de alguns amigos.

— Eu só conseguia pensar em você. — Ele me acompanhou até a cama, os lábios roçando meu pescoço. — Tão chato. Eu só consegui enfrentar aquele tormento porque minha mente estava povoada de pensamentos indecentes contigo.

Minhas pernas tocaram o colchão, e eu desabei na cama, puxando-o contra mim. Sua boca voraz devorava a minha, acelerando meu coração.

— Não acredito que esperamos tanto. — Sua mão subiu pela lateral do meu corpo, deslizando por baixo do meu suéter, retirando-o e jogando no chão. Em seguida, ele se aninhou ainda mais entre minhas pernas.

— Foi ideia sua. — Sorri contra sua boca, tentando desabotoar sua camisa com os dedos trêmulos. — Eu tentei um monte de vezes na escola. — Mordisquei sua garganta, meu corpo gritando por mais, sentindo a textura sedosa do cobertor de pele artificial contra minha pele nua.

— Eu sei, mas com você, queria esperar.

— Esperar o quê? — Franzi o cenho, em confusão.

— Quando pudesse te reivindicar para o mundo. — Rebolou os quadris contra os meus, e eu inclinei a cabeça para trás à medida que o calor se alastrava pelo meu corpo. — Eu soube, assim que me repreendeu na aula, que você seria mais do que qualquer uma das outras garotas. Que merecia mais.

Theo e eu não éramos virgens. Ele foi honesto desde o início, e revelou que já havia ficado com algumas mulheres antes. Modelos, atrizes, cantoras. De uma garçonete à uma esposa de diplomata. E muitas bem mais velhas do que ele.

Meu histórico não era assim tão longo. Transei uma vez, em Alton, com um estudante de intercâmbio, e outra quando estava de férias na Itália. Ambos me fizeram perceber que eu adorava sexo e que foi divertido, mas não havia pensado muito em caras desde então.

— Legal, mas me deixe decidir o que eu mereço. — Tirei sua camisa, deparando com a camiseta branca por baixo. Ele se inclinou para trás, puxando-a pela cabeça, exibindo o torso tonificado, seus olhos verdes vagando por mim. — E agora, eu mereço todas as vezes que você nos impediu.

— Sem problemas.

Ele sorriu, a boca tomando a minha, a língua passando pelos meus lábios, aprofundando o beijo. Suas mãos puxaram meu jeans, arrancando-o junto com as botas e meias. Ele tirou a calça, sua excitação evidente através da boxer.

Rastejei mais para cima, na cama, enquanto ele engatinhava entre minhas pernas, seu corpo cobrindo o meu, ascendendo o desejo à medida que nossas peles se tocavam, nossas bocas famintas seguindo o mesmo ritmo em que nossos corpos se moviam.

Desabotoando meu sutiã, ele o acrescentou à pilha crescente de roupas descartadas, sua boca encontrando meu seio. Arqueei as costas, sentindo meu corpo inteiro formigar, e um gemido escapou por entre meus lábios.

Havíamos trocado uns amassos intensos na época do colégio, descobrindo e provando um ao outro, mas, desta vez, eu sabia que ele não se conteria a seguir adiante. O desespero de cruzar a linha, de finalmente ficarmos juntos, atiçava no fundo da minha consciência como se fosse um diabinho. Como se tudo fosse se resolver dentro de mim. Centrada e ainda toda confusa, com medo e dúvidas. Acabando com a comichão despertada por outra pessoa, me fazendo enxergar Theo como meu amor.

— Theo — sussurrei seu nome, minhas mãos empurrando sua boxer para baixo. — Por favor.

— Mas quero ficar contigo sem pressa — arfou. — Ir devagar.

— Não. — Neguei com um aceno de cabeça, desesperada, sentindo uma onda de medo travar a garganta. — Preciso de você agora.

Minhas mãos acariciaram sua bunda, em seguida agarrando seu pau rígido e quente, arrancando um gemido de sua boca.

— Caramba — disse, entredentes, enquanto eu o acariciava, controlando e exigindo o que eu queria.

Desesperada para mudar seu ritmo lento para o meu. Ele estendeu a mão para a mesa de cabeceira, pegando um preservativo. Nós dois sabíamos que eu tomava pílula, mas na posição dele, não poderia haver deslizes. Não para o futuro rei. Além disso, éramos tão jovens e eu nem sabia como me sentia em relação a crianças. Se queria filhos. Embora soubesse que por me casar com Theo, essa escolha não seria minha. A realeza tinha filhos.

E se por algum motivo eu não pudesse conceber um herdeiro? Vi como as mulheres eram tratadas quando isso acontecia. Eram envergonhadas, ridicularizadas e alvos de compaixão. Mesmo nos tempos de hoje.

Tirando a calcinha, ele colocou a camisinha, se posicionando sobre mim, parando para me encarar.

— Tem certeza?

— Pelo amor de Deus! Sim. — Agarrei sua bunda, puxando-o contra mim à medida que eu erguia os quadris, para ir de encontro às suas estocadas.

— Nossa, Spencer... — ofegou, os cotovelos afundando o travesseiro perto da minha cabeça. — Puta que pariu, você é tão gostosa.

Comecei a rebolar os quadris contra os dele, precisando de mais.

Gemendo de novo, ele se moveu devagar, dentro e fora, com golpes longos e lentos, o oposto do que meu corpo desejava. O fogo fervia sob a minha pele, mas o anseio por mais era quase frenético, como se algo tivesse me possuído. Algo que eu precisava provar. Silenciar.

— Mais forte — exigi, envolvendo as pernas ao redor dele com força.

— Droga, minha garota gosta de ir com tudo.

Isso era ir com tudo? Não parecia nem perto disso. Ele sorriu para mim, tentando acompanhar meu ritmo, arrancando um gemido entre meus lábios. Mesmo assim, eu ansiava por mais. Precisava de mais. Como uma droga.

SOB A GUARDA DA *Realeza*

Como se estivesse possuída, cruzei as pernas, esmagando seus quadris, e nos viramos, trocando a posição e assumindo o controle. Agarrei a cabeceira da cama, fechando os olhos à medida que perseguia o orgasmo pelo qual estava desesperada. Os dedos de Theo cravaram em meus quadris, tentando se conter, sua voz rouca ao gritar, o corpo arqueando-se contra o meu:

— Merda. Spencer...

Pude sentir seu corpo tensionar sob o meu. Sua expressão se contorceu, a boca se abrindo enquanto ele gritava, em espasmos, gemendo alto, me agarrando com mais força enquanto chegava ao clímax. O meu dava indícios ao longe, mas por algum motivo, não consegui agarrá-lo e gozar.

Ele desabou nos travesseiros.

— Puta merda — suspirou, seu olhar agora focado ao meu. — Caramba. Isso foi... — Piscou, sem encontrar palavras além dessas.

Um sorriso surgiu em meus lábios. Inclinando-me, eu o beijei antes de descer da cama, pegando meu suéter.

— Aonde está indo? — Agarrou meu braço, me puxando de volta.

— Não sei. — Estaquei, sem saber por que minha primeira reação foi me vestir.

— Eu praticamente desmaiei aqui e você já está se vestindo? — Ele riu, me puxando para o seu lado, me beijando. — Isso foi fantástico demais, Spence... sério. Não esperava que fosse uma diabinha na cama. Agora estou realmente arrependido por esperar tanto tempo.

Diabinha?

Engraçado. Foi assim que me senti. Possuída. À procura de algo. Ainda podia sentir o zumbido circulando dentro do peito.

— Foi incrível para você também? — sussurrou no meu ouvido, sem realmente querer averiguar, sua mão passando pela minha barriga, e descendo.

— Sim — menti, fixando um sorriso no rosto, e o beijei. Não era culpa dele. Minha cabeça não estava completamente aqui.

— Eu amo você.

— Eu também te amo.

Eu me aconcheguei em seu braço. Eu o amava, sim. Sem dúvida. Porém sabia que as conclusões que buscava não haviam sido encontradas.

CAPÍTULO 21

Meu celular vibrou na minha mão pela terceira vez naquela manhã, o nome de Landen aparecendo na parte superior.

— Você pode ligar depois para ele. — Chloe me tomou o celular, entregando-o à minha assistente recém-contratada.

— Ma-mas... — Tentei pegar o telefone de volta, acelerando os passos pelo corredor e tentando acompanhá-la. — É o Landen.

— Você pode falar com ele mais tarde. Agora, está atrasada para uma prova. O aniversário do rei é na próxima semana, como sabe, provavelmente assistiu na televisão desde que era criança.

Ouch!

— É o evento do ano, e estamos atrasados para fazer seu vestido sob medida.

Mordisquei os lábios, acelerando o ritmo. Landen entenderia. Não tive tempo nem mesmo de conversar com a minha mãe nos últimos dias.

Dois meses se passaram desde meu desastre no abrigo, e eu ainda me sentia como se estivesse sendo punida pela equipe de relações públicas. Chloe afirmou que tudo estava esquecido, mas ela ainda me tratava como criança. Contra as regras, geralmente esperando até que Theo e eu fôssemos noivos, ela me fez contratar uma assistente pessoal antes da hora.

Heidi. Jovem. Inteligente. Mas tão rígida e controladora quanto Chloe, sua personalidade oculta atrás de suas ordens e sempre me cobrando por alguma coisa.

Às vezes, eu precisava acordar de madrugada para malhar, parte da minha nova agenda de "corpo sarado" na prisão... quero dizer, palácio.

Eu não gostava dela. Nem um pouco.

Ela vinha atrás de mim e de Chloe como uma sombra, atendendo ligações, mensagens de texto, recebendo ordens de Chloe como se fossem lei, e o tempo todo conferindo seu bloco de notas com a testa franzida.

— Esta é a noite da Corrida de Obstáculos de Victoria.

Nosso país era um dos únicos que organizava uma grande corrida de hipismo no outono. Era a ocasião que preparava o cenário para os próximos eventos na primavera. Alguns eram veteranos, mas a maioria dos proprietários estava testando um cavalo novo, fazendo com que fossem apresentados ao cenário das corridas. Era divertido, um evento onde a realeza podia ser vista em uma atividade mais relaxada e casual. Essa tradição teve início porque o bisavô de Theo não queria esperar pela primavera. Acho que ele era um pequeno apostador e adorava todas as corridas de cavalos.

Hmmm. Não era de admirar de onde Eloise puxou seu amor pelo jogo. Era mal de família.

— A roupa dela para esta noite está sendo passada agora. Estará em seu quarto em duas horas — salientou Heidi, ligeiramente sem fôlego.

Seu telefone tocou, e senti calafrios diante do toque estridente.

— Ah, é a editora da Vogue. Ela quer fazer uma matéria exclusiva com Spencer. Vou agendar. — Parou de andar. — Madeline, olá!

Revista Vogue? Eu ao menos podia decidir sobre isso?

Chloe nem sequer parou, nos conduzindo por um corredor como se ela estivesse patinando no gelo, deslizando para dentro de seu escritório.

— Temos anotações para você. — Não perdeu tempo, pegando uma pasta de sua mesa e a jogando para mim. — O que deve dizer. Coisas que não pode dizer. E costumes e tradições que, se forem quebradas, causarão um constrangimento terrível para você e para o palácio real. Por favor, leia. — Ela me encarou, incisivamente. — Acabamos de passar por um tropeço. Não vamos repetir.

Ouch!

Assenti, abrindo o arquivo, observando mais de vinte páginas digitadas em letras pequenas. Um texto chato, arcaico e enfadonho. Eu adorava estudar e ler sobre história. Este lugar me curou disso.

Costumava amar muitas coisas, mas havia me acostumado a ser privada disso também.

Como a liberdade.

Eu até mesmo havia visto como essa cela dourada era de perto, e, ainda assim, entrei. Embora ninguém possa prepará-la para a realidade.

Tudo isso só fortaleceu minha aversão à noção do mundo inteiro em relação à porcaria do 'felizes para sempre', só porque alguém se apaixonou pelo príncipe.

Eu poderia garantir que qualquer garota que me enchesse o saco, dizendo que daria qualquer coisa para trocar de lugar comigo, repensaria sobre o assunto assim que estivesse aqui.

Era cruel, rigoroso, solitário, controlado e exaustivo. Não quer dizer que não tinha suas vantagens, mas não tinha nada que eu não pudesse viver sem.

Theo era o motivo de eu estar aqui.

É só um período de ajuste. Em breve, será normal para você. Para sua vida.

Um aperto em meu peito me fez fechar a pasta; eu precisava sair dali.

— Mais alguma coisa? — ironizei, ficando de pé.

— Sim. — Girei ao ouvir a voz de Heidi. Ela havia se esgueirado de fininho, e estava parada à porta. — Um estilista estará em seu quarto às quatro. O carro estará na entrada às quinze para as cinco em ponto. Você deverá chegar à arena às cinco e meia para os coquetéis do pré-evento e fotos para a imprensa.

— Não fale com o *The Victoria Daily*. Ainda não estou feliz com a forma como Greg cobriu seu incidente — interrompeu Chloe, fechando a cara. Dizer para ignorar determinado meio de comunicação era sua maneira, passivo-agressiva, de punir a imprensa, colocando-a na linha.

Um zumbido soou na mão de Heidi, seu olhar se focando no meu telefone. Em seguida, ela desligou a chamada.

— Quem era?

— Não importa. Você pode retornar mais tarde. — Chloe sinalizou para que eu me retirasse. — Você terá aula de etiqueta em breve e tenho muito o que fazer.

Segurando a pasta contra o peito, cerrei os dentes, marchando para fora da sala antes de soltar a língua ferina. Irritar Chloe nunca iria funcionar a meu favor.

A irritação me fez disparar pelo corredor, sem realmente pensar para onde estava indo. Theo havia saído à tarde e Eloise estava com seu tutor. Ela convenceu seus pais a abandonar a universidade no norte do país, e passou a ter aulas particulares em casa, alegando que queria passar mais tempo com sua família.

Para ser sincera, ela não gostava da faculdade; sempre dizia que achava que não podia confiar em ninguém lá, já que todos faziam amizade com ela por conta de seu *status*, não porque gostavam dela. Ela tinha que ser ela mesma. Viva. Preferia estar perto de Theo e seus amigos, e de mim. E eu não podia negar que gostava de sua presença aqui. Ela me salvou em muitas noites em que pensei em usar os lençóis para fugir pela janela.

Os corredores vazios ecoaram com o som dos saltos martelando o piso. Conhecendo o labirinto de corredores como a palma da mão, segui

SOB A GUARDA DA *Realeza*

189

em direção aos jardins privativos. O ar estava fresco e frio. Eu me enrolei ainda mais em meu suéter, respirando fundo pelo caminho.

O cheiro de folhas úmidas e um indício de fumaça de escapamento dos carros do lado de fora se infiltravam pelo meu nariz. O jardim era o meu lugar favorito no mundo. Nenhum membro da família real jamais vinha aqui. Era o único lugar em que me sentia em paz.

Olhando para os meus sapatos, enruguei o nariz, em desgosto. Eu odiava saltos. Sempre odiei, preferindo botas de montaria ou meus tênis. Mas essa era outra coisa que, provavelmente, acabaria usando o tempo todo agora. Outra coisa à qual cedi porque era mais fácil. Assim como o vestido recatado que estava usando.

Chutando os sapatos para longe, senti o cascalho úmido através dos dedos dos pés, a terra me prendendo, grudando na planta dos pés conforme caminhava para o lago. Admirando a água cristalina, tive o desejo de me jogar ali dentro, submergir. Ser nada por um momento. Nenhuma voz me dizendo o que fazer ou falar, nem mesmo aquela na minha cabeça me dizendo que eu não era boa suficiente para estar aqui.

Eu só queria flutuar para longe.

Puxando o vestido até os joelhos, entrei na água gelada. Um arrepio disparou por meu corpo, me fazendo perder o fôlego. Mas gostei.

Eu me senti viva. Presente.

— Muito impróprio, milady. — Uma voz profunda arrancou um suspiro dos meus lábios, e me fez girar. — Além disso, está assustando os peixes.

— Jesus. Você me assustou. — Coloquei a mão no peito, a tensão percorrendo meu corpo ainda mais, enviando uma vibração desde meu ventre aos seios. — Por que sempre se aproxima de mim desse jeito?

Lennox encontrava-se recostado a uma árvore a poucos metros de distância, vestindo um terno sob medida, parecendo todo sexy, e com um celular na mão.

— Já que cheguei aqui primeiro, na verdade, posso afirmar que foi você quem me pegou de surpresa. — Arqueou uma sobrancelha. — Embora tenha que admitir que fiquei quieto, pois estava torcendo para que você considerasse nadar pelada.

Uma risada escapou de mim, despreparada em ouvir aquela resposta.

— Muito fria. — Sorri, nossos olhares fixos um ao outro. — Mas volte aqui comigo no verão.

— Pode deixar. — Seu olhar não abandonou o meu em momento algum, me consumindo.

Foram duas palavras. Uma resposta sem sentido.

Mas pareceu tudo, menos insignificante.

Um calor se alastrou pelo meu corpo, arranhando meu pescoço, onde a pulsação latejava contra a pele. Abaixei a cabeça, respirando fundo, concentrando-me no redemoinho de água que criei com o pé.

— Eu deveria ir — disse ele, depois de um instante, abalando o meu coração com um pânico estranho.

— Você anda meio sumido. — A queixa escapou, e na mesma hora cruzei os braços, em uma postura defensiva.

Desde o dia em que cavalgamos, mantivemos uma bolha ampla ao nosso redor. Ele estava presente nos grandes eventos fora do palácio, mas para alguns menores, Dalton era escalado como meu segurança. Quando perguntei, Theo disse algo sobre ele precisar cuidar de assuntos familiares.

Mal havíamos interagido além de algumas palavras aqui e ali. Sua fachada impessoal e estoica estava firmemente de volta ao lugar. Eu era um trabalho.

Na maioria das vezes, eu me convenci de que ele se comportava da forma esperada. Éramos nada mais do que guarda-costas e patroa, mas não podia negar que sentia uma falta absurda dele. Fazê-lo rir ou sorrir de verdade foi como voar.

Também ansiava por ir cavalgar em sua companhia. Eu me asseguraria de que era porque Theo estava ocupado e tínhamos o amor por cavalos em comum, mas a agitação em meu estômago tentava sugerir outra coisa. Não pensei no fato de que ele poderia estar saindo com Katy... não. E não notei Hazel perto dele o tempo todo nos eventos.

— Precisei resolver alguns assuntos pessoais. — Ele se afastou da árvore, recolocando uma barreira sobre si. — Sua segurança nunca esteve em perigo.

Franzi o cenho enquanto me afastava da lagoa; meus pés dormentes não sentiam o chão à medida que seguia em sua direção.

— Não foi isso o que quis dizer. — Lambi os lábios, retorcendo as mãos. — Eu só quis dizer que... — Merda, o que eu quis dizer? O que *estava* tentando dizer? — Percebi que tinha ido embora. Fiquei preocupada.

— Não tem com o que se preocupar, milady — respondeu, formalmente, mas seus dedos apertaram o celular, os nódulos dos dedos agora brancos.

— Theo disse que era algo de família. — Estava pisando em ovos com ele, e podia ver sua inquietude, a mandíbula cerrada. — Sei que seus pais já morreram... Nunca perguntei se tem irmãos.

SOB A GUARDA DA *Realeza*

— Tinha uma irmãzinha. — Sua declaração veio carregada com uma pitada de raiva. — Ela morreu quando eu tinha quinze anos.

— Que droga. Merda, sinto muito. — Cobri a boca com a mão.

Eu estava me tornando especialista em lidar com a imprensa e me conter na frente das câmeras, bem elegante e equilibrada, mas ainda era meio inconveniente no convívio dia a dia, quando o verdadeiro *eu* ganhava vida sem filtro algum.

A boca de Lennox se contraiu, achando graça antes de desvanecer.

— Foi há bastante tempo.

— O que aconteceu?

— Ela se afogou. Tínhamos um lago em nossa fazenda. Nadávamos lá todo verão. Ela tinha dez anos. Nadava muito melhor que eu. — Olhou para baixo. — Ela era asmática... e eu não estava prestando atenção. — Engoliu em seco, desviando o olhar. — Então ela morreu.

— Não foi sua culpa. Você ainda era um garoto...

— Foi culpa minha. — Cerrou os dentes. — Era diferente naquela época. Aos quinze anos, eu tinha a maior parte da responsabilidade da fazenda sobre os ombros. Minha irmã era uma tarefa fácil, comparada a todo o resto. Ela deveria ser minha única preocupação. Não... — Balançou a cabeça, sem concluir a sentença.

Eu entendia aquilo, pois cresci em uma fazenda, e havia conquistado muito mais independência e responsabilidades do que a maioria das crianças. Estava dando à luz aos bezerros, cordeiros e treinando cavalos aos seis anos. Tornei-me responsável por ficar de olho na minha irmã, inúmeras vezes, e nunca pensei que era muito jovem para cuidar dela.

Ele endireitou a postura, pronto para fugir.

— É melhor eu voltar.

— Espere. — Impulsivamente, agarrei sua mão. Seu olhar se concentrou no local onde o tocava, e um músculo contraiu em sua mandíbula. — Eu só queria dizer...

Minha língua e cérebro tropeçaram um no outro, sem ter ideia do que queria dizer ou para onde estava indo. Encarei minha mão segurando a dele, sua pele quente e calosa, atrapalhada com meus pensamentos.

— O que foi? — perguntou, baixinho, me roubando o fôlego.

Olhei para ele, a cabeça balançando, cheia de nada.

— O quê, Spencer? — sussurrou, com uma pontada de irritação.

— Não sei.

Sinto sua falta. Quero te ver mais. Voltar a ser sua amiga.

Todas essas declarações pareciam erradas se fossem ditas em voz alta. Como se fosse impróprio. E nenhuma delas parecia expressar totalmente o sentimento que apertava o meu peito.

Ele se soltou.

— Você não sabe ou simplesmente não consegue dizer?

— O quê? — Levantei a cabeça, recuando um passo. Em um piscar de olhos, senti a raiva esquentar meu rosto. — O que quer dizer com isso?

— Nada. — Ele apertou o celular com a outra mão, dando um passo para trás também, aumentando a distância entre nós. — Coloque de volta os sapatos e o sorriso em seu rosto... Você está se encaixando bem aqui.

— Como é que é? — Boquiaberta, eu podia me sentir fervendo por dentro.

Ele balançou a cabeça, virando-se para ir embora.

— Não se afaste de mim! — gritei, correndo atrás dele, as solas dos meus pés se ferindo contra o cascalho.

— Você está me mandando parar, Duquesa?

— Não me chame assim. — Cerrei os punhos, ainda caminhando atrás dele. — E, sim, estou te dando uma ordem!

Ele se virou ao mesmo tempo em que o alcancei, e me forçou a recuar.

— Você não pode mandar em mim. — Abaixou a cabeça, a boca a apenas alguns centímetros da minha. — Não trabalho para você, lembra? Trabalho para o rei.

— Se quiser manter seu emprego, vai me obedecer — Assim que disse isso, tive vontade de arrancar as palavras do ar, fingindo que jamais foram ditas.

Suas narinas se alargaram, a mandíbula tensionou de forma rígida.

— N-não quis dizer isso.

— Quis, sim. — Sua expressão denotava fúria, o corpo enorme pairando ainda mais acima do meu. Descalça, eu me senti minúscula sob sua sombra furiosa. — Está tudo bem, Duquesa... Não sou nada mais do que um serviçal.

Um grito sufocado ficou preso na garganta, e, resfolegando, lancei um olhar fulminante. Eu queria socá-lo, estrangulá-lo, chutá-lo igual meu treinador havia me ensinado.

Às seis da manhã, e sem café, eu nem queria matar meu treinador do jeito que agora ansiava matar Lennox.

— Vá. Se. Foder! — explodi, vendo um sorriso irônico curvando o

SOB A GUARDA DA *Realeza*

canto de sua boca. — Você parece ter mais problemas com a sua posição do que eu.

Não recuei.

— Porque gosta de mim abaixo de você?

— O-o quê? — A lava borbulhou sob a pele. Estava totalmente consciente de sua proximidade, seu corpo, sua boca. — Não acho nem um pouco apropriado dizer isso.

Aquilo soou de forma arrogante. Exatamente como uma garota rica e mimada.

— Uau. — Ele me encarou, e senti o sangue latejar nos ouvidos. — Eu quis dizer abaixo de você como a minha posição aqui... não *literalmente* sob você. — Seus olhos varreram meu corpo de cima a baixo. — Você é um deles. E essa afirmação não tem nada a ver com o vestido e os saltos.

Arqueou uma sobrancelha antes de se virar, caminhando de volta ao palácio em sua postura prepotente.

Meu olhar deslizou até admirar sua bunda marcada pela calça, a cada passo dado. Merda.

— Aaaargh! — Agitei os braços, furiosa comigo e com ele. Mais com ele.

Em que eu estava pensando? Não senti falta daquele babaca. Nós nem sequer parecíamos amigos.

Eu sentia falta de Landen e Mina. Lennox foi um apelo desesperado para que eu contatasse meus amigos de verdade. Ansiava por uma noite como costumávamos ter: comer pizza, roubar bebida da adega da família, rir e falar de tudo e de nada.

Agora tudo era sobre as regras do palácio real. Desde o momento em que acordava, eu respirava, comia e bebia a vida na realeza. Nada parecia mais *meu*.

Valia a pena. Estar com Theo valia a pena, mas eu precisava de uma pausa.

Virando, tentei voltar descalça, mas desisti e calcei os sapatos no meio do caminho.

Era preferível a ferir meus pés.

Mais fácil.

Por que sinto como se meus saltos fossem uma metáfora para minha vida?

STACEY MARIE BROWN

Atrasada para a minha aula, peguei um atalho através de uma das muitas salas de estar, cortando o caminho por corredores mais silenciosos.

— Princesa. — A voz masculina e familiar ressoou, assim que virei no canto, desacelerando meus passos. — Sabe que só estou tentando protegê-la.

Dalton?

— Me proteger? — A risada ácida de Eloise reverberou pelas paredes, me fazendo estacar no lugar; algo me dizia que eu não deveria estar ali. — É, você é o guarda zeloso, não é?

— Princesa...

— Pare de me chamar assim — soltou.

Avançando devagar, dei uma espiada.

Eloise estava usando uma calça jeans justa, botas de saltos em um sexy estilo punk, com palavras vulgares escritas em cores brilhantes, e camisa branca transparente e um profundo decote em V. O sutiã preto rendado estava à mostra, o cabelo preso em um coque bagunçado. Quando ela estava em casa, usava roupas que o público nunca sonharia que sua meiga e perfeita princesa Eloise escolheria. Seus pais a repreendiam constantemente, mas nunca foi impedida de fazer suas coisas.

Em frente a ela, Dalton estava de terno alinhado e gravata, perfeito e sexy como sempre. Uma cópia carbono do dia anterior, nunca se aventurando a sair do padrão. Ele parecia o tipo de homem que, provavelmente, passava a ferro sua boxer.

Eloise implicava com o controle constante e resistia à presença dos guarda-costas, muito mais do que Theo, mas algo em sua atitude me impediu de intervir, me dizendo que isso era mais do que uma simples discussão contra seu domínio ou uma nova regra.

— Do que quer que eu te chame? — Ele aprumou os ombros, seu olhar passando por ela.

— Que tal meu nome? — Eloise colocou as mãos nos quadris. — Já chamou uma vez.

Seus olhos escuros se voltaram para os dela, os lábios carnudos cerrados.

— Vossa Alteza...

— Mas que droga, Dalton. — Ergueu as mãos. — Sou uma pessoa. Um ser humano de verdade, não importa o quanto deseje que seja de forma diferente.

— Você sabe que isso não é verdade.

SOB A GUARDA DA *Realeza*

— Não. Acho que prefere que eu seja um título. Apenas um objeto que você move e pode colocar dentro de uma caixa em uma prateleira à noite.

Com o maxilar cerrado, ele exalou pelo nariz.

— Porque... se eu fosse mesmo de verdade... De carne e osso? O que faria então? — Ela se aproximou dele, seus corpos a centímetros de distância. Seu pescoço inclinou para trás, enquanto o encarava com uma atitude beligerante. Desafiadora. Um teste.

Sua mandíbula se contraiu novamente, o nariz inflou, cada músculo retesado, mas ele não se afastou dela.

— Milady — murmurou ele, traços de raiva e súplica emaranhados ali.

— Foi o que pensei — ironizou, dando um passo para trás, entrecerrando os olhos com raiva. — Faça um favor a nós dois e pare de tentar me proteger. Tenho meu próprio guarda-costas para isso.

— Sou o chefe da guarda; sua segurança é meu trabalho.

— Não, seu trabalho é supervisionar meu segurança para que ele possa me proteger do melhor jeito. Não precisa se comunicar comigo. E, definitivamente, você não tem o direito de me dizer o que fazer ou com quem posso trepar — rosnou, ríspida. — Seu trabalho é proteger Theo. Fique fora da minha vida. Entendeu?

— Eloise...

— Não! — esbravejou ela. — Agora é tarde demais.

Ela se virou e se afastou com a cabeça erguida. Dalton a observou o tempo todo, a expressão indecifrável. Com um suspiro profundo, esfregou as sobrancelhas com o polegar, antes de se virar e sair pelo lado oposto.

Bem na minha direção.

Puta merda.

Merdamerdamerda.

Dei uma corridinha adiante, fingindo estar vindo do corredor, e colidi com Dalton.

— Milady. — Ele agarrou meus ombros. — Sinto muito.

— Nossa. — Tropecei para trás, arfando em falsa surpresa. — Você me assustou.

Não vi ou ouvi nada!

Dalton engoliu em seco, uma onda de pavor piscando em seus olhos.

— Não sabia que estava aqui. Peço desculpas.

— Digo o mesmo — expressei, apressada demais, a boca jorrando palavras. — Estava em meu próprio mundinho. Não ouvi nada, tá?!

Tão sutil, Spencer... nem um pouco constrangedor.

Com o cenho franzido, ele ajustou os botões dos punhos da manga do terno.

— Estou a caminho da aula de etiqueta. Atrasada, na verdade, então é melhor eu ir. —Apontei, os pés decolando naquela direção. — Vejo você mais tarde esta noite! — Acenei, sem me virar.

Podia sentir seu olhar confuso focado em mim, ciente de que eu não estava no meu normal. Fechei os olhos com força, acelerando o ritmo e me repreendendo.

Eu só deveria ter permissão para ficar perto de animais, já que era esquisita demais no trato com as pessoas, não importava o quanto minha mãe tentasse incutir um comportamento requintado em mim ou quantas aulas de etiqueta fizesse.

Não nasci para lidar com o público.

CAPÍTULO 22

— Spencer! Spencer!

Meu nome foi repetido sem parar, os flashes pipocando em uma velocidade vertiginosa.

— Aqui! Aqui!

A chuva caía forte, açoitando o guarda-chuva que Lennox segurava sobre minha cabeça, enquanto me ajudava a sair do SUV. O clima ruim não fez com que a multidão diminuísse. Entre os outros convidados, *paparazzi* e devotos da realeza, a frente da arena estava lotada e imersa em um caos completo.

— Está escorregadio — murmurou Lennox, segurando minha mão e me conduzindo para fora do carro. Esta foi a primeira coisa que ele me disse desde que nos vimos mais cedo.

Meus saltos tocaram o degrau, as pernas se esforçando para descer. O vestido que me fizeram colocar parecia casual, mas era justo e destacava todas as curvas em um dia em que eu preferia estar de moletom, aconchegada em uma almofada térmica e enfiando sorvete na boca – o que, na verdade, era o meu desejo na maioria dos dias.

— Obrigada. — Agarrei sua mão com força, pois me sentia desajeitada, e para cair de cara não custava nada. Um músculo se contraiu em seu rosto, e ele rapidamente me soltou assim que me firmei no chão. Tentei disfarçar o suspiro quando a multidão gritou meu nome, o alvoroço de pessoas e carros agravando meu nervosismo, me fazendo sentir extremamente cansada.

— Já acabou?

O olhar de Lennox vagou ao redor, absorvendo tudo.

— Pizza e um filme seria bom esta noite, não é?

— Seria o paraíso — murmurei. Nenhum analgésico na Terra aliviou a sensação angustiante percorrendo meu corpo. O vestido colado e os saltos apertavam meus dedos dos pés. Não havia muitas noites, desde que Theo voltou, em que conseguíamos ficar em casa. Sempre um evento, um lugar para estar, outro vestido justo e salto alto.

Sempre preparada.

Sair com meus amigos, tomar café, ser uma pessoa simples, dar um passeio a cavalo, apenas curtir um programa de TV... essas eram umas das inúmeras coisas que eu não podia fazer. Nem sequer ainda era um membro real e a vida consumia cada momento, atitude e palavra.

Cada pedacinho de mim.

A multidão gritou quando Theo saiu do carro. Ele acenou alegremente para um grupo alinhado atrás da faixa de contenção, um sorriso iluminando seu rosto. Ele era natural, este mundo se ajustava perfeitamente a ele. Eloise fingia bem e gostava de muitos aspectos disso, mas Theo nasceu para esta vida.

Sua naturalidade e charme deveriam ter me tranquilizado, mas, às vezes, só aumentava a minha irritação, me fazia sentir inferior por não gostar de toda essa pompa. Será que nunca quis desafiá-los? Será que teve algum dia ruim? Será que usou roupa esportiva para um baile de gala? Ou, que chocante... será que já deixou de ir a algum deles?

Theo deu a volta no carro, estendendo a mão para mim, enlaçando minha cintura e nos virando para os *paparazzi*.

Clique. Clique. Clique. Clique. Os flashes queimaram minhas íris. Meu sorriso era forçado à medida que eu virava a cabeça da forma como fui ensinada a fazer, de forma que tirassem uma foto decente.

— Theo! Theo! Quando vai pedi-la em casamento? Theo!

Seu sorriso se alargou quando olhou para mim timidamente.

— Em breve.

Retribuí o sorriso, agindo como se fosse algo que havíamos discutido, enquanto meu estômago embrulhava a cada segundo.

Ele acenou para eles, entrelaçando os dedos da mão livre com os meus, guiando-nos para a entrada em um movimento perfeito. Nós cumprimos todas as etapas: elegância, gentileza, charme e equilíbrio. A imagem que o mundo parecia exigir de nós, esquecendo que éramos seres humanos.

E ainda éramos adolescentes.

Entramos, e a equipe veio até nós, pegando nossos casacos enquanto lordes e damas se aglomeravam, já cercando o príncipe.

— Theo... — Tentei atrair sua atenção, precisando de um momento a sós com ele. Para nós. Um lembrete de que não estava me afogando nisso tudo.

Ele olhou para mim, antes que seu nome soasse pela porta da arena. Então se virou rapidamente em direção ao chamado, me dando a certeza de que já havia sido esquecida.

SOB A GUARDA DA *Realeza*

199

— Theodore! — Lorde Astor ergueu uma bebida, acenando. Ben estava ao lado de seu pai, já com cara de chapado, entornando o uísque em sua mão. Lorde Grant Astor era um homem de boa aparência, e Ben era muito parecido com ele. Altos e magros, com cabelos castanhos e topete, pai e filho se portavam como apenas a verdadeira elite sabia fazer.

— É bom ver você, Grant. — Theo apertou sua mão em um cumprimento, antes que ele e o amigo se dessem uns tapinhas nas costas.

— Já faz um bom tempo, meu garoto — respondeu Grant, em seu sotaque elegante. — Estava dizendo a Benjamin outro dia que quase não o vemos mais.

— Sim, a vida tem andado ocupada.

— Sim, sim — respondeu Grant, balançando a cabeça. — A vida do futuro rei.

Ele se curvou em minha direção.

— E esta deve ser Spencer. — Segurou minha mão, seu olhar deslizando por mim com interesse, e a beijou de leve. — Muito prazer em conhecê-la.

— Igualmente.

Curvei os joelhos em saudação. Viver com o rei e a rainha da Grã-Victoria fazia com que as reverências fossem constantes.

— Posso ver por que vemos Theo ainda menos. Uma verdadeira beleza. — Soltou minha mão, acenando para Theo. — Muito bem, meu rapaz.

Pisquei, sacudindo a cabeça diante de declaração, olhando para Theo para confirmar se havia ouvido o mesmo que eu. Eles continuaram a conversar, colocando o assunto em dia, e ninguém parecia achar a declaração estranha.

Ele parabenizou Theo por *me* escolher. Como se ele tivesse escolhido o puro-sangue mais bonito do curral. Ser bonita era tudo o que eu precisava ser.

Estudei e tirei as melhores notas da turma em Ciências, sendo convidada para a universidade de maior prestígio do país, mas, neste mundo, a aparência era o que importava.

Theo segurou minha mão, mas poderia ser a de qualquer uma. De pé, em silêncio, voltei aos meus pensamentos enquanto conversavam. Sabia que estava extremamente mal-humorada hoje, mas podia sentir a raiva crescendo a cada segundo em que ficava ali como um adereço.

— Príncipe Theodore. — Um dos muitos assistentes do rei se aproximou de Theo. — O rei e a rainha gostariam de um momento com você.

— É claro — respondeu. — Nos vemos depois.

— Claro, meu rapaz. — Grant baixou a cabeça. Ben ergueu sua bebida para nós, enquanto nos afastávamos, os olhos turvos pelo álcool, meio cambaleante.

— Ben já está bêbado? — murmurei.

— Sim. — Theo franziu o cenho, em confusão. — E daí? Ele está se divertindo. Relaxando.

— Não quis dizer isso como um julgamento.

— Quis, sim.

Estaquei em meus passos, forçando-o a parar também, com a cabeça inclinada de lado.

— Desculpa. — Ele suspirou. — É que você não entende como é crescer assim. A pressão. O pai dele é um babaca. Ele parece legal, mas está constantemente massacrando o filho. Ben nunca é bom o suficiente.

— Não sei como é? — Cruzei os braços. Foi a primeira vez que Theo deu a entender que também pensa pouco da minha família, que nosso título nada mais era do que um rótulo honorário.

— Puta merda, Spence, não quis dizer isso. É só diferente para nossas famílias, ainda mais para os homens. Esperam muito de nós.

Inclinei ainda mais a cabeça, meu nível de irritação já borbulhando ao limite.

— Merda. Não quis...

— Theo. — Ergui a mão. — Para o seu próprio bem, vou ao bar. Depois de ver seus pais, descubra o que quis dizer com isso. Você poderá me encontrar lá.

Eu me virei e saí. Ele me chamou, mas não parei, precisando de uma bebida para acalmar o fogo que se alastrava dentro de mim.

Nos dias bons, eu não lidava muito bem com as pessoas; esta noite, eu deveria ter ficado em casa.

Pizza e um filme cairiam perfeitamente hoje. As palavras de Lennox se agitaram à minha frente como um doce, me tentando. Se eu fugisse, ninguém ficaria chateado por sentirem minha ausência, mas, sim, pelo que isso poderia aparentar. A equipe de relações públicas teria um ataque.

— Champanhe, milady? — Um barman bonito, trajando suspensórios e camisa branca impecável, surgiu assim que me aproximei.

— Tem algo mais forte do que isso? — Ergui uma sobrancelha.

Um sorriso lento e perspicaz curvou sua boca.

— Veremos o que posso fazer. — Piscou para mim, jogando uma coqueteleira no ar. Ele serviu diferentes bebidas ali dentro, agitando-a antes de despejar o conteúdo em uma taça, adicionando um enfeite de flores. — Bonito, mas letal. — Sorriu. — Como você.

Corei, aceitando o copo oferecido e tomei um longo gole. Era adocicado, mas a queimação em meu esôfago, por conta do teor alcóolico, fez com que meus olhos marejassem.

— Uau. — Pisquei, batendo no peito. O sorriso orgulhoso do barman se alargou ainda mais.

— Achei que ia gostar.

— É perfeito. — Sorvi um pouco mais, me deliciando com a ardência. — Obrigada.

— De nada, senhora.

— Pareço uma senhora para você?

— Não. Não parece.

Ele sorriu, olhando para mim conforme se movia ao redor do bar instalado sob uma tenda montada lá dentro, recarregando as guarnições e servindo outros convidados.

— Como devo lhe chamar, então?

— Spencer serve. — Terminei o resto do coquetel.

— Sabe que eu poderia ser demitido por isso.

Exalei, baixando a taça, sabendo que ele estava certo. Qualquer um que o ouvisse me tratando com tanta informalidade poderia achar isso impróprio.

— Outra? — Gesticulou com a cabeça para a taça vazia.

— Sim. — Assenti, sentindo os grampos no cabelo arranhando meu couro cabeludo.

Eu o observei começar a misturar a bebida, perdida na suavidade de seus movimentos. Como se fosse uma dança coreografada.

— Qual é o seu nome? — perguntei, sentindo um zumbido gostoso me dominar. Merda, o que havia nessa coisa?

— Jacob. — Serviu o coquetel em uma nova taça, empurrando-a para mim.

— Bem, Jacob, você provavelmente salvou minha vida, ou pelo menos salvou as dos outros... de um possível ataque da minha parte.

— Fico feliz em servir, milady. — Ele se inclinou no balcão, olhando para mim com um sorriso sedutor.

Virei a cabeça de supetão ao ouvir uma tosse irritada ao lado.

— Está tudo bem? — Lennox se aproximou, o peito estufado, o olhar disparando de Jacob para mim.

— Sim. — Arqueei uma sobrancelha, confusa. — Só pegando uma bebida. Ah, desculpe, preciso pedir sua permissão? Continuo me esquecendo que respondo a você.

Lennox retesou a postura, um nervo se contraindo na mandíbula.

— Que engraçado... — rosnou, baixinho.

— É? — Olhei para ele, então inclinei a cabeça à frente. — Só estou tomando um drinque com minha nova pessoa favorita aqui, o Jacob. — Indiquei o barman, parecendo mais bêbada do que havia imaginado.

— Nada mais para ela — Lennox falou por cima da minha cabeça.

— Como é que é?

Fogo. Fúria. Como um monstro explodindo no peito, girei bruscamente em sua direção.

— Você não manda em mim.

Lennox se aproximou, a cabeça inclinada perto.

— Quando está bêbada e pode começar a agir como uma tola na frente da imprensa, da realeza e dos nobres críticos, que estão todos espumando pela boca para derrubá-la, como seu guarda-costas, como seu amigo, vou intervir. — Seus olhos passaram por cima da minha cabeça para Jacob.

As pontas dos meus sapatos tocaram os dele, meus ombros eretos enquanto eu me aproximava ainda mais, seu corpo praticamente tocando o meu.

— Você não é meu amigo — murmurei em voz baixa, a língua solta. — Você deixou isso bem claro. É meu guarda-costas. Funcionário do palácio real. E por mais que queira pensar o contrário, não dá ordens. Ainda mais para alguém que pode se tornar da realeza. Sua empregadora. — Odiei a declaração assim que a proferi, soando como uma vadia elitista.

Ele respirou fundo, contraindo os lábios.

— Vá embora, Lennox. Acenarei se precisar de você. — Eu me virei, as palavras sendo alimentadas pela raiva e o álcool, mas vergonha e autoaversão queimaram meu estômago feito ácido.

Nada disso parecia comigo. Essa pessoa esnobe não era eu, mas, por algum motivo, Lennox conseguia extrair o pior de mim.

Ele murmurou algo baixinho, marchando para longe. Dei um sorriso forçado, como se estivesse feliz por ele ter ido embora, e concentrei minha atenção novamente em Jacob.

— Que tal mais um?

SOB A GUARDA DA *Realeza*

Jacob ficou ali, seu olhar se alternando entre mim e o local onde Lennox estava, e uma expressão estranha cruzou seu semblante, como se soubesse ou entendesse alguma coisa.

— Preciso arranjar um novo guarda-costas. Não suportamos um ao outro.

— Não é o que parecia daqui.

— Por Deus, não. Aquilo foi puro ódio. Se eu aparecer morta, coloquem ele como o primeiro suspeito na linha de investigação.

Jacob riu, começando a preparar uma nova bebida.

— Ele está certo, minha querida. — Uma voz áspera me fez recuar. Desta vez, era alguém a quem eu queria ver ainda menos do que Lennox.

Lorde William.

Ele se apoiou em um cotovelo, o corpo voltado para a pista de corrida, segurando um copo contra os lábios presunçosos.

— Vocês dois são péssimos em esconder isso.

— Não estamos escondendo nada — rebati.

Seus olhos deslizaram por mim, com condescendência.

— Por favor, minha querida. — Ele olhou para frente, tomando um gole. — Posso estar velho, mas sei quando duas pessoas estão tendo uma briguinha de amantes.

— Não somos...

— Ei, não estou julgando. Você, nitidamente, não está tendo prazer suficiente com o príncipe. — Ele riu de mim, lambendo os lábios. — Encontrar emoção com o guarda-costas. História tão batida, minha garota. — Cada palavra vulgar se arrastou pela minha pele, agitando a bile em minhas entranhas. — Se tivesse apenas vindo a mim, eu poderia ter lhe dado tudo o que deseja.

— Você é nojento — soltei, muito puta da vida, me afastando. Sua mão envolveu meu pulso, me segurando, seu aperto muito mais firme do que se esperaria de alguém da sua idade.

— Quer que eu fique de boca fechada? — Seu hálito rançoso fedia a álcool. — Uma mão lava a outra.

— Não há nada o que esconder. — Tentei me soltar de seu agarre, mas os dedos ossudos apertaram com mais força.

— Claro que há. — Um sorriso malicioso se espalhou em seu rosto, e o velho lambeu os lábios quando o olhar aterrissou nos meus seios. — Você pode negar o quanto quiser, mas está bastante claro para quem está prestando atenção de verdade. Tudo o que será necessário é um pequeno comentário aqui ou ali, uma pequena insinuação de algo entre você e seu guarda-costas. Para o rei, para a imprensa... basta apenas um boato, e será cercada pela dúvida e zombaria. O rei já acredita que você não pertence a este lugar. Acha que depois disso ele permitirá que seu único filho se case contigo? — A arrogância se mostrou em seu semblante. — E isso sem contar com sua família desamparada.

— Deixe a minha família fora disso — rosnei, conseguindo soltar minha mão. — Eles não têm nada a ver com isso.

— Não? — Gesticulou com a cabeça para algo às minhas costas. Eu me virei e avistei meu tio na pista de corrida, discutindo com alguém e com o semblante retorcido pela raiva. Eu não conseguia ver a pessoa, mas a postura de Fredrick mostrava claramente sua irritação.

O que ele estava fazendo aqui? Achei que nenhum membro da minha família tivesse sido convidado. E minha mãe teria me contado, caso viessem... ou não? No entanto, não vi nem Landen, minha tia ou meus pais.

Apenas meu tio.

— Parece que sua família está bem no meio, jogando fora o que sobrou de sua lamentável fortuna e legado. Se é que ainda resta alguma coisa. — Tomou um gole de sua bebida. — Como é humilhante estar agindo de forma tão virtuosa agora, quando é só questão de tempo antes de estar de joelhos em meu escritório, implorando para que eu a ajude.

Engoli a bile ácida que subiu pela garganta, levantando a cabeça.

— Vovozinho, o mais perto que vai me ver de joelhos é quando eu me inclinar para jogar terra no seu caixão.

Ele sorriu, mostrando os dentes amarelados.

— Será divertido demais acabar com você.

Cruzando os braços, eu o encarei com ódio.

— Vou gostar muito quando essa teimosia estiver rastejando aos meus pés. Tenho os meios e o dinheiro para protegê-la, Spencer... ou destruí-la.

— Fique longe de mim.

A boca de Lorde William roçou meu rosto, quando cochichou contra o meu ouvido:

— Ah, o escândalo que teremos, Srta. Sutton — ironizou ele, se afastando com uma piscadela e uma risada debochada.

SOB A GUARDA DA *Realeza*

CAPÍTULO 23

Claro, no segundo em que fui procurar meu tio, ele não estava em lugar nenhum, aumentando meu mau humor já péssimo. O que o homem estava fazendo ali? Lorde William estava falando a verdade ou apenas tentando me provocar?

E por que aquele homem parecia tão empenhado em prejudicar a minha família?

Frustrada e já cansada por ter bebido, fui procurar Theo, encontrando-o com um bando de nobres e celebridades, bebendo e rindo, o que me irritou ainda mais. Ele ao menos tentou me encontrar? Sequer enviou uma mensagem?

Hazel, Charlie, Ben e, claro, a última pessoa de quem eu queria estar perto, Lorde William, circulavam o príncipe.

Droga, ele é uma barata que não morre.

Quando me aproximei de Theo, seu sorriso se alargou, sua mão se acomodando na mesma hora na parte inferior das minhas costas.

— Aí está você.

Ele me puxou para perto, mas ainda manteve a postura respeitável. A realeza era criticada por demonstrar carinho em público, mas também por quase nunca mostrarem afeto, seguindo a linha da Cachinhos Dourados do "ideal".

— Aqui estou. — Dei um sorriso forçado, fingindo não notar o olhar seboso de Lorde William me fuzilando. — Por que não foi me procurar?

— Oh, desculpe, eu me distraí. — Indicou o grupo onde havia dois atores de uma novela.

Cerrei os lábios com força, acenando com a cabeça antes de murmurar:

— Claro.

— É minha culpa, minha querida. Estava tagarelando, mas se isso a faz se sentir melhor, estávamos falando o tempo todo de você. — A voz de Lorde William estava carregada de insinuações ocultas e ameaças.

Endireitei a postura, meu semblante inexpressivo enquanto o medo gelava as veias.

— Sério?

— Estava apenas perguntando a ele sobre seus interesses. — Ele tomou um gole de sua bebida, seu olhar nunca se desviando. — Não sabia que havia estudado para ser veterinária. Que interessante.

— Sim, Spence foi a melhor da turma, foi convidada para o *Royal College of Veterinary Surgeons*. — Theo acariciou minhas costas.

— Uau. Impressionante. — Lorde Bundão ergueu uma sobrancelha, a boca se curvando em um sorriso de escárnio. — E você não aceitou?

— Não.

Cretino. Ele sabia que minha família não tinha dinheiro para isso.

— Bem, não é como se ela pudesse ir, de qualquer maneira. Então acho que foi o melhor. No futuro, ela pode escolher instituições de caridade para cuidar, caso queira — respondeu Theo.

Como se este fosse um *hobby* adorável.

— O quê?

Eu me afastei, virando para encará-lo. Podia sentir os olhares de todos no grupo focados em nós, percebendo a mudança no clima.

— Spence, você sabia disso. Conversamos a respeito. — As sobrancelhas de Theo franziram em confusão, sua voz baixa. — Como membro da realeza, você não poderia ter continuado com seus estudos. Teria sido uma perda de tempo e dinheiro.

— Como. É. Que. É? — Recuei um passo, os ombros retesados. — Uma perda de tempo?

Os olhos de John cintilaram enquanto iam e voltavam entre nós.

O semblante de Theo franziu.

— Você sabe que não foi o que quis dizer.

— Você parece dizer muito isso — debochei. — Mas sua afirmativa não estava assim tão complicada para compreender.

— Spen-cer — Theo pronunciou meu nome pausadamente, seu olhar disparando ao redor do grupo que nos encarava com uma fascinação esquisita. — Será que podemos conversar sobre isso depois? Aqui não é o lugar.

O fogo dentro de mim rugiu como um monstro, gritando e arrastando suas garras, mas como de costume, eu o coloquei para dormir, fixando um leve sorriso no meu rosto.

— Claro.

SOB A GUARDA DA *Realeza*

Ele sorriu, o braço me envolvendo e me puxando para o seu lado, seus lábios roçando minha testa.

— Todas as apostas foram feitas? Meu cavalo vai sair na próxima corrida! — Theo soltou, acabando com o clima tenso, fazendo seus amigos aplaudirem e se dirigir à pista de corrida, esquecendo a cena que acabaram de testemunhar. — Olha, aí está ela!

Entorpecida, fui com eles, meus olhos pousando no cavalo que Theo estava apontando. Senti o nó entalar na garganta na mesma hora.

Penny Terrível.

E em seu lombo estava Katy.

Foi como jogar bituca de cigarro na gasolina. Precisava sair ou o monstro dentro de mim explodiria.

— Preciso de um pouco de ar fresco. — Eu me separei de Theo.

— Está tudo bem? Quer que eu vá junto?

— Não — respondi, com firmeza, balançando a cabeça. — Vou ficar bem. Aproveite a corrida.

Não o deixei responder, meus passos apressados já atravessando a grande arena.

— Spencer? — gritou ele, mas escapei no meio da multidão, o anúncio da próxima corrida atraindo pessoas para mais perto.

Mantendo a cabeça baixa, senti a ardência das lágrimas e corri para a porta dos fundos. Sim, eu estava um pouco sensível esta noite, mas oficialmente ouvir o barulho dos meus sonhos sendo esfacelados e postos de lado, de forma tão banal, doeu demais; saber que, sem dúvida, meu mundo inteiro deveria girar em torno dele.

Eu o amava, mas agora, as amarras pareciam um fardo muito pesado para carregar.

— Milady? — A voz chamando por mim só rasgou meu peito ainda mais.

Sabia que se me virasse e olhasse para ele, eu romperia.

— Spencer. Pare.

Por alguma razão, parei, me sentindo esgotada, sem a menor disposição para brigar.

Seu físico se postou às minhas costas, e pude sentir o calor, sua presença contra minha pele puxando as cordas da minha respiração como um violino. Ele não me tocou, mas com cada pedacinho da minha pele, coberta ou não, conseguia sentir como se tivesse feito exatamente isso.

— Me deixe em paz — sussurrei.

— Não posso — murmurou Lennox, seu timbre deslizando pela minha nuca. — É meio que o meu trabalho.

— Por favor.

— Qual é o problema?

Tudo.

Nada.

Deus, eu provavelmente parecia tão mimada, nenhuma pessoa se sentiria mal por mim. Eu entendia. Se as circunstâncias fossem diferentes, eu também não sentiria. Mas por mais que amasse Theo e quisesse estar com ele, este mundo estava me sufocando.

E do jeito que meu coração batia forte, meu guarda-costas não estava ajudando. *Não, Spence, você não sente nada por ele. Está se sentindo sozinha e perdida agora.* O que quer que estivesse sentindo, era algo do qual eu precisava me distanciar. Precisava ficar longe de tudo.

Olhando para cima, vi Eloise discutindo com alguém escondido por trás da multidão ao seu redor, o rosto contraído, sacudindo a cabeça, agitada. Era a mesma pessoa de antes? Dalton? Embora eu tivesse certeza de que o vi logo atrás de Theo.

Furiosa, ela cuspiu palavras por entre os dentes, o dedo apontado, antes de sair pisando duro, vindo em minha direção.

Parecia que sua noite estava indo tão bem quanto a minha.

Avancei rapidamente à frente, sentindo a ausência do calor do corpo de Lennox esfriar minha pele.

— Eloise?

— Droga, esta noite está uma merda — resmungou, baixinho, para mim, procurando por algo na bolsa. — Preciso de uma bendita bebida.

— Idem.

Ela olhou para mim, avaliando minha expressão, e assentiu em concordância.

— Quer sair daqui? Se eu tiver que fingir e sorrir mais esta noite, vou acabar me desfazendo. — Um sorriso travesso curvou sua boca. — Vamos nos divertir. Sem nenhum deles.

— Eu deveria avisar ao Theo.

— Sério? Aí nossa aventura perde todo o sentido. — Ela olhou para mim; as sobrancelhas se arquearam até a raiz do cabelo. — Você é tão boazinha, Spence. Seja uma menina má por uma noite.

Esse era o lance. Estava cansada de ser uma filha ou namorada boazinha e bem-comportada. Fazer tudo o que os outros mandavam. Pais, professores, agora todo o palácio real.

— Lennox nunca aceitará isso. — Indiquei sua posição com o olhar.

— Você age como se eu não tivesse feito isso antes. Sou profissional em despistar os seguranças. — Pegou o celular, digitando uma mensagem. Passaram-se apenas alguns segundos antes que o alerta de mensagem a fizesse sorrir ainda mais. — A liberdade nos espera. Siga-me.

— Como? — Eu me virei e vi Lennox apenas a alguns metros atrás, os olhos se estreitando como se sentisse que eu estava prestes a desafiá-lo.

— Não me perca de vista, e haja o que houver... não olhe para trás quando ele gritar seu nome. — Agitou as sobrancelhas, dando um aceno discreto para o seu guarda-costas, Peter, quase fundido à parede. — Não se preocupe, você está com uma mestra em despistar seguranças. Está pronta?

— Com certeza.

Ela agarrou meu braço e, em um piscar de olhos, nos guiou apressadamente para o meio da multidão, ziguezagueando por entre as pessoas e correndo para uma saída, em direção à noite fria e úmida como a porra de um ninja.

— Princesa!

— Spencer!

Nossos nomes ecoaram no ar, apenas estimulando que fôssemos mais rápido. A área dos fundos da propriedade estava silenciosa, vazia e escura, iluminada apenas por uma fraca luz amarelo-esverdeada. Nossos saltos clicavam contra o piso molhado, e as passadas pesadas das botas de nossos seguranças enviavam arrepios pelas minhas costas.

— Onde estamos...

Pneus guincharam na noite, e um imaculado Aston Martin preto derrapou até parar na nossa frente. Quando os vidros escuros baixaram, uma loira familiar estava ao volante.

— Vocês estão procurando uma carona? — Hazel piscou, e Eloise abriu a porta. Mas que merda era essa? Quando me afastei de Theo, ela estava com o grupo.

— Spencer! Pare! — Lennox explodiu, sua advertência expressava raiva; o timbre irritado, ecoando na noite fria, aqueceu minha pele.

"Não há como me dispensar e sair correndo pelos fundos de uma loja como se fosse um maldito filme." Eu podia ouvir a declaração de Lennox torcer a culpa em meu peito, mas a empurrei para longe. Ele não controlava minha vida ou a mim.

Mergulhei no banco de trás. O carro foi obviamente desenvolvido para ser belo e veloz, e não, necessariamente, oferecer conforto para os passageiros do banco traseiro.

Eloise nem tinha fechado a porta, e Hazel pisou no acelerador, cantando os pneus ao acelerar pelo beco.

Olhando para trás, avistei Lennox estacar em seus passos, a expressão vibrando de fúria. Não pude ouvir, mas claramente o vi berrar:

— Porra! — Pisoteou o chão quando Peter o alcançou, as duas sombras desaparecendo na escuridão.

Eu me virei, me acomodando no assento. O vento agitava meu cabelo, meu coração estava disparado e a adrenalina corria pelas veias, mas o primeiro sorriso verdadeiro de toda a noite curvou meus lábios.

— Posso dizer, foi a melhor ideia de todas. Estava prestes a atirar em mim mesma se tivesse que assistir a mais um salto de cavalo ou ouvir suas estatísticas. — Hazel mudou de marcha, pisando fundo no acelerador e disparando pelas ruas da cidade. — Que bom que o carro de Lorde John estava estacionado bem na frente. Queria dar uma volta com esta belezinha já tinha um tempo.

— Espera. Este não é o seu carro? — perguntei acima da música pop que explodia os alto-falantes. As duas olharam para mim como se eu tivesse enlouquecido.

— Ah, querida, você tem muito que aprender. Nunca saia com seu próprio carro.

Hazel derrapou em uma esquina.

— Por quê?

— Eles têm rastreadores em todos os automóveis da realeza. E a segurança conhece os carros de todos os nossos amigos. É fácil descobrir nossa localização — respondeu Eloise, seu cabelo esvoaçando descontroladamente com o vento. — Além disso, é muito mais divertido assim.

— Então, para onde? — perguntou Hazel.

Eloise tirou um baseado da bolsa e o acendeu. Ela inclinou a cabeça para trás, inspirando e expirando profundamente.

— *The Church.*

A boca de Hazel se curvou em um sorriso travesso.

— Sim.

— Church? Não entendi... é uma igreja?

Hazel piscou para mim pelo espelho retrovisor.

— Ah, Spence. Cola com a gente... Você está prestes a ter uma experiência sobrenatural de deixar qualquer um de joelhos.

The Church era a antítese do que seu nome evocava.

Situada em uma antiga igreja reformada, o teto se elevava muito acima de nossas cabeças, o 'confessionário' era o nome do enorme bar ao longo da parede lateral. Plaquinhas com os nomes Santos e Pecadores indicavam os banheiros *unissex*.

A música vibrou por todo o meu corpo, minha mente espiralando a cada melodia, sentindo-a percorrer minha pele e bater no peito feito um tambor. A banda, *The Priests*, estava no palco, seu som assombroso e sensual fez com que eu sacudisse a cabeça e me sentisse livre. Sexy. Poderosa.

— Preciso de água. — Hazel se abanou, os olhos turvos enquanto continuava a dançar ao som da música como se não conseguisse parar.

Eu já tinha fumado maconha o suficiente na escola, mas depois que me formei, não. Quando Eloise colocou um comprimido branco na minha língua, sabia no que estava me metendo.

Estava cansada de me sentir protegida. Boazinha. Controlada.

Por uma noite, eu queria agir como uma garota da minha idade, me revoltar com o fato de tudo pelo qual me esforcei na escola ter sido jogado no ralo. Ser livre para sentir raiva. Porém, não conseguia reunir um grama de irritação em qualquer lugar. Eu só estava me sentindo... feliz. Aquecida. O sorriso preguiçoso no meu rosto chegava a ser doloroso, meu corpo se movia sem que eu tivesse que comandá-lo, os braços girando acima da cabeça.

Entendi que poderia realmente me envolver em instituições de caridade, e talvez isso fosse bom para mim no futuro.

Mas esta noite não era o bastante.

Nós três dançamos no meio da pista de dança lotada, o suor escorrendo pelas minhas costas, por conta do ar espesso e úmido, encharcando o vestido branco que provavelmente custou mais do que o aluguel da maioria das pessoas aqui. Minha meia-calça estava na lixeira do banheiro e os saltos foram descartados. Não fazia ideia de quando ou onde os perdi.

E não me importava.

Meus pés descalços grudavam no piso de madeira, e os cheiros de maconha, álcool, suor e odor corporal se infiltraram pelo ar, mas tudo parecia tão certo. Muito bom.

— Todo mundo está tão chapado aqui, que ninguém se importa com a gente ou quem somos, capaz de nem lembrar de terem me visto cinco segundos depois — Eloise disse isso assim que entramos, o segurança do lado de fora nos dando acesso por uma porta lateral. — Sempre posso ser eu mesma aqui e me divertir.

— Ninguém nunca te reconheceu?

— Sim, mas ninguém realmente acredita que sou eu. A maioria pensa que é alguém bem parecido.

— Lembra daquela vez que aquela *drag queen* estava vestida igual a você? — Hazel começou a rir. — Ela chamou você de principiante. Foi hilário.

— Sério? — Gargalhei.

— Comparado a ela, eu era mesmo! — Eloise exclamou, divertida. — Ela interpretou o meu papel bem melhor do que eu.

Deve ser surreal ter pessoas se vestindo como você, se apresentando em boates e eventos.

A banda mudou para um som mais lento e sensual, fazendo minhas terminações nervosas formigarem quando corpos suados e quase sem roupa esbarraram em mim, se esfregando contra mim de um jeito mais tórrido. Bem no fundo do meu cérebro, sabia que normalmente acharia isso extremamente desconfortável e nojento. Odiava lugares superlotados e ser apalpada por estranhos, mas agora...?

Foi fan-tás-ti-co.

Rebolando os quadris, ergui o cabelo, a língua colando no céu da minha boca.

— Vou pegar um pouco de água! — gritei para as meninas.

— Diga para colocarem na minha conta — Eloise falou, enquanto o cara atrás dela esfregava as mãos em seus braços, fazendo sua cabeça inclinar para trás em êxtase.

— Pegue uma para mim também — disse Hazel, entre os dois caras que a ladeavam.

Assentindo, atravessei a multidão, seguindo em direção ao 'confessionário'. Meu celular, enfiado na alça do sutiã, zumbia freneticamente, enviando vibrações pelo meu corpo. Eu havia ignorado todas as chamadas, mas por algum motivo peguei o aparelho e vi o nome na tela.

SOB A GUARDA DA *Realeza*

Paspalho. Bem, foi assim que salvei seu nome na lista de contatos.

Um sorriso que não consegui conter se espalhou pelos lábios, meu coração martelando no meu peito. Minha cabeça e corpo pareciam estar desconectados um com o outro; um gritava para ignorar a chamada outra vez, e o outro... apertou o botão verde.

— Oi, paspalho — eu disse, assim que coloquei o celular contra o ouvido.

— Spencer. — Baixo. Profundo. Vibrando de raiva, sua voz lambeu minha orelha, estremecendo meu corpo, e me fazendo perder o fôlego.

Droga!

— Precisa de alguma coisa? — A inocência em minhas palavras era um pouco jovial.

— Eu. Preciso. De uma coisa. — Lento. Rouco. Não parecia uma pergunta, mas um desafio.

Porramerdamerdadesgraçado.

— Preciso que você... — Ele fez uma pausa.

Meu peito arfava, e o cérebro dizia para desligar, mas a mão se recusava a obedecer.

— O quê? — sussurrei.

— Vire a cabeça para a esquerda.

O nó apertou minha garganta, e o coração acelerou quando inclinei o pescoço para o lado.

A escuridão engolfava a parede oposta, corpos se movendo sob a penumbra, se agarrando, alguns transando, mas apenas uma pessoa se destacava ali. Como se ele fosse o único em cores, enquanto o resto era de um preto e branco nebulosos.

Olhos castanho-esverdeados brilhavam no escuro, fixando-se em mim como um feixe de laser.

Um pequeno suspiro escapou da minha boca.

— Encontrei você. — Rouco, o timbre de Lennox se espalhou sobre mim através do telefone. Sacudi a cabeça, expulsando quaisquer pensamentos considerados apenas como hipóteses na minha mente.

Meus pés me guiaram lentamente até ele. Abaixei o celular, ainda retendo o fôlego. Uma voz contrária aos meus desejos me mandava parar, voltar para a pista e dançar com as garotas, mas o meu corpo continuava a seguir em sua direção.

— Você prometeu. — Seus olhos me perfuravam, me fazendo sentir como se o tecido do meu vestido tivesse se tornado áspero, de repente, e não tivesse a menor chance contra ele.

— Na verdade, tecnicamente, eu nunca prometi nada a você. — Eu me aproximei.

Ele me observou conforme eu chegava mais perto, e retesou o corpo quando cruzei o limite de seu espaço pessoal. As pontas dos dedos dos meus pés esmaltados se curvaram sobre o material de seus sapatos pretos.

— Você me encontrou. — Cada sílaba foi pronunciada de forma rouca e gutural. O tecido de seu terno feito sob medida roçou minhas pernas nuas, meus dedos se estendendo como antenas, desejando tocar, precisando saber como seria contra a minha pele. — E agora?

Arrastei os dedos pelo seu terno, adorando a sensação da camisa social branca, rindo ao sentir os botões contra a palma da mão à medida que descia por seu abdômen.

No entanto, o riso morreu tão rápido quanto surgiu; minha pele ficou encharcada pelo calor que emanava do tecido, seu coração batendo forte contra a mão; a forma como os músculos de seu abdômen contraíram à medida que eu tateava seu torso, fascinada e obcecada com a sensação gostosa. Minhas coxas latejaram de desejo, em agonia para receber o mesmo toque.

— Spencer... — ele disse meu nome com a voz rouca, a advertência passando pelo meu corpo necessitado... Eu queria muito mais. Eu precisava disso. Meu corpo, com ciúme das minhas mãos, pressionou ao dele. — O que você está fazendo? — Seus dedos envolveram meus pulsos, me segurando no lugar, mas não me afastou.

— Relaxando. — Puxei sua gravata, afrouxando-a, e minha perna se arrastou por sua calça, a sensação me deixando afogueada, arrepiada. Todos deveriam experimentar essa sensação gostosa. — Você é tão tenso e rígido.

A música e meus batimentos cardíacos estavam pulsando nos ouvidos, mas eu poderia jurar que o ouvi murmurar:

— Não é isso que está rígido agora.

Mas suas palavras flutuaram ao longe na minha mente. Sem passado, sem presente, apenas o agora.

— Spencer. Pare. — Seu aperto em meus pulsos aumentou, mas, ainda assim, não se afastou do meu corpo. Sua mandíbula estava travada, as narinas dilatadas.

Droga, ele era tão cheiroso.

Ele incendiou minha pele, a sensação me enchendo de desejo. Sentir

SOB A GUARDA DA *Realeza*

sua ereção pesada pressionando contra minha barriga fez com que uma necessidade extrema pulsasse em meu núcleo, o desespero de senti-lo empurrar para dentro de mim, de sentir seu corpo esfregar contra o meu.

Um gemido gutural subiu pela minha garganta. Queria ser levada às alturas, sentir o universo implodir ao meu redor. *Você quer é um orgasmo de verdade.* Uma voz brotou no meu subconsciente. Afastei o pensamento, não querendo esvaziar a bolha de felicidade abençoada, ignorando a sensação de culpa por estar fazendo algo errado.

— O que você usou? — Lennox atraiu minha atenção de volta para ele, segurando meus pulsos com força, nossas bocas separadas por apenas um centímetro. — O que você tomou?

Suas perguntas estavam quebrando meu clima. Eu não dava a mínima para o que tomei ou que merda aconteceu antes. O que me interessava era o agora. Sentir. Amar. Aproveitar o momento.

— Você é meu pai? — Franzi o cenho. — Devo chamá-lo de papai?

— Ah, não vamos por aí — murmurou, cada palavra soando tensa entre seus dentes.

Soltando meus braços, suas mãos deslizaram sob minha mandíbula, e na mesma hora mordi meu lábio inferior, cerrando as pálpebras, deliciada com a sensação.

— Abra os olhos — exigiu. A voz autoritária fez com que se abrissem, um ronronar zumbindo pela minha garganta.

Ele me encarou. Examinando minhas feições. Inclinando a cabeça para o lado, captando a luz em minhas pupilas.

— Porra, você está chapada.

— É bom ver que seus anos de treinamento militar não foram em vão. — Eu ri, achando estranhamente engraçado. Tudo era engraçado. Minhas mãos se concentraram de novo em seu torso, por vontade própria. Fiquei séria em segundos. — E não há nada que possa fazer ou dizer sobre isso.

Seu corpo pairou sobre mim, as mãos ainda segurando meu rosto, e seu olhar se transformou de avaliativo a outro tipo, o que fez tudo revirar por dentro.

Ficamos assim até que sua cabeça balançou devagar, sua voz quase um sussurro:

— Você vai me destruir.

Entrecerrei os olhos, a mente confusa demais para entender o que ele quis dizer, mas as palavras foram um pano de fundo para a maneira como seu foco foi atraído para a minha boca, a sensação de seus dedos cravando na pele sob minha mandíbula. Emoções incompreensíveis explodiram em meu peito, me fazendo ficar na ponta dos pés, ardendo de desejo.

— Spencer. — Meu nome foi dito com cautela. — Você não está em seu juízo perfeito. Não faça isso.

No entanto, ele não fez nada para realmente me impedir. E eu não conseguia fazer nada além de avançar, o desejo e a necessidade de prová-lo passaram por cima de todos os meus próprios alarmes tocando ao fundo da minha cabeça.

Meus lábios roçaram os dele, já incendiando o meu corpo com o calor.

— Lennox? — Seu nome ecoou às minhas costas, me sobressaltando como se eu tivesse levado um tiro. — O que vocês estão fazendo?

Virando-me, deparei com Hazel a poucos metros de nós, a cabeça inclinada e as sobrancelhas franzidas.

— Merda. — Eu o ouvi murmurar baixinho, afastando-se de mim como se eu tivesse uma doença. — Srta. Seymour. — Lennox acenou com a cabeça para ela, endireitando os ombros, assumindo seu papel como guarda-costas.

Seus olhos embaçados dispararam entre nós por mais um segundo antes de um sorriso alegre curvar sua boca. Oscilando em seus pés descalços, ela foi até ele. Suada, com o cabelo despenteado, ainda parecia que havia acabado de sair da passarela.

— Acho que passamos da fase de usar nomes formais, não acha? — Sua declaração acabou com o meu zumbido de alegria, e minhas mãos cerraram em punhos.

O que ela quis dizer com isso? Eles tinham ficado juntos? Transaram? Ela disse que queria transar com ele, e Hazel não era uma garota que qualquer cara rejeitaria.

Ela tentou empurrá-lo de volta contra a parede, mas ele não se moveu. Hazel não deu a mínima e se inclinou para ele, esfregando as mãos em seu corpo. Livre e descaradamente.

Como se tivesse o direito. Como se tivessem feito isso antes.

— Eu estava mesmo esperando que nos encontrasse. Estava prestes a ligar meu celular para que pudesse nos rastrear. — Imprensou o corpo ao dele, cheirando seu pescoço. — Puta merda! Você é cheiroso pra caralho.

Celular.

Eu não havia desligado o meu. Eu não tinha jeito mesmo para ser uma garota rebelde...

SOB A GUARDA DA *Realeza*

217

Erguendo a cabeça, eu o flagrei me encarando fixamente por cima do ombro dela, embora não conseguisse decifrar nada em sua expressão. Tudo que eu sabia era o que estava diante de mim. Hazel e Lennox. Com cada respiração, a realidade assentou e embrulhou meu estômago.

Theo!, minha mente gritou para mim. *Você não se importa. Você tem Theo!*

De repente, senti falta dele, precisando que ele clareasse minha cabeça.

— Vamos sair daqui — Hazel murmurou em seu ouvido, movendo as mãos sobre o peito, a voz estridente e nem um pouco discreta. — Vamos para a minha casa.

Ele agarrou seus braços, afastando-a de si.

— Estou de serviço agora.

A atenção de Hazel mais uma vez alternou dele até mim, os lábios contraídos como se estivesse captando alguma coisa no ar.

— Caramba. — Eloise se aproximou de mim, o cabelo preso em um coque alto, os braços cruzados. — Eles nos encontraram.

Sua atenção disparou ao redor do lugar.

— Onde está o outro?

— Lá fora. — Lennox se afastou de Hazel. — No carro, esperando por Sua Alteza. Se vocês, senhoritas, estiverem prontas para ir embora.

Ele gesticulou para a porta dos fundos.

— Claro, por que não? Você acabou com o clima mesmo. — Eloise afastou alguns fios de cabelo do rosto.

— Fico feliz em servir.

— Como nos encontrou? Desligamos nossos telefones — comentou, seus olhos pirados e inquietos.

Lennox sorriu, disparando o olhar para mim, depois de volta para Eloise.

— Fui treinado para espionar os homens mais mortais, dissimulados e corruptos do mundo. — Gesticulou ao redor. — Vocês três são como encontrar gatinhos fofinhos em um refúgio de lobos.

Sua mão pressionou minhas costas, nos movendo para frente.

— Não se preocupe, Duquesa, não foi o seu celular que me trouxe até aqui — fingiu sussurrar em meu ouvido, dizendo alto e claro para que elas ouvissem.

— O quê? — Eloise se virou. — Você deixou seu celular ligado? Sabe que eles podem rastreá-los, né?

— Nem precisei rastrear o celular. — Ele deu de ombros, girando para destravar uma porta lateral com o quadril, abrindo-a para nós.

— Como conseguiu então? — Eloise sondou.

— Da próxima vez que roubarem um carro... — Lennox nos guiou para a noite gelada, e meus pés na mesma hora quase congelaram no asfalto frio. Isso resfriou minha pele superaquecida, e aceitei o beijo frio da noite de bom grado. — Certifiquem-se de que não seja um tão visível e que tenha um rastreador instalado pelo proprietário.

CAPÍTULO 24

Meus olhos se abriram sob a luz fraca da manhã.
Dor.
Latejante. Cruel. Implacável.
Enterrei a cabeça no travesseiro, com um gemido. O latejar da agonia se chocou contra o crânio e revirou meu estômago com bile.

Enrolando-me em posição fetal, percebi que estava só de calcinha e sutiã. Hematomas e manchas não identificados cobriam meus braços e pernas e meus pés estavam imundos.

Mas que diabos aconteceu?

A noite anterior era quase um borrão completo. Eu me lembrava de partes do evento, e a boate parecia mais como um sonho sem nitidez, mas ainda podia sentir em mim como se fosse uma vibração.

Culpa. Excitação. Alegria. Desejo. Vergonha.

Gemendo, eu me levantei devagar, tentando evitar que meu cérebro caísse da cabeça ou esbugalhasse meus olhos. Já tive ressaca várias vezes, mas agora era diferente. Entre o álcool e a pílula da felicidade, eu estava em um estado de perda total, meu corpo rejeitando e desejando mais de cada um deles.

Trêmula, fui para o banho, curiosa para saber quem me colocou na cama. Tive a impressão de entrar em um SUV na boate, e nada mais. A carona para casa, a chegada ao quarto... ou o ato de me despir... eu não me lembrava de nada.

Deixei a água cair sobre o rosto e massageei a cabeça, e, só então, comecei a me sentir um pouquinho melhor. Em seguida, optei por vestir roupas mais confortáveis.

Não queria fazer aula de etiqueta, dar entrevista ou participar de um evento. Hoje era meu dia para me recuperar de um porre como uma jovem normal de dezenove anos.

Queria muito ir ver Landen e Mina, e até mesmo andar a cavalo. Sentir a brisa no rosto, o silêncio da floresta. Todo o resto poderia esperar.

Hoje eu faria valer a minha vontade.

Meu celular estava ligado na mesa de cabeceira. Eu o peguei, percorrendo as centenas de mensagens, correios de voz, e-mails e notificações de redes sociais inundando o telefone. As ligações perdidas de Theo me apunhalaram mais, retorcendo a culpa que eu não entendia no fundo do peito. Precisava ir vê-lo, sentir seu beijo, seus braços e o sorriso me garantindo que tudo ficaria bem.

Perdida em pensamentos, abri a porta. O som de um movimento à frente me fez erguer a cabeça, e parei no meio do caminho.

Hazel saiu sorrateiramente do quarto em frente ao meu, usando o mesmo vestido da noite anterior, com uma camiseta masculina preta por cima; seu celular, sutiã e calcinha estavam embolados em uma das mãos. Seu estado era de completo desalinho. O cabelo estava despenteado, delineador borrado, lábios inchados, bochechas avermelhadas.

Parecia ter tido uma noite bem boa.

— Ah, droga! — murmurou, assustando-se assim que me viu. — Quase me matou de susto.

Minha boca não abria; não conseguia falar. Meu olhar passou por ela até o quarto escuro, para o homem adormecido e estendido na cama, de costas para mim, os lençóis em um amontoado no chão, deixando-o completamente à mostra.

Lennox.

Fui incapaz de impedir meu olhar ganancioso de admirar seu corpo nu. Tonificado. Musculoso. As curvas de sua bunda nua firme prenderam minha respiração. Tatuagens que nunca imaginei que ele tivesse serpenteavam por uma nádega, até as costelas. Minha língua começou a coçar diante da intensa vontade de investigar cada traço. Ele se mexeu, e os músculos das costas ondularam, cada centímetro de seu traseiro entrou em exibição, atiçando fogo em minhas veias.

Meu interior pulsou, a necessidade de traçar os dedos por cada reentrância, de senti-lo em todos os lugares, despertou uma memória da noite anterior – ou talvez um sonho –, e o desejo passou por mim como um tsunami. Porém, tão rápido quanto veio, o oposto me inundou, me afogando em vergonha, nojo e raiva.

De mim. De Hazel.

De Lennox.

— Esperava escapar sem que Theo, o rei ou a rainha me vissem. —

Hazel fechou a porta, atraindo novamente minha atenção. — Você poderia imaginar a humilhação de ser flagrada fazendo a caminhada da vergonha, ainda mais por Catherine?

Hazel esfregou a cabeça com a mão livre.

— Ela não aprovaria. Mas Santo Deus, se ela pegasse... — disparou, sua expressão se tornando sonhadora. — Não tinha ideia de que ele seria tão incrível. Meu Deus... ele... Uau... — Ela abanou o rosto afogueado. — Era como se ele estivesse em uma missão... como se tivesse algo a provar. Foi muito melhor do que pensei. E olha que tenho uma imaginação muito detalhada.

Pisquei.

— Bem, vou fugir pelos aposentos dos empregados. — Indicou o corredor. Esqueci que ela conhecia este lugar melhor do que eu, já que praticamente cresceu aqui. — Eu me diverti ontem à noite. A gente devia sair de novo.

Aposto que se divertiu mesmo.

— Ah, e agradeça a Theo por me emprestar o carro dele. — Deu uma piscadinha. — Ele, provavelmente, nem vai notar. Não é como se pudesse dirigi-lo mais.

Pisquei os olhos.

— Vejo você mais tarde, Spence.

Hazel apertou meu braço antes de sair correndo, deixando-me exatamente no mesmo lugar.

Eu sabia que não tinha o direito de ficar com raiva. Ela era uma pessoa adorável que tinha todo o direito de dormir com quem quisesse. Assim como ele. Mas não importava o que eu dissesse a mim mesma, a fúria e a tristeza retorceram meu estômago, pressionando a culpa que já estava assentada no meu peito.

Os três produziram um coquetel mortal de raiva. Eu conhecia meu temperamento, o fogo fervilhando em fogo brando; inquieta e ansiosa para me afastar dali, ziguezagueei por entre os funcionários que decoravam o palácio para os feriados de final de ano. As férias, geralmente, traziam alegria ao meu sorriso, mas agora eu queria enfiar uma bola natalina na bunda de alguém. Para a segurança de todos, eu precisava de um momento para me recompor. Ao passar pela sala do café da manhã, ouvi Theo e Alexander conversando, o que só atiçou ainda mais meu desejo de fugir.

Eu não estava com vontade de fazer reverências, ser civilizada ou fingir gentilezas.

Empurrando a porta para o jardim, a névoa fria da manhã resfriou minha pele; inspirei o orvalho da manhã, sentindo a ardência em meus pulmões ao tentar respirar. A sensação era boa, e a dor despertou e amorteceu a fúria ardente.

Cruzei os braços, tentando me aquecer, e esfreguei as mãos para cima e para baixo, por cima do suéter fino. Suspirando fundo, adentrei ainda mais no terreno, em direção ao meu lugar secreto perto da lagoa.

Qual é o seu problema? Por que se importa por Hazel ter dormido com Lennox? Eu me repreendi mais do que ponderei, porque podia sentir isso borbulhando sob todas as camadas e justificativas. Eu amava Theo; essa não era a questão. Mas a inquietação interna muito indesejada – o aperto por dentro – sugeria algo que eu nem queria contemplar.

Era perfeitamente normal sentir algo por uma pessoa que te protegia, certo? Lennox estava comigo mais do que Theo. Eram apenas sentimentos equivocados...

— Eu falei para ir embora! — A voz de uma mulher flutuou através da névoa espessa, afastando minhas lembranças. Relanceei o olhar mais à frente, à procura do interlocutor. — Não tenho ideia do que te fez pensar que essa era uma boa ideia.

— Por favor... — implorou um homem, parecendo estar meio descontrolado.

Ambos conversavam baixinho, mas tive um pressentimento e acabei me esgueirando para mais perto.

— Não. Acho que já tolerei muito a sua conduta imprópria e má-intepretação sobre seu privilégio de vir aqui. — O tom era formal. O apogeu da sociedade e alta classe. A voz que você ouvia na TV enquanto acenava para a multidão de admiradores.

Eloise.

Eu me escondi atrás de uma árvore, e me curvei para vê-la. O homem estava de costas para mim, ligeiramente oculto pelo pátio ao lado. Meu instinto parecia captar certa familiaridade em seu físico, mas minha mente estava meio lenta.

Sua expressão estava marcada por um desdém inabalável que só uma princesa poderia ostentar sem o menor esforço. Ela estava vestida casualmente com jeans rasgados e um casaco longo de malha, com botas de salto, o cabelo úmido enrolado em um coque. Não importava o que usasse; ela sempre exalava a imponência da realeza.

— Você precisa ir embora. Agora. — Ela passou por ele.

O homem estendeu a mão e agarrou seu pulso.

— Princesa, por favor. — Seu movimento fez com que ficasse à vista. Meu mundo congelou.

Balancei a cabeça, como se o que tinha diante de olhos fosse uma mentira. A ressaca e o choque de ver Hazel ferraram o meu cérebro, mas não importava o quanto desejasse, não havia como negar quem estava ali.

Meu tio.

Fredrick usava sua calça habitual, camisa de colarinho, colete de lã e casaco de tweed, como se tivesse acabado de chegar de uma festa de tiro ao alvo ambientada na Era Eduardiana. No entanto, olheiras escuras delineavam seus olhos. Seu corpo retesado denotava pânico e exaustão.

Que merda ele estava fazendo aqui? O que estava acontecendo? Em vez de me mover, meus pés estavam enraizados no lugar, observando a cena com descrença.

Furiosa, Eloise encarou os dedos que a seguravam.

— Nunca mais me toque.

— Sinto muito... Me desculpe. — Ele a soltou, curvando a cabeça. — Por favor. Eu te imploro. Essa foi a última parte. Disseram-me que ele era uma aposta certa.

Ele esfregou a cabeça; seu corpo normalmente impecável se curvou em desespero. Nunca presenciei meu tio demonstrar um pingo de fraqueza ou implorar a ninguém. Nunca.

Ele era implacável com os negócios, cruel com sua família e firme com suas palavras. Sempre se orgulhava de manter a cabeça erguida. Vê-lo daquela forma, se curvando, implorando...

— Isso não é problema meu — respondeu Eloise, balançando a cabeça. — Você conhece as regras. Apostou tudo e perdeu. É problema seu. Não meu.

— Vossa Alteza — suplicou, o desespero o fazendo elevar o tom de voz. — Você pode nos ajudar. Sei que pode. Minha sobrinha será da realeza. Sua cunhada. Seremos uma só família. Quer essa vergonha sobre ela e seu nome?

Eloise ofegou, erguendo a cabeça.

— A única razão pela qual está aqui agora é por causa de Spencer. Eu lhe dei alguns minutos, coisa que nunca teria feito por outra pessoa. Nunca mais entre em contato comigo. Jamais aja como se me conhecesse. Esse era o acordo. Se isso vazar...

Ela balançou a cabeça, a raiva retorcendo suas feições.

— Eu te avisei, mas você simplesmente não conseguia parar. Seu ego, arrogância, ganância e necessidade de ser alguém custam não somente a você, mas à sua família, tudo. Suas escolhas são responsabilidade sua. Sinto muito, de verdade. Mas está fora da minha alçada.

Ela começou a andar de novo.

— Escuta aqui, sua vagabunda. — Ele avançou outra vez, agarrando seu braço e puxando-a com fúria. — Você é apenas uma garotinha tentando brincar no clube dos garotos grandes. — Segurou seus braços com brutalidade, sacudindo-a com o olhar enlouquecido. — Não vou perder tudo para uma criança idiota! Vou te matar!

Seu rosto se contorceu de raiva, uma expressão que já vi inúmeras vezes ao longo dos anos. Era a expressão que sempre via logo antes de ele descontar sua ira e espancar Landen.

Ah. Que. Merda.

O instinto entrou em ação, e em um piscar de olhos cheguei até onde estavam. Cravei as unhas em suas mãos e esbravejei:

— Solte-a! — Empurrei seu peito. Por um segundo, foi como se ele nem me reconhecesse, um grunhido feroz em seus lábios ao continuar chacoalhando Eloise. — Fredrick! — gritei, dando um tapa em seu rosto. Puta merda, acabei de dar um tapa no meu tio? — Solta. Ela... Agora!

Ele ficou imóvel, piscando para mim, resfolegando por conta do esforço e da raiva.

— Solte Sua Alteza — rosnei, me colocando entre eles, o queixo erguido.

Pude ver o momento em que recobrou os sentidos. Quando compreendeu o que havia acabado de fazer. Atacar a Princesa Real...

Ela poderia tê-lo arrastado para a prisão para sempre com uma palavra.

Os braços penderam inertes, o pânico arregalando seus olhos.

— Spencer — sussurrou meu nome como uma súplica.

Eu me virei para encarar Eloise, com medo de sua resposta. A amizade neste mundo era passageira e instável. Ela poderia se voltar contra toda a minha família por isso.

— Você está bem?

Meu olhar a varreu de cima a baixo, em busca de algum ferimento.

— Sim. — Seus olhos permaneceram focados em meu tio, desconfiada. — Estou bem. Já fui tratada com mais aspereza do que isso, embora o outro tipo fosse agradável.

SOB A GUARDA DA *Realeza*

225

— Eloise?

Toquei seu braço, atraindo sua atenção de volta para mim.

Ela me encarou por um instante, antes de acenar em concordância.

— Estou bem, Spence. — Suas palavras me trouxeram alívio, ciente de que ela não havia me colocado no mesmo rolo que meu tio. — Não que minha cabeça já não estivesse se partindo em duas. E ainda nem tomei chá esta manhã. — Exalou, esfregando as têmporas.

— Vá. — Acenei em direção ao palácio. Seu olhar voltou para meu tio e depois para mim. Ela nem sequer precisou dizer nada, pois sua expressão dizia tudo. — Eu vou ficar bem.

— Bom, estou com ressaca demais para lidar com essa merda, de qualquer maneira. — Assentiu e se afastou, mas estacou em seus passos, aprumou a postura em toda a sua essência de princesa, e se virou para dizer: — Lorde Sutton... você nunca mais pisará neste chão novamente. Nem jamais se dirigirá a mim. Assunto encerrado.

Cabisbaixo, meu tio disse em um sussurro desesperado:

— Sim, Vossa Alteza.

Eloise foi embora, os sapatos esmigalhando o cascalho. Quando sumiu de vista, eu me virei; constrangimento, confusão e raiva inflamando meu corpo com tanta violência que não conseguia nem falar. Cruzando os braços, encarei meu tio com fúria.

— Você nunca deveria ter visto isso. — Ele endireitou a postura, sua expressão severa. O Fredrick com o qual cresci estava de volta. — Este era um assunto particular.

— Particular?! — exclamei. — Você acabou de agredir a princesa da Grã-Victoria! Ameaçou matá-la.

— Por favor, pare de ser tão dramática, Spencer. Você parece o Landen. Ele deu um passo, dispensando-me como uma jovem boba.

— Não! — esbravejei, agarrando sua manga e impedindo que fosse embora. — Você vai me dizer o que está acontecendo. Eu vi você ontem à noite no evento. Sei o que Eloise faz. É por isso que você estava lá? Apostando?

— Não é da sua conta o que faço ou deixo de fazer. Você é uma criança. Eu sou o adulto da família. — Passou por mim.

— É problema meu se você estiver jogando nossa propriedade fora! — disparei, às suas costas. — Eu sei que estamos passando por dificuldades.

— Você não sabe de nada, minha querida — respondeu ele.

— Eu sei mais do que imagina.

— Ah, é? — Ele se virou. — E o que acha que sabe?

— Estamos falidos.

— Quem te disse isso? — Ele tentou rir, mas parecia tenso.

Papai havia insinuado, mas por algum motivo, usei outro nome.

— Lorde William.

Meu tio se transformou em uma estátua, sem nem ao menos piscar. Ele me encarou.

— Fique longe de Lorde William. — Sua voz ressoou como uma névoa sombria.

— Acredite em mim, eu não estava procurando por ele.

— Não. Fique longe dele, Spencer. — Fredrick veio até mim, os ombros tensos. — Ele é astuto e perigoso.

— Sei me cuidar sozinha. — Continuei firme ante a grande personalidade do meu tio. Sempre tive medo dele, mas depois de minha estadia aqui, percebi que ele parecia pequeno e não impunha mais tanto pavor quanto antes. — Mas preciso que você, meu tio, minha família, me diga a verdade.

Engoliu em seco, sem responder.

— O que mais perdeu? — Cruzei os braços, sentindo-me pela primeira vez como a pessoa madura aqui. — Não apenas na noite passada, mas no geral.

— Spencer...

— Diga! — indaguei. — Tenho todo o direito de saber. Lá também é minha casa. Meu legado, bem como o de Landen e Olivia.

Silêncio.

— Diga! — esbravejei.

Ele retesou a postura, cerrando a mandíbula.

— DIGA!

— Tudo — lamentou, erguendo os braços.

A palavra cortou o ar entre nós feito uma tesoura afiada.

Arquejei, perdendo as esperanças.

— O que quer dizer com tudo?

— Quero dizer tudo! — berrou, andando de um lado ao outro, jorrando as palavras em um frenesi: — Não sobrou nada. As terras, a casa, os móveis e até os animais! Nada restou.

Uma dor absurda perfurou meu peito, inundando meus olhos. Minha casa. Meus cavalos. O lugar onde cresci, ensinei minha irmã a cavalgar, brinquei com os cordeiros na primavera com Landen.

SOB A GUARDA DA *Realeza*

Nosso legado.

Acabou.

— Estamos vivendo à base de empréstimos — disse, entredentes, como se fosse um insulto. — Ontem à noite, usei o que restava do crédito para nos desenterrar dessa merda. Era uma aposta garantida. As chances estavam totalmente a nosso favor. Mas o cavalo foi desclassificado.

Abaixei a cabeça, quando cheguei à conclusão, mesmo em minha mente enevoada.

— E deixe-me adivinhar, Lorde William foi quem lhe fez um empréstimo? Por favor, diga que estou errada.

— Ele era o único que poderia ajudar. Acredite em mim, desprezo aquele homem, mas não havia outro lugar onde pedir ajuda. Não tive escolha.

Fechei os olhos diante da verdade martelando dentro do meu ser.

É só questão de tempo antes de estar de joelhos em meu escritório, implorando para que eu a ajude. Que você fará qualquer coisa. A afirmação de Lorde William se repetiu em minha mente, seu rosto presunçoso, ciente de que um dia eu saberia a verdade. *Vou gostar muito quando essa teimosia estiver rastejando aos meus pés. Tenho os meios e o dinheiro para protegê-la, Spencer... ou destruí-la.*

Puta. Que. Pariu.

Lorde William estava estabelecendo seus termos, sem que eu nem ao menos soubesse que o acordo existia. Ele garantiu para que quando eu descobrisse, soubesse exatamente o que fazer para salvar minha família. Como seria capaz de impedir isso. E se eu não fosse até ele, ele nos exporia.

— Meu Deus — murmurei, cobrindo a boca com a mão, sentindo o peso da posição em que fui inadvertidamente colocada.

— Vou resolver isso. Ninguém precisa saber.

— Vai resolver?

Incrédula, abri os braços.

— Tudo o que você fez foi nos afogar em dívidas. Sem pensar em sua família uma vez sequer, só em si mesmo! Você era respeitável demais para arranjar um emprego, não é? — Cravei as unhas nas palmas das mãos. — Quantas ofertas recebemos para transformar Chatstone Manor em uma atração turística? Dezenas, talvez centenas. Mas não... em vez disso, você queria seu nome na glória. Ser reverenciado como uma personalidade neste país! Então, o que você fez? Jogou fora não apenas a herança de Landen, como também a minha e a de Olivia. Nosso dinheiro, nossa casa. É tudo culpa sua!

— Ah, pobrezinha. Você vai viver em um castelo algum dia, sem precisar de nada! — Apontou na direção ao palácio. — E não foi tudo culpa minha. Até parece que seu pai fez alguma coisa!

Fredrick veio para cima de mim, o rosto marcado pela fúria.

— Pode não ter sido ele quem fez as apostas, mas sua impassividade, ao não fazer nada para nos impedir de ficar ainda mais no vermelho, foi tão ruim quanto o que fiz. E sua mãe e minha esposa continuam gastando um dinheiro que não temos para manter as aparências. Pelo menos tentei salvar esta família! — Indicou a si mesmo.

As punhaladas de ira e vergonha me disseram que ele estava quase certo. Meu pai era educado e gentil, mas não era bom em lidar com problemas. Nem minha mãe, o que fez com que toda responsabilidade recaísse em Fredrick. Não que ele não assumisse totalmente sua posição, adorando a admiração de todos, mas meus pais não ajudaram em nada ao permitir que ele controlasse tudo, simplesmente porque não queriam lidar com isso.

— Vou encontrar um jeito — bufou, puxando os punhos da camisa. — Tudo que peço é que não conte a ninguém sobre isso.

Fiquei boquiaberta.

— Ninguém, entendeu? — ordenou. — Nem seu pai, o príncipe, sua mãe ou Landen. Eles não precisam saber.

— Isso os envolve também.

— Spencer, me prometa. — Ele inclinou a cabeça com autoridade. — Dê-me uma chance antes de trazer esse assunto à toda família. Sabe que só vai causar mais estresse e drama. Como acha que sua mãe ou tia reagirão ao saber que estamos completamente falidos?

Nada bem. Elas não nasceram para lidar com crises ou ser pobres.

— Vou resolver tudo. Visitarei Lorde William e falarei com ele.

— Acha que ele vai ajudar?

— Ele pode nos conceder outro pequeno empréstimo para pagar os cobradores de dívidas.

Uau... estávamos na merda.

— Um empréstimo para um empréstimo que já não podemos pagar. — *Tenho os meios e o dinheiro para protegê-la, Spencer... ou destruí-la.* — Deixe esse assunto comigo. — Mal consegui dizer isso diante do nó que obstruía a garganta.

Uma angústia se instalou em meu peito, só de pensar em ir até ele, mas eu sabia que era a única esperança para a minha família. Fredrick só pioraria as coisas. William queria que eu implorasse.

SOB A GUARDA DA *Realeza*

— O quê? — Recuou, assustado. Negando com um aceno de cabeça.
— Não!

— Tio...

— Eu disse não, Spencer. É um problema de adultos. Não vou mandar minha sobrinha para cuidar dos meus problemas. O que iriam pensar?

— Já passamos por isso. Confie em mim. Não quero ir até lá. Mas... — Respirei fundo. — Esse é o único jeito. É exatamente o que ele quer.

— O que quer dizer com isso?

— Apenas confie em mim.

— Confiar em você? — balbuciou. — Você é uma criança!

Engraçado, ele estava sempre importunando Landen, dizendo: "Você não é mais uma criança. Comece a agir como tal". Mas eu ainda era uma garotinha.

— Você é jovem e ingênua. Não entende o que aquele homem quer. Ele é uma cobra. Vai tentar tirar vantagem de você.

— Não sou ingênua, tio Fredrick. — Eu me aproximei, inclinando o pescoço para encará-lo. Confiante. Controlada. — Sei exatamente o que ele quer. Tenho noção da reputação do Lorde William. Também não sou boba. Não vou deixá-lo me tocar. Mas, provavelmente, sou a única que pode nos tirar dessa situação.

Ele olhou para mim como se nunca tivesse realmente me enxergado.

— Não estou pedindo. Estou avisando — afirmei, encarando seu olhar confuso. — Vá para casa. Descubra o que podemos vender ou fazer para nos manter. Mas deixe-me lidar com Lorde William.

Ele piscou diversas vezes. Passou um minuto inteiro antes que assentisse, recuando silenciosamente.

— Tenha cuidado. Ele é um homem calculista. — Lançou uma última olhada por cima do ombro, parecendo um pouco admirado, antes de abaixar a cabeça e sair do jardim.

Sem querer reconsiderar, tirei o celular do bolso, fazendo rapidamente uma pesquisa online para conseguir as informações de contato de Lorde William, ligando em seguida.

— Minha querida Srta. Sutton, tive a sensação de que talvez me ligasse hoje. — Sua voz condescendente ronronou na linha, me causando calafrios. — Está pronta para se arrepender e ficar de joelhos? Refutar embaraçosamente algo que disse que nunca faria?

Engoli todas as palavras que queria dizer a ele, travando os dentes na língua para reprimi-las.

Ele apenas riu do meu silêncio.

— Não tem nada a dizer? Posso sentir o fogo fervilhando aí dentro de você.

— Essa ligação é para fins puramente comerciais — afirmei.

Ele riu com vontade.

— Claro, minha querida. Negócios. Ou seja lá como queira chamar isso. Amanhã. Meu escritório. Meio-dia.

— Mas...

— Dê um jeito — interrompeu, em um tom de voz cruel. — Faça o que for preciso, Spencer. Porque se não conseguir, ou tentar me enrolar e contar algo ao seu noivo, não somente revelarei os problemas financeiros de sua família à imprensa, e deixe-me dizer que nem todas as medidas de sua família foram legais, mas também exporei seu caso com o guarda-costas.

— Não existe um caso!

—Talvez. Não interessa. A afirmação é suficiente para a imprensa transformar o boato mais insignificante em um amor sórdido — assegurou.

Ele tinha razão. A mídia ansiava por histórias desse tipo, mesmo que tivessem que transformar o que não existia em algo, porque o público amava drama.

— Nem mesmo o Theo será capaz de deixar isso de lado por causa do vídeo que tenho do seu guarda-costas entrando em seu quarto, naquela noite depois que ele me atacou, lembra? Mmmm... definitivamente aquilo sugere algo. Tanta química entre vocês... Qualquer um que observasse, de verdade, não seria capaz de negar.

Puta merda. Lorde William nos seguiu? Gravou um vídeo?

— Você é desprezível.

— Obrigado. — Era como se eu pudesse sentir seu sorriso ao telefone. — Vejo você em breve, minha querida. Se você se comportar da melhor maneira possível, de repente, posso me compadecer da situação difícil de sua família. Posso ser muito gentil e misericordioso com aqueles que provam seu valor a mim.

Ele desligou.

O celular escorregou do meu ouvido, meu peito arfando de medo e nojo. Observei a névoa envolver meus tornozelos, algumas gotas de chuva respingando no meu rosto. Mas não senti frio em minha pele.

Estava tudo do lado de dentro. As implicações deste encontro, os problemas em que minha família havia se enfiado... tudo isso congelou minha alma com blocos de gelo de terror, tristeza, repulsa e desespero.

Que merda acabei de fazer?

SOB A GUARDA DA *Realeza*

CAPÍTULO 25

— Landen... atende. Atende — murmurei no celular, andando de um lado ao outro sobre a grama molhada, balançando a cabeça continuamente por conta do que havia acabado de acontecer. Eu precisava ouvir sua voz. Seus conselhos.

Seu celular continuou a tocar, indo direto para o correio de voz. Como eu sabia que ele nunca ouvia os recados, desliguei e enviei uma mensagem para que me ligasse de volta. Meu tio podia até querer manter as coisas em segredo, mas Landen e eu compartilhamos tudo. Sempre nos protegemos. Ele e eu fizemos uma promessa desde crianças. Acima de nossos pais, nossa lealdade um ao outro sempre viria em primeiro lugar.

Pelo menos era o que costumava ser.

A culpa revestiu minha garganta, deslizando até o meu estômago. Desde que me mudei para cá, meu relacionamento com ele e Mina esfriou. A vida aqui havia assumido tudo. Eu ainda não tinha estabilidade. O apartamento que eu queria, as roupas mais do meu estilo? Em algum momento parei de questionar e simplesmente usava o que me mandavam vestir, obedecendo todas as ordens.

Discando outro número, esperei.

— Alô? — atendeu minha amiga, parecendo um pouco sem fôlego.

— Mina... — Toquei o peito, sentindo meus olhos marejarem de emoção ao ouvir sua voz.

— Spencer? — Sua voz suavizou por um instante antes de pigarrear. — Uau. Não esperava receber uma chamada sua. Deve ser meu dia de sorte. — Cada sílaba gotejava ressentimento. — A que devo a honra de receber uma ligação de nossa futura princesa?

— Hein?

Fiquei confusa. Havia testemunhado esse tipo de atitude contra os outros, mas nunca contra mim. Ela e eu estávamos sempre em sintonia. O resto do mundo recebia esse cinismo.

— Desculpe, mas estou com pressa agora. — O som de um badalar de relógio ao fundo soou.

— Bem, desculpe por ter incomodado você — retruquei, em uma atitude defensiva. — Ligarei de volta quando não estiver tão ocupada.

— Ah, que ironia. — Deu um sorriso sarcástico. — Spencer — suspirou, abrandando o tom de voz. — Desculpa. Mas, honestamente, eu meio que desisti de esperar que me ligasse. Sua vida não está nem remotamente no mesmo mundo que o meu.

— O que isso quer dizer? Não podemos ser amigas só porque estou com Theo?

— Você não está apenas com Theo, o cara normal da escola. Está com o príncipe da Grã-Victoria. Futuro Rei. E eu entendo. Seu mundo mudou. Mas... Costumava ser sua melhor amiga, aquela para quem ligava em primeiro lugar. Agora sei mais de você nas redes sociais do que da sua boca.

Os sons de pessoas movimentando-se ao seu redor a silenciaram brevemente.

— Acabou seu interesse em saber notícias minhas. Só que você sabe que o mundo não gira em torno da realeza.

— Eu sei disso — retruquei.

— Sabe mesmo? Eu sei que tudo lá deve parecer muito mais importante do que nós, reles plebeus.

— Dificilmente você pode ser considerada uma plebeia. Seu pai é um conde.

Mina ficou em silêncio por um instante.

— Quando foi a última vez que me ligou? Que nos vimos?

Droga. Não conseguia me lembrar da última vez em que realmente falei com ela ao telefone. Pensava nisso o tempo todo, mas algo sempre vinha na frente, deixando isso no fim da lista. Eventos. Relações Públicas. Entrevistas. Sempre acontecia alguma coisa.

— Sabia que entrei na Universidade de Victoria?

— O quê? — ofeguei. Essa era a universidade que ela sempre sonhou em frequentar, mas não achava que tinha notas para entrar. — Mina, que incrível.

— Tentei ligar para você um monte de vezes. Até mandei mensagem para te contar as novidades.

— Nunca recebi as ligações ou a mensagem. — Culpa resultou em uma ardência súbita nos olhos. — Recebi um novo telefone da equipe de RP do palácio real. Meses atrás. E minha assistente tira de mim sempre que pode.

— Assistentes. RP do palácio real. — Ela estalou a língua. — Eu me

SOB A GUARDA DA *Realeza*

lembro quando odiava tudo isso. De quando você e eu zombávamos deles. Você é um deles agora.

— Não sou.

— É sim, Spencer. Não importa o que pense. Assim que entrou no palácio e se tornou a namorada oficial de Theo, você aceitou isso. Agora as páginas de notícias estão cheias com suas novas melhores amigas, Princesa Eloise e Hazel. Eventos em que você e Theo parecem ter saído de revistas com sorrisos e roupas perfeitos. A garota que eu conhecia, e que usava tênis e cavalgava na lama, não existe mais. Essa é quem você é agora. E entendi. Esse é o seu mundo. Theo. Eventos da realeza e instituições de caridade, o que veste, o que diz, como acena, sorri. Mas não posso negar que sinto falta da minha amiga que costumava torcer o nariz para todas essas coisas. Que costumava ser tão apaixonada por animais e convencia o resto de nós a nos tornarmos veganos. Protestava, se voluntariava ou arrecadava fundos todo fim de semana. Que sonhava em salvar animais, viajar para a África, fazer faculdade de medicina veterinária.

— Ainda sou ela — argumentei, uma raiva súbita ferveu sob a pele.

— Será?

— E você é? — rebati. — Todos nós mudamos e crescemos, Mina. A vida nem sempre sai como planejamos. Amo Theo e estar com ele exige sacrifícios. Ainda amo animais e farei tudo o que puder, mas não acho que isso me torne inferior.

— Não! — explodiu ela. — Mas isso torna você diferente da Spencer que pensei que conhecia.

Boquiaberta, senti as lágrimas se acumulando em meus olhos.

— Olha, preciso ir para a aula. Fico feliz por você e sempre desejarei o melhor para a sua vida. Só não sei se posso aceitar ser uma amiga com quem você conversa esporadicamente. Acho que preciso ficar um pouco na minha.

— Mina...

— Entre perder você e Landen... eu simplesmente não consigo lidar agora.

— Landen? O que você quer dizer com perder?

— Você não sabe?

— Não sei o quê? — grunhi.

— Seu tio o enviou um pouco mais cedo para a academia militar. Ele está lá há quatro semanas.

Encarei o floco de gelo derretendo sob meus pés, paralisada pelo choque. Eu havia acabado de conversar com meu tio, e ele não disse nada. Nem minha mãe ou meu pai.

— Landen tentou ligar várias vezes para te contar.

Cerrei a mandíbula, tentando conter a onda de tristeza. Ele precisou de mim e eu não estava ao seu lado.

— Ele está na academia e acho que não pode falar agora, mas disse que voltaria para o Natal.

Eu não conseguia falar nada, as palavras entaladas na garganta.

— Tenho que ir. — Sua voz se tornou mais serena, parecendo a minha amiga. — Desculpa, Spence. Converso com você depois, tá?

— Tá bom — murmurei, com a voz embargada.

— Tchau.

Mina desligou antes que eu pudesse responder.

Lágrimas de raiva, culpa e estresse fizeram com que me curvasse, a emoção turvando meu semblante. Tudo pesava em meus ombros. Eu havia perdido meu melhor amigo, minha família, minha casa, meus sonhos, minha independência.

Amar Theo tinha um preço enorme. Houve um tempo em que pensei que não importava quanto valeria, mas agora comecei a pensar no quanto teria a perder antes de sucumbir completamente.

Enxugando as lágrimas, me recompus, abafando as emoções. Fiquei apavorada com a rapidez com que recuperei a compostura, uma vozinha perguntando quanto tempo levaria até que eu me transformasse em Catherine ou na rainha-mãe, Anne. Quando eu me tornaria tão boa em me esconder, na verdade, já não sentindo mais nada.

Ajeitando o cabelo e endireitando o suéter, comecei a caminhar para a porta, e acabei avistando uma pessoa recostada a uma árvore próxima, com uma caneca em mãos.

Ah, nem pensar.

Não estava de forma alguma disposta a lidar com ele.

— Vá embora, Lennox. — Cerrei os dentes, continuando a andar. Pensar nele e Hazel juntos me fez cravar as unhas nas palmas para controlar o mal-estar no estômago. — Você não é necessário agora.

— Mesmo se eu fornecer café?

Ele ergueu a sobrancelha, estendendo o braço com a caneca. Trajando seu terno feito sob medida, o cabelo úmido do banho, senti um tremor no peito ao deslizar o olhar para a área que agora sabia haver uma tatuagem oculta. Flashes de sua bunda tonificada se atropelaram na minha mente, aquecendo cada centímetro da minha pele.

— Achei que pudesse precisar depois de ontem à noite.

— Será que *você* não precisa de cafeína extra esta manhã? — Minha língua ferina atacou. Seu cheiro limpo e aconchegante me dominou assim que me aproximei. — Achei que estaria exausto.

Ele se endireitou na árvore, me encarando com o maxilar contraído.

— Quero dizer... por ter corrido atrás de nós a noite toda. Deve ter sido extenuante. — Não conseguia parar, meu tom era amargo, implicante e condescendente. — Embora pareça que Hazel teve o maior benefício.

Inclinei a cabeça, meu peito quase roçando seu torso.

— Dormiu bem?

Seu olhar procurou algo no meu.

— Dormi. Mas sempre durmo bem depois de noites vigorosas... de trabalho. — Um indício de ira passou por ele. — E você, Duquesa? Espero que não tenha ficado acordada por conta dos ruídos.

Filho da puta. Dei um empurrão para passar, me deixando dominar pela fúria flamejante que se espalhou por mim como um incêndio.

— De nada, a propósito — disparou ele, às minhas costas, me fazendo parar.

— Que merda eu tenho que te agradecer? — perguntei ao meu virar.

— Vocês estavam tão chapadas que nem perceberam que a imprensa também as encontrou. Acho que a identidade de vocês, mesmo naquele lugar, não poderia passar despercebida. Você teria acordado com fotos suas estampadas em jornais e redes sociais. E olha que você não disfarça nem um pouco quando está bêbada e sob efeito de drogas.

Aproximando-se de mim, tive que erguer a cabeça para encará-lo. Lennox se abaixou um pouco, roubando todo o meu ar quando a boca roçou minha orelha antes de sussurrar em meu ouvido:

— Do que se lembra da noite passada, Duquesa?

— Tudo. — Mentira. — Estava em total controle.

— Ah, você se lembra de quando te coloquei na cama? Embora estivesse mais determinada a fazer um *strip-tease* para mim do que dormir.

— Eu não fiz isso! — Recuei, o rosto corado diante da recordação borrada e repentina, em que usei a estrutura da cama como poste de *strip-tease*. Santa. Mãe. De. Deus.

Seus lábios se contraíram em um sorriso irônico.

— Você precisa melhorar um pouco, mas se esse show não der certo, você provavelmente conseguiria levar uma vida mediana com esse ofício.

— Mediana?

A palavra me apunhalou como se fosse uma adaga. *O quê? Eu não era tão sexy assim para arrancar as roupas?* Jesus, Spence, que pensamento absurdo é esse?

— Precisa de muito mais treino.

Ele colocou o café na minha mão e passou por mim. Não pude evitar de observar sua bunda enquanto seguia em direção à casa.

— Ah, e Duquesa, estão solicitando sua presença na sala de café da manhã — informou, antes de entrar.

Com a pele suada e aquecida, o corpo já cansado pelos altos e baixos da manhã, demorei um pouco a recuperar o fôlego. Só uma hora, e este dia havia sido uma merda e, por algum motivo, tinha a sensação de que só iria piorar.

CAPÍTULO 26

— Spencer — o rei me cumprimentou primeiro, erguendo os olhos de seu lugar à cabeceira da mesa. Usando um belo terno de três peças, com o paletó apoiado nas costas da cadeira, ele levou a xícara de chá à boca, lendo o jornal. O que restou de seu café da manhã havia sido deixado de lado. — Ouvi dizer que escapou do seu segurança ontem à noite, saindo do evento, junto com minha filha.

— Vossa Majestade.

Fiz uma pequena mesura, meus olhos disparando para Theo. Ele ainda não havia olhado para mim, e cortava o bacon e os ovos no meio da mesa comprida, com os ombros rígidos. Eram apenas os dois, tornando tudo ainda mais tenso.

— Peço desculpas.

— Entendo que ainda está aprendendo nossos costumes aqui, mas nunca mais faça isso. Já basta Eloise tomando esse tipo de atitude, entretanto, ela seria perdoada. Mas se a mídia descobrisse que você abandonou Theo... — Ele secou a boca com um guardanapo, empurrando a cadeira para trás. — Não importa qual seja a verdade, a imprensa distorcerá os fatos para se adequar ao que querem. E com os percalços anteriores e o público não respondendo a você como esperávamos...

A implicação perfurou meu peito em cheio. Fui mantida afastada das redes sociais o máximo possível, mas ninguém conseguia sair completamente ileso. E eu parecia estar em destaque... principalmente sendo criticada e dilacerada. Aquilo aumentou ainda mais a pressão sobre mim. Como se o fato de ser odiada pudesse fazer com que Theo cedesse e escolhesse outra, em uma espécie de *reality show*. Mesmo a mais espirituosa das pessoas ficaria devastada depois de um tempo.

Alexander ajeitou os punhos da camisa conforme um empregado o ajudava a vestir o paletó.

— Não confunda sua popularidade em estar sendo protegida, com aprovação afetiva.

Ouch!

O rei franziu o cenho.

— Sinto muito. Isso pode ter soado duro e cruel. Não é minha intenção. Porém quero que entenda perfeitamente no que está se metendo. Qual será a sua posição. O que as pessoas esperam de você. Precisará ter uma casca grossa para suportar isso. A atenção em você só tende a piorar.

O olhar de Alexander deslizou para Theo como se estivesse em busca de uma resposta. Theo respondeu baixando a cabeça devagar. Alexander se virou, olhando entre nós.

— Verei os dois mais tarde. O evento é às três.

Sem esperar por uma resposta, Alexander saiu da sala. Seu assistente, empregado, secretário e guarda, de repente, se postou ao lado dele, entregando papelada e itens para examinar enquanto caminhavam pelo corredor.

Theo continuou a comer, sem olhar para mim.

— Theo...

Dei um passo em sua direção. O barulho dos talheres batendo no prato de porcelana fez meus pés tropeçarem.

— Como pôde fazer isso comigo? — Ele empurrou o prato, se levantando de supetão.

— Fazer o quê?

— Me deixar lá daquele jeito! Sem avisar, nem nada. — Seu rosto estava contorcido pela raiva. — Não tive nem uma explicação de onde minha namorada foi. Ou o porquê não atendia ao telefone. Foi humilhante.

— Humilhante? — Pisquei, chocada com sua resposta. Ele não disse que estava magoado, e, sim, humilhado. — Talvez tenha sido rude sair sem avisar, eu lamento, mas El...

— Não meta a minha irmã nisso — contra-atacou, entrecerrando o olhar. — Ela é jovem e precisava que você fosse a adulta ali, não ela. — Eloise não devia ser nem um ano e meio mais nova do que nós. — Mas você deveria agir como minha noi... namorada — ele se corrigiu. — Não pode se dar ao luxo de ser rebelde e estúpida. Tem que estar ao meu lado.

— O-o quê? — gaguejei. — Não sou um cachorro, Theo.

— Você sabe o que quero dizer.

— Não. Pela primeira vez, me explique. Essa tem sido sua resposta padrão depois de me insultar, ultimamente.

Ele respirou fundo, relaxando um pouco a postura.

— Desculpa. Não quis dizer isso. Só estou estressado. — Esfregou a testa. — Percebe quanta pressão está sobre mim nos últimos tempos? É por isso que preciso que me ajude, e não que piore as coisas.

Eu não tinha dúvidas de que ele possuía inúmeras responsabilidades, mas parecia pensar que era o único a tê-las.

— Não sou um adereço. Uma garota que sorri e acena como um robô.

— Eu sei disso — soltou, irritado, depois respirou fundo novamente. — Desde que voltei da FAR, tudo mudou. Todos exigem algo de mim. — Seus olhos lacrimejaram diante da vulnerabilidade. — É só que... é muita coisa.

Cheguei mais perto e toquei seu braço.

— Preciso que fique ao meu lado, Spencer. Preciso ter seu apoio incondicional. Temos que ser uma frente unida, não importa o que aconteça. Porque vão tentar nos derrubar. Portanto, temos que estar juntos em tudo. Ser fortes. — Ele se virou para mim e segurou minhas mãos. — Nós podemos passar por isso. Não importa o que meu pai, a mídia ou as pesquisas digam a nosso respeito.

— O que as pesquisas dizem de nós?

Ele desviou o olhar.

— Theo?

— Teve uma pesquisa no *The Post* perguntando se você era a garota certa para mim, certa para este país.

O *The Post* não era um jornalzinho leviano. Era o principal veículo de comunicação que as pessoas liam para se atualizar com as notícias. Até mesmo eles decidiram se intrometer e decidir o meu valor.

— E o que dizia?

— Não importa.

— É bem ruim, né? — Vacilei.

— Não importa. — Ele apertou minhas mãos, me puxando para um abraço. — Eu amo você.

As três pequenas palavras pareciam ensaiadas, como se estivesse tentando lembrar a si mesmo e a mim.

Afastando-se, ele me encarou.

— Meu pai e eu participaremos de uma reunião de cúpula que será realizada hoje no Seymour Hotel.

A família de Hazel era dona de um dos hotéis mais renomados da Grã--Victoria, que logo mais se tornaria uma rede global. É, eles não estavam passando por qualquer dificuldade.

— Acho que tem havido a presença de alguns manifestantes na frente, então teremos segurança extra conosco.

— Protestos?

— Alguns dos líderes presentes são conhecidos por seus regimes brutais e não são bem recebidos. — Ele observou minha reação, seus lábios franzidos. — Como líder, terei de interagir com governantes que vão contra todos os meus princípios. É assim que as coisas funcionam, Spencer. Não podemos escolher com quem tratamos.

— Eu não disse nada. — Fechei a cara.

— Mas estava pensando nisso. — Segurou meu rosto entre as mãos quentes. — Eu te conheço.

Na verdade, eu não estava. Não era ingênua. Era óbvio que os líderes tinham que se encontrar e se relacionar com outros países, quer gostassem deles ou não.

— Pior que eu não estava.

Theo deu uma risada de escárnio, como se eu estivesse mentindo, e depositou um beijo casto na minha boca; a sensação de que estávamos casados há vinte anos, e não éramos jovens e viris, desabou sobre meu corpo. Era para estarmos constantemente querendo arrancar a roupa um do outro, entrando sorrateiramente em uma despensa qualquer.

Quando foi a última vez que transamos? Uma semana atrás? Duas?

— O evento começa às três da tarde. Tenho certeza de que sua assistente já estará com um traje pronto para você. Te vejo mais tarde.

Ele me beijou rapidamente de novo, virou e saiu; seu assistente apareceu do nada, e entregou uma série de documentos enquanto se afastava da sala.

Idêntico a seu pai.

Um arrepio percorreu minha coluna espinhal.

— Spencer! Spencer!

Meu nome ricocheteou sob o toldo, retumbando na calçada, quase explodindo meus tímpanos assim que a porta traseira do SUV se abriu. Por um segundo, hesitei em sair. Câmeras dispararam seus flashes, a comoção esmigalhando meus nervos já em frangalhos. A chuva fez as pessoas se espremerem ainda mais contra as grades de proteção, mantendo-as, tecnicamente, fora da propriedade do hotel, mas criando uma atmosfera claustrofóbica.

Os gritos e batuques do protesto em frente ao hotel ecoaram de todos os lados, me perturbando.

Quando chegamos, havia muito mais manifestantes do que imaginei, lotando a calçada e o parque do outro lado, segurando cartazes, faixas e fotos de crianças mortas, homens torturados e mulheres estupradas. Meu estômago embrulhou ao imaginar um governo fazendo isso com seu próprio povo, só porque não queriam seguir as mesmas práticas religiosas. Era vil e desprezível. E Theo e Alexander tinham que ser simpáticos com eles. Permanecer calados diante de seus abomináveis regimes ditatoriais.

Talvez Theo estivesse certo; não dava para ficar de boa com isso. Não podia ficar ali ao lado daqueles homens e posar para fotos.

— Oi. — Uma mão pousou sobre a minha, chamando minha atenção para os olhos castanho-esverdeados. — Você está bem?

Dei de ombros.

Lennox não disse nada, mas seus dedos apertaram os meus como se entendesse cada pensamento e emoção passando por mim. Seu olhar firme se fixou em mim. Por um momento, tive um lampejo de encarar aqueles olhos enquanto ficava na ponta dos pés, querendo nada mais do que sentir seus lábios contra os meus. Por todo o meu corpo.

Baixei a cabeça e encarei meu colo, respirando fundo. Foi real? Um sonho?

— Você consegue, Duquesa — sussurrou, me puxando para sair do carro. — Passe por isso, e vou pegar uma pizza a caminho de casa.

— Nossa. Por favor — gemi com vontade, segurando o vestido perfeitamente recatado que a equipe de relações públicas havia escolhido para mim. Odiava isso.

Sua mandíbula travou ao engolir em seco, sua personalidade de guarda-costas sério vindo à tona e assumindo o lugar. Ele mal me tocou quando me ajudou a descer do SUV. As pessoas estavam por toda parte. Funcionários do hotel, a comitiva do rei e do príncipe, imprensa, público, manifestantes, seguranças de outros líderes e pessoas. O caos era tão denso que mal consegui distinguir Theo saindo do carro na minha frente, com Dalton ao seu lado.

A segurança extra preferiu que eu e Theo fôssemos em carros diferentes. O rei saiu de seu SUV blindado na frente. Dezenas de guardas treinados se moveram como uma onda, cercando Alexander e Theo, preparados para esmagar qualquer coisa em seu caminho enquanto os escoltavam por uma porta lateral para o hotel. Um governante de um dos países protestados se interpôs entre mim e Theo, enquanto todos seguíamos em direção à entrada dos fundos.

— Devemos esperar um momento. — Lennox franziu o cenho quando a enorme comitiva do governante entrou pela porta.

— Spencer! Spencer! É verdade que estava na *The Church* ontem à noite? Estava drogada? — gritou um *paparazzo* para mim.

— Porra... — resmungou Lennox, voltando a nos direcionar para a porta, murmurando no intercomunicador em seu ouvido com os outros seguranças.

Ele me manteve perto de si, os braços prontos para me cercar pela frente e por trás, mantendo um perímetro ao meu redor. Os gritos dirigidos a nós desvaneceram quando ele me empurrou pela porta, nos conduzindo para a grande cozinha do restaurante do hotel. Os chefes de cozinha e cozinheiros se moviam pela cozinha quente, gritando ordens, fazendo o possível para nos ignorar, mas ao ver o príncipe e o rei, muitos pararam, boquiabertos com a realeza.

— Fênix entrou — murmurou Lennox no ponto.

— Fênix? — Olhei para ele.

— Seu codinome.

Ele deu um sorriso torto.

— Porque sou ardente, destemida e espirituosa?

Um sorriso curvou minha boca quando ele optou em usar o pássaro da mitologia grega como meu codinome.

— Claaaro, esse foi o motivo.

Lancei a ele outro olhar, mas sua atenção disparou ao redor, avaliando tudo, seu cérebro em pleno modo militar. Podia vê-lo analisando e sopesando cada barulho e movimento à nossa volta. Observando. Calculando riscos.

Era bem sexy isso.

Já sem conseguir avistar Theo, deduzi que eles estavam bem à frente, um líder estrangeiro e seus homens obstruindo o corredor para onde estávamos nos dirigindo.

As narinas de Lennox se alargaram, seu olhar inquieto disparou pelo lugar.

— O que foi?

Ele não respondeu a princípio, seu olhar se aguçou. Por algum motivo, meu pulso acelerou, martelando contra o pescoço.

SOB A GUARDA DA *Realeza*

— Lennox... — murmurei.

— Não sei. — Umedeceu os lábios, girando a cabeça. — Tem alguma coisa errada.

Segui a direção de seu olhar. Naquela hora também senti. A mudança na atmosfera. Como um único fio de aranha sendo cortado, mas que reverberava por toda a teia.

Virei a cabeça para encará-lo, e abri a boca para falar.

Um único grito sobressaiu acima de todo o barulho, um grito desafiador. De ódio.

— Não!

Os braços de Lennox se estenderam para mim, os olhos arregalados, a mandíbula travada.

BOOOOOOOOM!

A explosão rasgou o espaço, destruindo tudo ao meu redor. Sob gritos de pessoas e metal retorcido, a vibração martelou meu peito enquanto meu corpo voava pelos ares. Pareceu uma eternidade e um instante, até que meus ossos se chocaram contra a parede, a cabeça atingindo a superfície rígida com força brutal.

Gritos e lamentos abafados. Névoa espessa e detritos.

— Spencer!

Meus ouvidos captaram meu nome através do zumbido.

Abri as pálpebras e vi os olhos castanho-esverdeados pairando acima de mim, falando alguma coisa comigo. A sujeira cobria seu rosto e roupas, um corte sangrava abaixo de seu olho.

— Levante-se! — gritou, a voz abafada. Meu cérebro estava confuso, os movimentos lentos, entorpecidos, então ele me pegou no colo e me empurrou em direção a uma despensa.

BOOOOOMMMM!

Outra bomba foi detonada assim que entramos no cômodo, nos arremessando longe, para em seguida deslizarmos pelo chão. A explosão estilhaçou tudo. Seu corpo rastejou sobre o meu, protegendo-me dos escombros.

A destruição foi implacável, os detritos desabando e atingindo o chão como raios. Poeira encheu meus pulmões, deixando-me sem ar.

— Spencer. Fique comigo! — Olhei para ele, me perguntando por que parecia tão desesperado. Assustado. — Spencer!

Sua voz se tornou longínqua, e o manto da escuridão começou a me envolver... me puxando para o vazio.

E mais nada.
Sem luz. Sem pensamentos. Sem som.
Sem escolha entre ir ou não.
E um instante, a escuridão me engoliu por inteiro.

Continua...

AGRADECIMENTOS

Esta era uma daquelas histórias que permanecia vibrando na minha cabeça há muito tempo. Estou muito feliz que Spencer, Theo e Lennox decidiram finalmente entrar nas páginas. Espero que vocês gostem dessa história tanto quanto eu. Adoraria continuar com outras histórias dos personagens!

Um imenso obrigada a:

Emily do Social Butterfly: Obrigada por todo o seu trabalho árduo! Você é incrível.

Hollie, Mo Sytsma, Hang Le (essas capas são tudo de bom! Muito obrigada!) e Judi Fennell.

A todos os leitores que me apoiaram: minha gratidão é por tudo que fazem e por quanto ajudam os autores pelo puro amor pela leitura.

A todos os autores independentes que me inspiram, desafiam, apoiam e me incentivam a ser melhor: amo vocês!

E para qualquer um que pegou um livro independente e deu uma chance a um autor desconhecido.

OBRIGADA!

SOBRE A AUTORA

Stacey Marie Brown é uma amante de bad boys fictícios e heroínas sarcásticas que arrasam. Também gosta de ler, viajar, ver programas de TV, caminhar, escrever, além de decoração e arco e flecha. Stacey jura que é meio cigana, tendo a sorte de viver e viajar pelo mundo todo.

Ela cresceu no norte da Califórnia, onde corria pela fazenda de sua família, criando animais, cavalgando, brincando de lanterna à noite e transformando fardos de feno em fortalezas legais.

Quando ela não está escrevendo, faz caminhadas, passa tempo com amigos e viaja. Ela também se voluntaria para ajudar animais e é ecologicamente correta, e pensa que todos os animais, pessoas e o meio ambiente devem ser tratados com bondade.

A The Gift Box é uma editora brasileira, com publicações de autores nacionais e estrangeiros, que surgiu no mercado em janeiro de 2018. Nossos livros estão sempre entre os mais vendidos da Amazon e já receberam diversos destaques em blogs literários e na própria Amazon.

Somos uma empresa jovem, cheia de energia e paixão pela literatura de romance e queremos incentivar cada vez mais a leitura e o crescimento de nossos autores e parceiros.

Acompanhe a The Gift Box nas redes sociais para ficar por dentro de todas as novidades.

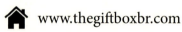 www.thegiftboxbr.com

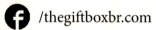 /thegiftboxbr.com

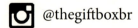 @thegiftboxbr

 @GiftBoxEditora